몽테크리스토성의 뒤마

일러두기

1. 이 책은 1867년 출간된 『내 짐승들 이야기Histoire de mes bêtes』(Michel Lévy frères)의 초판을 우리말로 옮겼습니다.
2. 삽화는 알렉상드르 뒤마 사후 발간된 1878년 판본을 사용했습니다. 그린이는 아드리앙 엠마뉘엘 마리Adrien Emmanuel Marie(1848~1891)입니다.
3. 옮긴이 주는 본문 안에 [ ]로 묶어 삽입했습니다.
4. 본문에 사용된 기호의 쓰임새는 다음과 같습니다.

『 』소설, 잡지 「 」연극, 신문

몽테크리스토성의 뒤마

알렉상드르 뒤마 지음
이선주 옮김

차례

내가 가진 개 한 마리와
내가 가졌던 닭 여러 마리

여러분은 혹시 사냥을 하는지? 혹은 닭을 기르는지? 그렇다면 자신의 사냥개가 제 딴에는 좋은 의도로 닭을 꿩이나 자고새로 착각해 물어뜯어 죽여버린 적이 있는지?

이것저것 가정해볼 수 있고 가정하지 말라는 법도 없으니, 좀 뜬금없지만 나는 여러 가지 가정을 해본다. 이 경우, 닭을 죽여버렸을지도 모르는 개를 벌할 방법이 딱히 없다는 점이 좀 애석하더라도 개와 닭 모두 아끼는 마음으로 비참한 살상이 이어지지 않는 선에서 마무리 지을 수 있겠다. 홧김에 개까지 죽여버린다고 해서 닭들이 되살아날 것도 아니니. 게다가 죄를 지은 자는 죽음이 아니라 참회로 그 죗값을 덜게 된다는 하느님 말씀도 있지 않은가. 그런데 복음서의 금언에서 하느님은 개라는 종족을 딱히 염두에 두지 않았을 거라고 여러분은 내게 귀띔해주고 싶을지도 모르겠다.

그래, 이렇게 생각하는 것 자체가 바로 인간의 오만이다!

하느님은 보잘것없는 진드기부터 코끼리에 이르기까지, 하루살이부터 독수리에 이르기까지 자신이 생명을 부여한 모든 것을 인간과 마찬가지로 배려한다고 나는 믿는다. 그럼에도 내가 이런 오만에 동조하는 구석이 혹여 있다면 하느님은 개, 그러니까 인간이 지능을 가지듯이 본능을 가진 개에게 좀 특별한 경향을 부여하지 않았을까 하는 점이다. 지능이 모자라는 인간이 있듯이 본능을 좀 지나치게 가진 개들이 있지 않을까.

미슐레[Jules Michelet 1798~1874 프랑스 역사가]가 이런 멋진 말을 했다.

"개야말로 인간성을 대변할 후보감이다."

만일 이 말에 반기를 드는 이가 있다면 마구 물어뜯고 광견병에 걸려 날뛰는 개들을 보면 금방 마음이 바뀔 것이다.

이 얘긴 이쯤에서 접고 우리의 주제로 되돌아오자.

"나는 개 한 마리가 있고 닭 여러 마리가 있었다."

자, 극작가라면 이 구절에 어떤 의미를 부여할 수 있을까?

"난 개 한 마리 있고 닭이 여러 마리 있었다오!"

이 짧은 문장 하나, 단어 몇 개 만으로 여러 가지 재난을 넌지시 드러내는데, 실제 상황도 그러하다. 나는 개 한 마리가 있고 지금도 여전히 있다. 그러니까 내 개는 여전히 살아 있다. 그런데 닭은 여러 마리가 있었다. 즉 이제 닭은 없다. 모두 죽어버렸다.

독자 여러분이 보다시피 내가 말을 아끼며 "나는 개 한 마리가 있고 닭 여러 마리가 있었다"고 했을 뿐인데도 그 연관성을 조금만 짚어본다면 이 짧은 문장 하나로 내 개는 여전히 살아 있고 내 닭들은 죽었다는 것을, 게다가 내 개가 닭들을 물어뜯어 죽였을지도 모른다는 것까지 짐작할 수 있다. 그러니 "나는 개 한 마리가 있고 닭 여러 마리가 있었다"는 이 문장 하나에 모든 극적 상황이 담겨 있다.

내가 만일 아카데미프랑세즈[한림원, 종신 회원제]에 입성한다고 치자. 죽음과 더불어 그 자리를 떠날 때 내 후계자, 틀림없이 노아이나 비에네 같은 미래의 거장 시인이거나 대단한 문호일 그 후계자가 조의문으로 이 문장을 멋들어지게 낭독해줄지도 모른다. "나는 개 한 마리가 있고 닭 여러 마리가 있었다." 그러면 이 문장에 담긴 의도는 내가 죽고 나서도 남는다. 하지만 내가 아카데미프랑세즈에 들어갈 가능성은 없기에 내 후계자가 이 문장을 멋들어지게 읽을 일도 없다! 그러니 그냥 내 생전에 내가 직접 이 문장을 낭독하는 수밖에.

독자 여러분, 이제야 깨달았는지 아니면 여전히 어리둥절할지 모르겠지만 극예술은 모든 것이 그 준비 과정에서 나타난다. 독자가 극중 인물에게 익숙해지도록 억지로라도 강요하는 것이야말로 독자가 그 인물에 관심을 가지게 되는 가장 확실한 방법 중 하나다. '강요한다'는 표현이 좀 과격하게 들릴 수 있다. 여기서는 단지 기술적인 의미임을 밝힌다. 독자가 등장인물과 사물에 관심을 갖도록 하려면 억지로라도 그렇게 만드는 도리밖에 없다.

대신 이런 결과에 도달하는 방법은 여러 가지다.

월터 스콧[Walter Scott 1771~1832 영국 시인이자 소설가]을 한번 떠올려보자. 이 작가에 대해 잠시 외람된 평을 해보겠다. 사실 우리는 번역문으로 그를 접할 뿐이니, 여차한 경우 번역가를 탓하면 내 평이 좀 덜 외람될 수 있으려나. 어떻게 하면 독자가 작품 속 인물한테 관심을 가지는가를 알던 월터 스콧은 언뜻 보기에 굉장한 방법을 거의 예외 없이 늘 사용하는데, 그 결과가 꽤 성공적이다. 그건 바로 읽으면서 지루해지는, 정말 마냥 지루해지는 방식이다. 책 절반이 주로 그러하며 어떨 때는 책 전체가 그러하다. 반 권이든 한 권이든 월터 스콧은 등장인물을 쭉 늘어놓는다. 그 분량 내내 인물의 옷차림, 성격, 생김새를 세세하게 묘사한다. 따라서 우리는 각각의 인물이 어떤 옷을 입고 어떻게 걷고 어떤 투로 말하는지 속속들이 파악한다. 그러다 2권 서두에서 그들 가운데 누군가에게 갑자기 무슨 일이라도 생기면 독자는 이렇게 반응한다.

에구머니나, 연두색 옷을 입고 걸을 때 좀 절뚝거리고 말할 때 발음이 새는 그 남자가 이런 일을 당하다니, 어쩌면 좋아?

그러면서 독자 자신도 놀란다. 책 절반 혹은 책 한 권, 어떨 땐 한 권 반을 지루해하며 읽어왔건만 말할 때 발음이 새고 다리를 좀 절고 연두색 옷을 입은 그 남자에게 갑자기 많은 관심을 보이는 자신에게 말이다. 이쯤에서 여러분은 이렇게 되물을지도 모르겠다.

혹시 이런 전제를 깔아두는 이유가 지금 이 책도 그래서?

확실히 해두겠는데 나는 지금 전제를 까는 것이 아니다. 그냥 있는 그대로 서술하며 사실을 확인하고 있을 뿐이다. 게다가 이렇듯 독자 여러분과 상의까지 하지 않는가. 그러니 여러분의 질문에 나는 아니라고 답하겠다. 오히려 그 반대다. 그러면 여러분 중 P 씨나 M 씨가 이런 식으로 되물을지도 모르겠다.

결국 이런 식이든 저런 식이든 의도하는 서술 방식이 있다는 말이군요?

음…… 뭐 그럴지도 모르지요, P 씨. 그럴지도 모른다고요, M 씨. 자, 내가 사용하는 방식은 바로 독자 여러분에게 그냥 있는 그대로 보여주는 것이다. 그런데 나는 내 방식을 별로라고 여긴다. 그러면 여러분은 이렇게 반박할지도 모른다.

왜 탐탁지 않아 하는 방식을 굳이?

왜냐하면 어떤 방식을 사용할지 안 할지에 대한 결정권이 항상 우리에게 있는 것이 아니라서다. 어떨 땐 스스로 선택한 방식이 자신을 묘하게 이용하기도 해서 오히려 두렵기까지 하다. 흔히 자신이 아이디어를 보유하고 있다고 생각하지만, 내가 보기엔 반대로 아이디어가 인간을 보유하고 있는 것이 아닌가 싶다. 어떤 아이디어는 세상에 적용되기 위해 2, 3세대를 거치기도 하지 않는가. 아니 완전히 실현되려면 3, 4세대가 걸리기도 한다.

여하튼 내 서술 방식이 나를 소유하든 내가 내 서술 방식을 소유하든 그 방식을 있는 그대로 표현하면 이렇다. 뭔가 지루한 것에서 출발할 게 아니라 흥미로운 것에서 출발하고, 단순한 준비 과정을 늘어놓을 게 아니라 어떤 액션으로 시작할 것. 인물에 대해 잔뜩 언급하고 나서 인물을 등장시킬 게 아니라 우선은 등장시키고 뒤에 인물을 설명할 것. 이쯤에서 여러분은 이렇게 말할지도 모르겠다.

특별히 문제될 게 없는 것 같은데요?

그건 여러분이 뭔가 모르고 하는 소리다. 책을 읽으면서나 희극이건 비극이건 극화된 연극을 보면서, 그러니까 독일 사람들의 표현을 빌리면 쇼스피엘[schauspiel 독일어로 연극이라는 뜻]을 관람하면서 적든 많든 우리는 지루해하기 마련이다. 아니 땐 굴뚝에 연기 안 나고 그늘이 없으면 빛도 없는 법이다. 여기서 지루함은 곧 연기고 그늘이다. 어차피 지루할 바에는 뒷부분보다 차라리 앞부분에서 지루한 편이 천 번 만 번 낫다고들 한다. 게다가 내 동료 중에는 앞에서 지루할 것이냐 뒤에서 지루할 것이냐를 결단하지 못해 결국 소설 내내 독자를 지루하게 만들거나 쇼스피엘 내내 관객을 지루하게 만들기도 한다.

그렇다. 진짜 그런 작업을 해낸다.

한편 나로 말하면 재미있게 시작하려 한 작품에서 내가 만들어낸 분위기 탓에 나 스스로 희생양이 된 적이 있다. 내가 쓴 희곡의 1막과 소설의 1편을 한번 상기해보라. 난 항상 재미있게 시작하려고 애를 쓴다. 그런데 1막을 재미있게 쓰다가도 한 4막쯤 가면 분위기가 완전히 죽어버리고, 1편을 재미있게 시작해도 15~20편쯤 가면 분위기가 가셔버리기 일쑤다. 프롤로그 때문에 비극성을 완전히 망쳐버린 『칼리굴라Caligula』, 1막 때문에 희극성을 망쳐버린 「마드모아젤 드 벨일Mademoiselle de Belle Isle」 같은 작품들이 좋은 예가 되겠다.

연극의 1막이나 소설의 1편에서 흥미를 돋우고 나면 관객과 독자는 계속 재미있기를 바란다. 하지만 그건 쉽지 않다. 몹시 어려우며 작품 내내 늘 재미있기란 거의 불가능하다. 반면 지루하게 시작해서 이어가다 보면 뭔가 좀 바뀌기를 바란다. 그래서 작가가 어떤 식으로 바꾸든지 간에 바꾸는 것만으로도 독자와 관객은 반긴다. 나는 『칼리굴라』의 프롤로그가 안겨준 쓰라린 경험으로 「클로비스Clovis」, 「아르탁세스Artaxerce」, 「안달루시아의 르시드Le Cid d'Andalousie」, 「페르티낙스Pertinax」, 「골 지역의 줄리앙Julien dans les Gaules」 같은 희곡을 성공할 수 있었다. 그러니까 서두부터 뭔가 잔뜩 넣을 게 아니라 조금씩 여기저기 넣으면 된다.

소설이나 극도 만찬과 마찬가지다. 초대된 손님은 배가 고프면 뭐든 먹고 싶어 한다. 이런 상태에서 무엇을 먹느냐는 그리 중요하지 않다. 식욕만으로 충분하다. 양파 수프를 한번 줘봐라. 어쩌면 얼굴을 찌푸릴 수도 있으나 먹긴 할 것이다. 그다음 슈크루트[양배추를 발효해서 만든 대중 음식], 돼지고기 같은 별것 아니지만 좀 푸짐한 음식을 내놓아라. 이제 배가 든든해진 손님은 구시렁거리지 않고 만족해하며 그 자리를 뜰 것이다. 어쩌면 이런 식의 감흥을 보탤지도 모른다.

최고급 요리는 아니었지만 식사 한번 푸짐하게 잘 했네그려.

바로 이런 이유로 앞부분 혹은 내내 지루하던 작품도 성공할 수 있다. 그런데 이런 방식은 흔히 사용되지 않으며 확실히 성공한다는 보장도 없으니 써먹지 말기 바란다.

자, 여기 두 가지 방식이 있다. 월터 스콧 식과 내 식.

먼저 월터 스콧 식이다. 앞서 언급한 만찬처럼 제공한다. 양파 수프에 슈크루트, 흔한 돼지고기. 거기에다 꿩이나 자고새 요리, 형편이 좀 되면 거위라도 그럴싸하게 곁들여 내놓는다. 그러면 손님은 찬사를 아끼지 않는다. 그 덕에 좀 전에 먹은 양파 수프나 슈크루트 따위는 잊어버린다. 마치 유명한 레스토랑에서 식사라도 한 것처럼 감탄사를 늘어놓는다.

그러면 내 방식은? 내가 사용하는 방식은 별로라고 이미 말했다. 내 식은 이렇다. 그럴싸한 꿩 요리뿐 아니라 가자미에다 가재 요리, 디저트용으로 감춰두었던 파인애플, 이어서 튀긴 토끼고기, 그뤼에르 치즈…… 이것저것 막 내놓는다. 이럴 때 손님의 인상은? 감탄은커녕 오히려 얼굴을 찌푸린다. 호강에 받쳐 요강에 똥을 싸는 격이라고나 할까.

이크, 독자 여러분, 내가 또 '나는 개 한 마리가 있고 닭 여러 마리가 있었다'에서 멀어진 것 같소이다. 내가 오늘 사용한 방식은 아무래도 월터 스콧 방식인 것 같으네그려. 하긴 온갖 수를 다 써봐야 한다.

내 짐승들 헤아려보기

자, 계속 스코틀랜드의 대작가 월터 스콧처럼 진행해보기로 하자. 다시 말해 등장인물을 소개하면서 말이다. 그런데 독자 여러분이 인물들을 잘 이해하려면 나와 함께 7, 8년 전으로 거슬러 올라가야만 하겠다.

당시 나는 '몽테크리스토성'에 살았다. 몽테크리스토성이 왜 몽테크리스토성으로 불리게 되었는지 혹시 아는지? 내가 그렇게 부른 것이 아니다. 그 정도로 자만하지는 않다. 어느 날, 멜랑그 부부와 그들의 두 아이를 저녁 식사에 초대했다. 당시 몽테크리스토성은 지은 지 얼마 되지 않은 터라 이름이 없었다. 내가 설명할 수 있는 방법을 총동원해서 집까지 어떻게 오는지 알려주긴 했지만, 그리 정확하지가 않아 여차하면 그 가족들은 걸어와야 할지도 모르는 판국이었다. 그런 상황에서 멜랑그 부인이 펙에서 마차를 잡아탄 뒤 마부에게 말했다.

"뒤마 씨 댁으로 가주세요!"

"뒤마 씨 댁이라니요?"

"마를리 거리에 있는 뒤마 씨 댁이요."

"마를리 거리는 두 군데 있는데요. 아래쪽이요, 위쪽이요?"

"뭐라고요?"

"어느 쪽 마를리냐고요?"

"모르겠는데요."

"그렇다면 뒤마 씨의 거주지 이름이라도 주세요."

"그러죠 뭐. 몽테크리스토성이에요."

그렇게 해서 '몽테크리스토성'이 탄생했다. 이 일화를 멜랑그 부인이 내게 들려주었고, 그때부터 뒤마의 집은 몽테크리스토성으로 불렸다. 이처럼 어떤 이야기의 뒷면을 살펴보면 이야기가 훨씬 수월하게 풀린다. 몽테크리스토라는 이름의 집에서 살게 된 나는 방문객이 있긴 했지만 주로 혼자 있었다. 나는 고독을 아주 좋아한다. 고독을 즐길 줄 아는 사람에게 고독은 안주인이 아니라 애인이다. 일을 하는 사람, 특히 일을 많이 하는 사람에게 가장 필요한 것이 바로 고독이다. 사회는 육체를 달래주고, 사랑은 마음을 채워주고, 고독은 영혼의 종교이다. 하지만 나는 단순히 고독 자체를 좋아하는 것이 아니다. 지상천국의 고독, 다시 말해 동물로 가득 차 있는 고독을 좋아한다.

나는 짐승은 싫어하지만 동물은 정말 좋아한다. 아주 어릴 때부터 새집을 찾아내는 챔피언이었고 과일 서리를 하며 놀았으며 큰 새소리 흉내로 작은 새 쫓는 놀이를 무척 즐겼다. 빌레코트레[뒤마의 출신지로 파리 외곽 북쪽] 숲에서 말이다. 내 『회고록Mémoires』이나 『앙주피투의 삶과 모험La vie et les aventures d'Ange Pitou』을 들여다보면 다 나와 있다. 결과적으로 말하자면 고독 속에서 나는 아담의 차림새나 순수성까지 겸비하지는 못했더라도 몽테크리스토성은 그야말로 지상천국이 축소된 장소였다.

거기서 나는 다섯 마리의 개들을 번갈아 가면서 데리고 있었다. '프리차드', '파노르', '튀르크', '카로', '탐보'.

독수리도 한 마리 있었는데 이름이 '디오게네스'였다.

원숭이는 세 마리 있었다. 한 마리는 저명한 번역가 이름을, 다른 한 마리는 유명한 소설가 이름을, 나머지 한 마리는 암놈이라서 잘나가는 여배우 이름을 붙였다. 왜 이렇게 이름 지었는지를 여러분이 두말하지 않도록 설명하자면 그 인물의 사생활과 신체적 특징까지 고려해 붙인 터라 여러분도 보면 누가 누군지 금방 알아볼 것이다. 어느 대기자—누군지 밝히고 싶지만 혹여 틀릴지도 몰라서—가 말했듯 "사생활은 꼭꼭 밀폐해야" 하므로 여기서는 편의상 번역가는 '포티쉬', 소설가는 '최후의 레마누아', 여배우는 '데가르상 아가씨'라고 부르기로 하자.

'뷔바'라는 이름의 파랗고 빨간 커다란 앵무새, '파파 에브라르'라는 초록과 노랑이 섞인 앵무새 한 마리도 있었다.

'미주프'라는 고양이 한 마리.

'뤼퀼뤼스'라는 금빛의 꿩 한 마리.

'세자르'라는 수탉 한 마리.

자, 이게 몽테크리스토성에서 나랑 함께 거주하던 동물의 명단이다. 공작새 암컷과 수컷, 열두 마리가량 되는 암탉, 뿔닭 두 마리도 있었지만 별다른 특징이 없기에 여기선 그냥 그런 게 있었다는 정도로만 언급하련다.

그 외에도 마를리 거리 위쪽과 아래쪽을 어슬렁거리다가 프리차드, 파노르, 튀르크, 카로, 탐보와 만나 친해졌거나 여러 번 재회를 반복하던 주인 없는 개들도 있었다. 아! 개의 친절은 거의 아랍인 수준이라서—그 때문에 오히려 몽테크리스토성의 주인은 너무 관대하다고 탓하는 이들도 있었지만— 하루가 멀다 하고 반가워하며 데려와서는 체류 기간을 늘리곤 했다. 그러다 보니 몽테크리스토성에는 네발 달린 존재의 환상과 응석과 욕구 표출은 물론 다양한 일화가 끊일 날이 없었다.

1850년께 몽테크리스토성의 지상낙원에 살던 동물들이 이랬고, 지금 내가 사는 암스테르담 거리에 있는 집 마당과 정원에 또 다른 동물들이 보태진다. 뒤에 보태진 새 인물들을 소개하면서 네발 동물, 두손 두발 동물, 가금류의 긴 목록을 끝맺기로 하자.

'말보루프'라는 이름의 싸움닭.

'드니 아줌마', '드니 아저씨'라고 불리던 두 마리의 갈매기.

'샤를 퀸트'라는 백로.

'플로르'라는 암캐.

그리고 원래 '카티나'로 불리다가 '카틸리나'로 갑자기 이름이 바뀐 개. "내가 가진 개 한 마리와 내가 가졌던 닭 여러 마리." 내가 보기에도 흐뭇한 이 문장은 바로 이 개와 연관이 있다. 그런데 이 부분은 가장 흥미롭고 극적인 내용으로 책의 마지막을 장식하기 위해 아껴두겠다.

이야기의 마지막에 도달하기까지 시간이 충분한 만큼 이제껏 내가 나열한 프리차드, 파노르, 튀르크, 카로, 탐보, 디오게네스, 포티쉬, 최후의 레마누아, 데가르상 아가씨, 미주프, 뷔바, 파파 에브라르, 뤼퀼뤼스, 세자르의 삶을 얘기해보기로 한다. 자, 프리차드부터 시작해볼까나. 그의 영광과 기품을 기리며!

스코틀랜드 사냥개, 포인터

'프리차드'는 스코틀랜드 개인 포인터종이다. 포인터의 사냥 기질을 독자 여러분은 익히 알고 있을 터. 아니 어쩌면 사냥에 별로 관심 없는 아름다운 여성 독자분은 모를 수도 있으려나. 그렇다면 바로 그런 여성 독자분을 위해 설명을 좀 덧붙인다.

포인터는 이름이 말해주듯 점을 잘 찍는, 그러니까 멈추는 재주가 뛰어난 개다. 질 좋은 포인터는 영국산인데, 그중에서도 스코틀랜드산이 최고로 꼽힌다. 포인터는 브라크, 스패니얼, 바베트처럼 사냥할 때 사냥꾼 바로 옆에서 따라다니는 게 아니라 100, 200 아니 300보 정도까지 떨어져서 다닌다. 그러다 일단 멈춰 서면 주인이 자신의 꼬리를 밟는 순간까지 포인터는 케팔로스의 개처럼 가만히 있는다.

신화에 별로 관심 없는 남성이나 여성 독자분을 위해 여우를 쫓다가 돌로 변해버린 케팔로스의 개에 대해 잠시 언급하겠다. 더 상세하게 알고 싶은 사람들을 위해 개의 이름까지 알려주겠다. '라이라프스'.

그렇다면 여우의 이름은 뭐지요?

이런 질문으로 나를 당황하게 만들려는 속셈이겠지만 여우는 '알로펙스'이고, 그리스어로 알로펙스는 그냥 여우를 칭한다. 그러니까 이 여우는 최고의 여우라서 로마를 'urbs' 즉 '도시'라고 불렀듯이 그냥 여우라고 불렀다고 이해하면 된다. 사실상 그 여우는 충분히 그럴만했다. 상상해보라. 테바이 사람들에게 복수하기 위해 테미스 여신이 보낸 거대한 여우였기에 매달 인간 한 명을 재물로 바쳤다. 매달 한 명이면 1년에 열두 명, 그러니까 그리스신화 속 미노타우로스의 재물보다 두 명이 적었을 뿐이다. 그 이유는 모르긴 해도 여우가 황소보다 손이 작아서가 아닌가 싶다. 여하튼 여우치고는 굉장한 크기였다!

그런데 라이라프스가 돌로 변했다면 여우는 도망갔나요?

여성 독자분들! 안심하시라. 여우도 개와 동시에 돌로 변했으니까. 혹여 테바이에 간다면 3천 년 동안 도망가는 여우와 그 여우를 쫓는 개가 자리를 지키고 있는 모습을 보게 되리라.

무슨 이야기를 하고 있었지? 그렇지, 포인터 이야기를 하고 있었지. 돌로 만든 개처럼 점을 찍듯이 엄격하게 멈추는 자세로 자신의 단점을 무마하는 포인터.

귀족의 나라인 영국에서는 유채, 메밀, 토끼풀, 붉은 자고새, 꿩이 가득한 3, 4천 헥타르의 넓은 공간을 담으로 둘러싼다. 그래서 숨을 만한 곳이 충분하기에 사냥감들이 유지된다. 거기서 포인터는 신나게 뛰어다니다가 돌로 변한 개처럼 멈춰 선다. 그런데 보다 민주적인 프랑스에서는 5, 6백만 명의 주인이 제각기 토지를 보유한다. 이런 사정이다 보니 평민 사냥꾼은 사냥하고 싶어도 두 발 정도 장전된 보잘것없는 총조차 그냥 벽난로에 매달아둔 채 추수가 끝나고 사냥을 개시할 수 있을 무렵 땅 주인이 사냥을 허락해줄 때까지 참을성 있게 기다려야 한다. 그러니 프랑스에서 포인터는 본의 아니게 환영받지 못하는 동물인 셈이다. 프리차드가 포인터종이라고 이미 말한 바 있다. 자, 여기서 여러분은 이런 생각을 할 텐데.

프랑스에서는 쓸모없다는 포인터를 왜 기르게 되었을까?

하느님 맙소사. 지독한 마누라는 도대체 어디서 온 것이고, 나를 배반하는 친구는 대체 어디서 온 것이며, 사냥꾼이 총을 잘못 쏴 손을 다치는 일은 도대체 왜 생기는가? 여자, 인간, 총에 대해 잘 안다고 자부하면서 말이다. 이게 바로 상황의 결과다! 여러분은 이런 속담을 알고 있을 터. "이 세상에는 행운 아니면 불운이 있을 뿐이다."

내가 좀 각별하게 여기는 죄수를 만나러 암이란 도시에 간 적이 있다. 나는 원래 죄수와 추방된 자에게 좀 각별하다. "불운도 높이 기리라, 불운도 신이 부여한 것이니"라고 소포클레스가 말하지 않았던가! 그 죄수 쪽도 내게 우정을 조금 품고 있었다. 이런 인연을 맺은 터라, 나는 그를 만나러 암에 며칠간 가 있었다. 그 며칠 동안 자연스럽게 정부 소속 경찰서장과 알게 되었다. 그의 이름은 르라였고 우아한 사람이었다. 그렇다고 우아함을 내세워 경찰서장에 서장으로 거듭나고 있는 마니토 르라 씨와 혼동하지 말기 바란다. 르라 씨, 그러니까 암의 르라 씨는 나를 친구처럼 대하며 쇼니 동물시장에 데려다줬다. 나는 거기서 말 두 마리를 샀다. 또 덕분에 쿠시성도 방문해 탑에 올라가기도 했다. 그러다 내게 사냥개가 없음을 안 르라 씨는 내가 떠날 즈음 이렇게 말했다.

"뒤마 선생님께 그럴싸한 선물을 할 기회가 주어져서 저로선 진심으로 기쁩니다. 스코틀랜드에 사는 친구 한 명이 우수종의 개 한 마리를 보내왔는데, 선생님께 선물로 드리겠습니다."

은혜를 베풀듯 주는 선물을 어떻게 마다할 수 있겠는가? 그게 포인터였어도 말이다. 그러면서 열 살, 열두 살 정도 돼 보이는 두 딸에게 말했다.

"자, 프리차드를 이리로 데리고 오려무나!"

프리차드가 등장했다. 두 귀가 나란히 바르고 겨자색 눈에다 누리끼리한 털 그리고 꼬리 부분에 멋진 깃털을 달고 있었다. 사실 그 꼬리 깃털 빼고는 못생긴 동물이었다. 그런데 내가 세네카의 『비종교성 작가들 선집』에서 배운바 인간을 외모로 평가하면 안 되고, 세르반테스의 『돈키호테』에서는 "옷차림새로 사람이 바뀌지는 않는다"라고 했다. 이런 판단이 인간에게 적용

된다면 개에게도 적용되지 말라는 법은 없을 터. 세네카와 세르반테스식의 믿음으로 나는 그 선물을 기꺼이 두 팔 벌려 받아들였다. 선물을 받는 나보다 선물을 주는 르라 씨가 더 흡족해하는 것 같았다. 그게 바로 받는 것보다 주는 것을 더 좋아하는 갸륵한 마음이리라.

"아이들이 프리차드라고 부른답니다. 하지만 원하시는 이름으로 지어 부르시지요."

나는 특별히 그 이름에 반감도 없고 반감을 표현할 자격이 있는 쪽은 도리어 개라는 생각이었기에 프리차드라고 계속 부르기로 했다. 그렇게 생제르맹으로 되돌아왔을 때—당시엔 아직 몽테크리스토성에 살지 않았다—, 나는 암으로 가기 전에는 없던 말 두 마리에 개 한 마리까지 동반한 탓에 좀 더 부유해졌거나 오히려 더 가난해졌다. 아니, 더 가난해졌다는 표현이 부유해졌다는 표현보다 더 적절하지 싶다. 왜냐하면 말 두 마리 중 한 마리가 피부병에 걸리는 바람에 다른 한 마리에게 옮길까 봐 150프랑을 들여 치료했기 때문이다. 여하튼 말 두 마리에 2천 프랑 들었는데, 수의사 말로는 운 좋게 아주 잘 샀단다.

프리차드. 이제 자연스럽게 여러분의 모든 관심을 받고 있을 프리차드로 말할 것 같으면 그에게 무슨 일이 일어나는지 곧 알게 될 것이다.

어치가 준비되다

프리차드의 나이는 잘 계산해보면 9, 10개월 정도였다. 다시 말해 훈육을 시작할 나이였기에 괜찮은 훈육사를 골라야만 했다. 베지네 숲 쪽에 오랜 지인이 한 명 살았다. 바트랑이라고 불렸는데, 굳이 과거로 쓰는 이유는 안 본 지가 오래되어서다. 여전히 그렇게 불리며 멀쩡하게 살아 있기를 바라는 바다. 바트랑과 알게 된 것은 나의 소년 시절로 거슬러 올라간다.

바트랑의 아버지는 빌레코트레 숲의 경비 관리였고, 우리 아버지[토마 알렉상드르 뒤마Thomas Alexandre Dumas 1762~1806 식민지 출신의 흑인 혼혈로 나폴레옹군의 장군이었다]는 허가를 받아 거기서 사냥을 했다. 당시 바트랑은 열둘에서 열다섯 살 정도였다. 장군으로 불리던 아버지였던지라 그에게는 늘 장군으로 기억됐다. 어느 날, 목이 마른 우리 아버지가 바트랑의 집 앞에서 물 한 잔을 달라고 했더니 바트랑의 아버지가 물 대신 포도주를 한 잔 건넸다. 그리고 장군이 포도주를 다 마시자 바트랑의 아버지는 그 잔을 둥근 덮개까지 덮어 장식장 위에 올려놓고 마치 귀중한 보물인 양 보관하다가 당신이 사망할 때 아들에게 물려주었다. 지금 그 잔은 경비원의 집 오래된 벽난로 위 중요한 장식품으로 여전히 한자리하고 있을 터다. 아들도 이제 그 무렵

아버지처럼 늙어버렸지만 내가 지난번에 봤을 때도 생제르맹 숲에서 가장 활동적인 경비 관리였다.

바트랑은 나보다 열다섯 살이 많다. 나이 차이는 나이가 든 지금보다 우리가 훨씬 젊었을 시절에 오히려 더 민감한 문제였다. 내가 아직 아이였을 적에 바트랑은 벌써 건장한 청년이었고 나는 부러워하며 서리하러 새 잡으러 그를 쫓아다녔다. 바트랑은 내가 아는 사람 가운데 새 잡이 막대기를 제일 잘 만드는 사람이었다. 언젠가 피페[새를 미끼로 새를 잡는 사냥]라는 이름의 휘황찬란한 사냥 수법을 파리지앵들에게 재주껏 최선을 다해 설명했더니 내 말을 듣던 청중 한 명이 말했다.

"저도 그런 사냥을 한번 봤으면 좋겠네요."

그래서 나는 그들에게 날짜를 잡으라고 했고, 날짜가 잡히자 바트랑에게 편지를 보냈다.

친애하는 바트랑, 나무를 준비하시오. 우리는 콜리네 집에서 숙박할 테니, 다음 날 아침 5시에 사냥을 시작하도록 합시다!

콜리네를 여러분은 알고 있으려나. 레스토랑 '앙리 IV 파비용'의 주인이자 탁월한 요리사다. 여러분이 혹여 생제르맹에 갈 일이 있으면 내가 추천해서 왔다고 하고 콜리네에게 베어네이즈 소스 갈비를 주문해 먹어보기 바란다. 그리고 뒷얘기를 내게 전해주기를. 우리는 콜리네 집에서 바트랑을 만났다. 그는 문을 들어서며 특유의 윙크를 해 보였다.

"준비되었소들?"

"그쪽은 나무가 준비되었소?"

"대략."

"그러면 어치는?"

"어치는 있소."

"그럼 더할 나위 없군요!"

나는 일행을 향해 말했다.

"신사 숙녀 여러분, 좋은 소식이오. 어치가 있다고 하오!"

무슨 말인지 아무도 못 알아들었지만 이건 아주 의미심장한 말이다. 다음 날 있을 사냥의 안전을 의미한다. 일단 어치가 있으면 새 사냥은 순탄하게 이루어진다. "어치가 있다." 이 표현이 얼마나 중요한지를 이제 설명하겠다.

플루타르코스[Plutarchos 고대 그리스 철학자]를 '선인 플루타르코스'라고 불렀듯이 '선인 라퐁텐'으로 불리기를 고집한 라퐁텐[Jean de La Fontaine 1621~1695 프랑스 시인이자 작가로 '라퐁텐 우화'로 유명하다]이 어치로 우화를 하나 만들었다. 「공작새를 흉내 낸 어치」라는 제목인데 그 내용은 얼토당토않다. 라퐁텐식으로 고약한 생각만 하는 동물이자 공작새 흉내까지 내는 어치가 있으면 손에 장을 지져도 좋다. 어치는 절대로 공작새 흉내를 내지 않을뿐더러 그런 생각을 하는 어치도 백 마리 중 한 마리꼴로 있을까 말까. 더욱이 고작 공작새 흉내나 내면서 그렇게 많은 적을 만들 수는 없다.

그렇다면 어치는 도대체 무슨 짓을 하는 걸까?

사투르누스의 이야기를 혹시 알고 있는가. 왕관을 보존하기 위해 제 자식들을 잡아먹는 사투르누스. 어치는 일단 사투르누스보다는 나은 아버지다. 제 자식이 아닌 남의 자식들만 잡아먹으니까. 그러니 다른 동물에게 얼마나 미움을 받겠는지 생각해보라. 딱새, 콩새, 종달새, 방울새, 솔잣새, 찌르레기 등 다른 새의 알이나 어린 새끼를 먹어치우니 말이다. 정말이지 뼈와 이를 가는 증오다. 하지만 어떤 새도 어치에 맞설 수 없다. 그러다 어치한테 행여 불행, 사고, 재난이라도 생기면 근처에 있는 모든 새가 기뻐서 펄펄 날뛴다. 여기에서 어치에게 일어나는 불행, 사고, 재난이란 바로 피페 사냥꾼의 손에 포획되는 일이고, 그와는 반대로 어치를 잡은 피페 사냥꾼은 완전히 횡재다.

피페 사냥꾼이 나무를 준비한다는 것은, 나뭇잎을 제거한 나뭇가지에 칼자국을 내어 큰 망을 만들듯이 잔가지들을 붙인다는 뜻이다. 그리고 그 나무 밑에다 움막집을 두고 보이지 않도록 양골담초와 양치류로 덮은 뒤 그 안으로 들어간다. 이때 사냥꾼은 새를 유인하기 위해 비단 조각이나 긴 풀잎 따위를 불어 다양한 새소리를 흉내 내는데, 혹여 어치를 갖고 있으면 새소리 흉내 대신 어치의 깃털 하나를 뽑으면 그만이다. 어치는 아프다고 소릴 지른다. 꾀엑! 그 소리가 숲에 울린다. 바로 그 순간 딱새, 콩새, 종달새, 방울새, 솔잣새, 찌르레기 등 온갖 새들이 파닥이며 귀를 기울인다. 이어 사냥꾼은 두 번째 깃털을 뽑고 어치는 두 번째 함성을 지른다. 꾀엑! 그 소리에 나머지 새들은 완전히 축제 분위기가 된다. 그들의 공동적에게 무슨 일이 일어난 것이 틀림없기 때문이다.

"무슨 일이 일어났지? 가서 봐야겠는데! 어디지? 어느 쪽이지? 여긴가? 저긴가?"

이제 세 번째 깃털을 뽑고 세 번째 울림이 퍼진다. 꾀엑! 그러자 모든 새가 이구동성으로 합창을 한다.

"아하, 저쪽이군! 저쪽이야!"

무더기로 비상해서 세 번의 함성이 울려 나온 그 함정 나무 쪽으로 날아온다. 그 나무에는 망이 설치된 터라 새들이 무더기로 파닥거리다 보면 몇 마리는 잡힌다. 자, 이게 내가 바트랑을 일행에게 소개하면서 "신사 숙녀 여러분, 좋은 소식이오. 어치가 준비되었소"라고 한 이유다.

친애하는 독자 여러분, 나와 함께라면 이처럼 모든 것이 설명된다오. 단지 내게 시간만 좀 할애해주면. 특히 내가 월터 스콧 방식을 쓸 때는 말이다. 자, 이게 바로 용감한 바트랑—소설『카트린 블룸catherine Blum』속 용감한 영웅의 이름으로 잠시 빌리기도 했던—의 소개인데, 나는 그에게 프리차드를 훈육해달라고 데리고 갔다.

바트랑과 그의 담배 파이프

바트랑은 못 미더운 표정으로 프리차드를 쳐다봤다.

"음, 또 영국종이군!"

여기서 여러분은 바트랑을 좀 더 알고 넘어가야겠다. 바트랑은 키가 5피트 6인치에 피골이 상접하고 뻣뻣한 체형의 소유자다. 가죽 장화로 무장한 그의 두 다리가 밟지 않은 가시덤불은 없으며 삼각자처럼 뾰족한 그의 팔꿈치가 자르지 않은 10년배기 이상 나뭇가지는 없다. 대개 야간 경비에 익숙한 사람들이 그렇듯 말수가 적다. 대신 자기 일을 신성시하면서 부하 경비를 다룰 때 눈짓이나 손짓 하나로 표현할 뿐인데 부하들은 다 알아듣는다.

그의 장식품 중 하나, 그러니까 그의 얼굴에 장식처럼 존재하는 게 있는데 바로 담배 파이프다. 그의 파이프에 진짜 설대가 끼워 있는지 모르겠으나 내가 볼 땐 언제나 타고 있는 상태였다. 그렇듯 늘 담배를 피워대는 바트랑은 화재의 위험성 때문에 수풀을 지나다니려면 좀 특별한 파이프가 있어야 했다. 얼굴에서 코의 길이를 넘지 않는 파이프.

바트랑의 이는 파이프 설대 끝부분을 늘 누르다 보니 아래위로 동그랗게 홈이 파여 있다. 말하자면 파이프 설대가 일단 입 속으로 들어가면 마치 꽉 끼는 핀처럼 고정되는 형상이랄까. 파이프는 농담할 때 막판에 입술이 기울어지는 통에 입을 약간 비켜날 뿐 나우시카 공주[『오디세이』의 등장인물]가 분수에 갈 때 항상 들던 아로마 병이나 우물 옆에 있는 레이첼의 항아리처럼 곧장 채워진다. 입안에 금방 채워진 파이프가 핀 같은 두 이로 이내 고정되면 바트랑은 호주머니에서 불쏘시개, 돌, 석화[나무에 생기는 단단한 버섯으로 불을 켤 때 사용한다]를 끄집어낸다. 그는 파이프에 불을 붙일 때도 화학적 방식은 무시한 채 전통적 방식을 고수했다.

일단 불이 붙으면 파이프가 완전히 진을 뺄 때까지 바트랑은 일정한 리듬으로 입에서 담배 연기를 계속 뿜어댔다. 하도 잔뜩 뿜어내는 바람에 증기를 뿜어내는 기계와 유사해 보여서 내가 언젠가 이렇게 넌지시 말하기도 했다.

"바트랑, 나중에 걸을 수 없게 되어 바퀴 달린 의자에 앉으면 흡사 증기기관차처럼 보이겠소이다."

"늘 걸어 다닐 겁니다."

바트랑은 그냥 짧게 응수했지만 그의 말이 맞다. 길잃은 유대인[중세 유럽의 전설에서 메시아가 재현할 때까지 영원히 방랑해야 하는 운명의 인물]도 달리는 바트랑에게는 못 당하지 싶다. 물론 대답할 때도 파이프는 입에 그대로 있었다. 그러니까 파이프는 마치 그의 턱에서 자라난 식물이나 솟아난 화석 같다고나 할까. 대신 말할 때는 소리가 이 사이로 겨우 통과해 나오는 통에 휘파람 같은 특유의 소리를 만들어냈다.

바트랑의 인사법은 세 가지다. 예를 들어 나에게는 쓴 모자를 올려 보였다가 제자리에 가져가는 식으로 한다. 다음 좀 더 높은 사람에게는 모자를 벗어 손에 든다. 그다음 왕자 정도 되는 사람에게는 모자도 벗고 입에 있던 파이프까지 뽑는다. 입에서 파이프를 뽑는 행위는 그가 표현할 수 있는 최상의 예의인 셈이다. 파이프가 빠져나왔다고 해서 바트랑의 이가 제자리에 가지런히 있진 않는다. 위턱과 아래턱을 나눌 게 아무것도 없다 보니 뭔가 다시 물려는 압력이 생기는지 파이프가 자리해서 나오던 소리가 이제는 더 힘들게 나오고 휘파람 같은 소리는 더 강해진다.

여하튼 사냥감을 거의 놓친 적이 없는 거친 사냥꾼 바트랑은 일반인이 꿩을 잡듯 도요새를 잡는다. 어디 그뿐인가. 사냥감이 어디로 사라졌고 어디에 흔적이 남았는지 알며, 한번 척 보고 어떤 멧돼지인지 감을 잡으며, 멧돼지 빛깔만 보고 세 살인지 네 살인지 또는 혼자 다니는 놈인지 여럿이 몰려다니는 놈인지를 분간한다. 발톱 넓이만 보고도 암컷인지를 알아보며, 새끼를 가졌는지 그렇다면 얼마쯤 되었는지도 안다. 다시 말해 사냥꾼이 사냥감에 대해 궁금해할 모든 것을 알고 있다. 그런 바트랑이 프리차드를 바라보며 말했다.

"음, 또 영국종이군!"

경계하는 눈초리였다. 바트랑은 개의 진보를 라이터의 진보만큼도 인정하지 않았다. 그가 쭉 봐온 바로는 국산 브라크 즉 우리 조상의 회갈색 진솔한 브라크에서 희붉은 영국종으로 바뀐 것이 다였다. 게다가 포인터를 인정하지 않았다. 바로 그런 이유로 바트랑은 프리차드의 훈육에 온갖 어려움을 겪는다. 심지어 나중에는 자신의 사냥개 한 마리를 되레 선사하겠다고 나서는데, 사냥꾼에게는 아버지가 자식에게 물려줄 때만 일어나는 아주 드문 일이다. 하지만 나는 그의 제의를 거절했다. 내가 원하는 것은 프리차드지 다른 개가 아니었다.

바트랑은 한숨을 쉬며 우리 아버지의 잔에다 포도주 한 잔을 부어 내게 권했다. 그러고는 프리차드를 바라보았다. 바라보긴 했지만 탐탁지 않게 여겼던 모양이다. 그렇게 한두 시간 지나서 프리차드는 메디시스 집으로 되돌아왔다. 당시 나는 아직 몽테크리스토성에 살던 때가 아니라고 이미 말했다. 그런데 내가 살던 집이 메디시스라는 말은 하지 않았다. 프리차드는 메디시스에서도 환영받지 못했다. 나의 정원수이자 경비원이자 신뢰자인 미셸이 길을 들인다고 계속 프리차드를 혼내다가 결국 미셸도 두 손 든 탓에 다시 바트랑의 집으로 데려갔다.

얼마 지나지 않아 프리차드가 도주했다는 소식을 들었다. 다른 사냥개들과 함께 가두었는데 칸막이 위쪽을 뛰어넘어 가고 싶은 집으로 달아났다고 했다. 칸막이가 꽤 높아서 여태껏 뛰어넘는 개를 본 적이 없다고 바트랑은 덧붙였다. 사실 바트랑은 이제껏 한 번도 포인터를 길러본 적이 없었다. 다음 날, 대문을 여니 앞에 프리차드가 앉아 있었다.

그로써 프리차드는 혼나는 두 번째 시즌에 들어갔고 다시 바트랑에게 맡겨졌다. 이번엔 바트랑은 프리차드에게 개목걸이를 채워 쇠줄로 묶었다. 미셸이 그 얘기를 내게 들려주며 어쩔 수 없었다고 덧붙였다. 바트랑은 훈육이 끝날 때까지는 내가 프리차드를 다시 보는 일은 없으리라고 장담했다. 하지만 다음 날에 내가 정원 한편에 있는 작은 별채에서 작업하는데, 개 짖는 소리가 엄청나게 들렸다. 프리차드가 피레네산 개와 싸우고 있는 것이 아닌가! 그 개는 이웃인 샬라멜 씨가 얼마 전에 내게 선사한 개다.

독자 여러분, 이 개에 대해 말하는 것을 깜빡했다. 뒤에서 이야기할 테니 그렇게 기억해두기 바란다. 더욱이 잊은 이유가 있다. 특별히 한자리 마련해주기 위해서다. 왜냐하면 그의 이야기는 내가 중요하게 여기는 미덕 중 하나를 나 자신이 실천하느냐 마느냐와 연관이 있기 때문이다. 그 미덕은 바로 내가 받은 모욕을 용서하는 것이다.

미셸은 '양'의 이빨 사이에서 프리차드를 빼냈다. 피레네산 개의 이름이 양이었다. 성격이 양처럼 온순해서가 아니다. 성격을 고려했다면 완전히 번지수가 틀렸다. 성격이 아니라 양모처럼 가늘고 하얀 털을 가져서다. 미셸이 양의 이빨 사이에서 프리차드를 빼냈다는 이야기까지 했는데, 그러고 나서 미셸은 세 번째로 또 한바탕 프리차드를 혼내고는 다시 바트랑의 집으로 데려갔다. 알고 보니 프리차드가 목에 걸고 있던 목걸이를 먹어버린 것! 바트랑은 어떻게 프리차드가 목걸이를 먹어치웠는지 수십 번 자문해봤지만 절대로 대답을 얻을 수 없었다. 프리차드는 이번에는 장작더미가 있는 곳간에 갇혔다. 벽이나 문을 먹어치우지 않는 한 절대로 빠져나오지 못하는 곳이었다. 프리차드는 둘 다 시도해보고는 벽보다는 문이 더 소화가 잘 되리라고 판단했는지 결국 문을 먹어치웠다. 아를랑쿠르의 작품 『죄수』 속 아버지처럼.

"아버지, 이 감옥에서 간절한 것은 오로지 먹을 것입니다."

다음다음 날 저녁, 털을 바람에 흩날리며 너무 반가워 겨자색 눈에서 눈물이라도 쏟을 듯한 프리차드가 부엌으로 들어오는 모습이 보였다. 미셸은 이번엔 혼내지 않았다. 어디로도 데려가지 않았다. 도리어 프리차드와 네 번의 전쟁을 치른 바트랑이 집에 와서 전쟁 조언이나 해주기를 기다렸다.

프리차드의 갈비 사냥

다음 날 이른 아침에 씩씩거리며 바트랑이 나타났다.

"그런 놈 보신 적 있소이까?"

하도 화가 난 상태여서 아침 인사도 저녁 인사도 하지 않은 채 불쑥 그렇게 말했다.

"바트랑, 보아하니 내가 이제껏 본 중에서 담배 파이프 길이가 제일 짧은 것 같소이다."

"그럴 겁니다. 프리차드 그놈이 화를 돋우는 바람에 벌써 이로 세 번째 파이프를 짓이겨 부수었소이다. 아내가 부러진 파이프를 실로 칭칭 감아줬는데, 그렇게라도 하지 않으면 그놈 때문에 파이프가 남아돌지 않게 생겼으니, 이 불한당을!"

"들었냐, 프리차드? 바로 너한테 하는 소리다."

나는 바닥에 앉은 프리차드를 향해 말했다. 프리차드는 듣고는 있어도 그런 식의 추궁을 이해하지 못하고 있음에 틀림없었다. 왜냐하면 바닥에 꼬리를 치면서 올망졸망한 눈빛으로 나를 바라봤으니까. 바트랑이 계속 말했다.

"아! 만일 장군님이 저런 개를 가지고 계셨더라면……."

"음, 만일 그랬다면 어쩌셨을 것 같소? 바트랑, 나도 그렇게 해

보겠소이다."

"그분이라면…… 그분이라면."

바트랑은 말을 멈춘 채 숙고하는 듯하다가 말을 이었다.

"음, 아무것도 하지 않으셨을 겁니다. 장군님 자신이 전능하신 하느님의 든든한 짐승이었으니."

"그렇다면 나는 어떻게 하면 좋겠소? 바트랑."

"그걸 제가 알면 이러고 있겠습니까? 저놈을 계속 데리고 있다가는 집이 다 무너져내릴 판이라서 돌려드리는…… 개 한 마리 때문에 이 지경이니…… 솔직히 인간으로서 정말 치욕스럽기까지 하다는 걸…… 이해하시겠습니까?"

바트랑은 너무 화가 난 나머지 자신조차 인식하지 못한 채 횡설수설했다. 완전히 절망 상태에 돌입한 듯 보여 나는 뭔가 제안을 해서 그 상황을 해결해보려 했다.

"바트랑, 내가 사냥 장비를 준비할 테니 베지네로 갑시다. 관리하고 계신 영역으로 가서 말씀하시듯 '이놈'을 훈육해야 할지 말아야 할지 한번 보기로 합시다."

"저놈한테 걸맞는 이름으로 불러야겠습니다. 프리차드는 안 어울립니다. 카르투시, 망드랑, 풀라이에, 아르티파이 같은 이름이 딱 제격이지……."

바트랑이 언급한 이름들은 우리가 어릴 때 심취했던 모험 이야기 속 대표적인 건달 네 명의 이름이다.

"아, 그러지 말고 계속 프리차드로 부릅시다. 자, 우리 프리차드 씨도 장점이 있을 것이오. 이미 있는 거 말고도."

"다른 놈들은 알아도 프리차드는 아직 잘 모르겠소이다."

"미셸, 사냥 장비를 가지고 오도록 하시오. 우리 모두 베지네 숲으로 가서 프리차드가 뭘 할 수 있는지 보기로 합시다."

그러자 미셸이 응수했다.

"어르신을 실망시키지는 않을 것입니다요."

미셸은 항상 프리차드에게 약했다. 미셸은 불법 사냥을 하는 이가 아닌 반면 프리차드는 나중에 알게 되겠지만 진짜 불법 사냥 명견이다. 우리는 베지네로 내려갔다. 미셸은 단단히 마음 먹고 프리차드를 붙들며 걸었고 바트랑과 나는 서로 장단을 맞춰 걸었다. 그렇다고 아마디스[중세 소설에서 비롯된 사랑스러운 기사도를 지칭하는 표현] 처럼 전쟁과 사랑의 장단이 아니라 사냥식 장단을. 내리막길에서 내가 말했다.

"미셸, 저기 보시오. 프리차드를 닮은 개가 있구려."

"어디요?"

"한 500보 앞에, 저기 다리 밑에."

"이런! 진짜 닮았군요."

너무 닮은 탓에 혹여나 해서 미셸은 뒤에 있을 프리차드를 돌아보았다. 이럴 수가! 프리차드가 사라진 게 아닌가. 프리차드는 끈을 쥐도 새도 모르게 물어뜯고는 우리 뒤가 아니라 우리 앞에 가 있었다. 열린 물막이 사이로 흐르는 물을 바라보며 펙 다리에서 어슬렁거리는 개는 바로 프리차드였다.

"피리차디!"

미셸이 크게 소리쳤고, 내가 응수했다.

"미셸, 지금 사투리를 쓰는 거요? 바트랑, 우리가 이렇게 프리차드를 못 이기는 동안 횡설수설의 챔피언이 될 판이오."

그러자 바트랑이 받아쳤다.

"장담하건대 그냥 떠돌이 개일 뿐입니다. 그뿐이라니까요. 그래 어디로 가는지 한번 봅시다, 보자고요."

"바트랑, 장점을 너무 그렇게 비하만 하지 마시오. 단점은 이미 충분히 보았으니. 어디로 가는지 내가 한번 맞혀보리까? 음, 코레주 씨 집에 인사하러 가는 듯하오. 만일 가정부 아주머니가 주의하지 않으면 코레주 씨의 점심을 먹어치울 듯한데."

아니나 다를까. 잠시 후 펙 정거장으로 나온 프리차드는 빗자루로 무장한 한 아주머니에게 쫓기고 있었다. 방금까지 석쇠 위에 있던 갈비를 낚아채서 입에 문 채로.

"뒤마 어르신, 어르신 개 좀 잡으세요!"

우리는 프리차드가 지나가지 못하게 막으려고 했다.

"거기 멈추게 하세요, 멈추게 하라고요."

마치 그리스신화에서 오레이티아를 납치한 보레아스를 잡으려는 것처럼 우리도 안간힘을 썼다. 하지만 프리차드는 미셸과 나 사이를 마치 번개같이 빠져나갔다. 그걸 보며 미셸이 말했다.

"원래 불한당들이 시뻘건 고기를 좋아한다지요. 빨간 양고기, 벌건 송아지고기, 상한 돼지고기."

오르막길로 사라지는 프리차드에게서 눈길을 떼지 않은 채 바트랑이 다소 아이러니한 어투로 거들었다.

"저놈이 대체 뭘 가져다줄지 여전히 모르는 상태에서 뭘 가져가는지는 알게 되었구먼."

우리 곁에 와 있던 아주머니가 프리차드 쪽으로 계속 쫓아가려 했다. 나는 아주머니에게 말했다.

"아이고, 아주머니. 시간만 낭비하시는 겁니다. 프리차드를 잡으면, 아니 만일 잡힌다고 해도 이미 고깃덩어리는 없을 텐데."

"그렇게 생각하시나요?"

숨을 가다듬기 위해 빗자루를 누르며 아주머니가 응수했다.

"네, 틀림없어요."

"뒤마 어르신은 그 도둑놈을 그런 식으로 먹이는 게 자랑스러우시겠습니다요."

"아니요, 아주머니. 오늘 아침은 내가 아니라 오히려 아주머니가 먹여줬네요그려."

"뭐라고요. 제가…… 제가…… 아니라 코레주 주인어른이시죠. 에구머니나! 그러나저러나 주인어른이 뭐라고 하시려나?"

"미셸처럼 말씀하시겠지요. '그놈 시뻘건 고기를 좋아하는구먼'이라고요."

"그래요. 하지만 언짢아하실 게 틀림없고, 오히려 저보고 뭐라 하실지도."

"그렇다면 메디시스 집으로 식사하러 오시라고 제가 말씀 전하지요."

"이번에는 그런다고 쳐도 개가 계속 저런 식으로 나오면…… 큰일 날 겁니다요. 개 때문에 큰일 날 거라는 말밖에 드릴 말씀이 없습니다요."

그렇게 말하고는 프리차드가 사라져버린 쪽으로 빗자루 방향을 돌렸다. 아주머니의 마녀풍 예언에는 부족한 게 하나도 없었다. 빗자루까지 들고 있었으니.

루아레 포도주

바트랑과 미셸 그리고 나는 펙 다리 위에 그대로 서 있었다. 프리차드가 사라져버린 지평선으로 시선을 멈춘 채로. 아주머니가 저주라도 내리는 시늉을 하며 개를 좇아 빗자루 방향을 돌린 그쪽으로. 만일 어느 화가가 방금 내가 늘어놓은 이야기를 한 폭의 그림으로 담는다면 바로 이 장면을 선택하는 게 좋으리라. 앞쪽에 모여 있는 네 사람이 우선 눈에 들어오고, 그 뒤편

으로 개가 입에 고깃덩이를 물고 도망가는 장면. 그렇게 프리차드를 집어넣어야 네 사람의 태도를 이해할 테니까. 그리고 배경으로 고대 원형극장이 있는 자리에 세워진 이 아름다운 생제르맹 도시가 드러난다. 이 도시를 찾는 관광객에게는 오스트리아 출신인 안 왕비가 루이 14세를 출산하자 루이 13세가 창문으로 민중에게 아들을 내보인 별장이 있는 곳으로 유명하다.

우리 중 첫 운을 뗀 건 바트랑이다.

"아! 몹쓸 놈, 몹쓸 놈 같으니라고!"

그 말에 내가 응수했다.

"바트랑, 아무래도 오늘 사냥은 망한 것 같소이다."

"왜요?"

미셸이 되물었다.

"프리차드하고 사냥을 해야 하는데, 프리차드가 사라져버렸으니……."

"어르신은 프리차드가 되돌아오지 않을 거라 보시는지요?"

"물론 장담하오. 내가 프리차드라면 돌아오지 않을 테니까."

그러자 미셸이 받아쳤다.

"프리차드를 모르시는군요. 얼마나 뻰뻰한지를."

"그렇다면 미셸, 자네 생각은 어떻소?"

"일단 조용히 바트랑 씨 댁으로 가십시다요. 거기서 빵과 치즈를 곁들여 포도주나 한잔 들이켜다 보면 10분도 안 돼 장딴지 옆으로 프리차드의 꼬리가 느껴질 테니까요."

그 말에 바트랑이 말했다.

"그렇게 할까요? 마침 아내가 어제 어린 양고기를 구워놓은 데다가 꼭 맛보여 드리고 싶은 루아레 포도주도 있으니. 루아레는 아내의 고향이거든요. 드셔들 보고 맛이 어떤지 말씀해주시구려. 내 기억이 맞는다면 양고기를 좋아하신 것 같은데."

"바트랑 씨가 나를 아주 어릴 때부터 알고 있는 터라 작은 허점조차 감출 수가 없군요. 그러면 코레주 씨는?"

"가는 길에 데리고 가십시다. 둘이 함께 먹을 게 있으면 셋이서도 먹을 수 있는 법."

"근데 우린 벌써 네 명이지 않소!"

"닭은 뒀다 뭐에 씁니까. 알이라도 낳았으면 오믈렛을 만들면 될 테고."

"그럽시다, 바트랑. 루아레 포도주에 양고기, 오믈렛으로 한가한 시간이나 보냅시다."

"아! 맛있는 커피와 우유도 맛보시고."

"그럽시다, 바트랑. 가십시다."

그때 바트랑이 소릴 질렀다.

"아, 프리차드 그 몹쓸 놈!"

"또 무슨 일이오?"

"파이프 불이 꺼져버렸지 뭡니까. 그놈 같은 열등생 때문에 제가 다 열등해지려고 합니다그려!"

그러면서 늘 하던 대로 바트랑은 구식으로 파이프에 불을 붙였다. 우리는 길로 접어들었다. 20보도 가지 않았을 때 미셸이 팔꿈치로 나를 툭 쳤다. 바라봤더니 뒤쪽을 보라는 눈짓을 했다. 프리차드가 사라졌던 길모퉁이 쪽에 프리차드의 몸뚱이가 반쯤 드러나 보였다. 프리차드는 우리가 뭘 하는지 바라보며 차후 우리가 뭘 하려는지 짐작해보려는 모양이었다. 미셸이 이어 말했다.

"본 척하지 마세요. 저렇게 두면 우리를 따라올 겁니다요."

우리가 못 본 척하자 프리차드는 우리를 따라왔다. 지나가면서 베지네 정거장에서 코레주 씨와 합류했다. 친애하는 독자 여러분, 수영 잘하고 인성 좋은 사람 한 명 만나보시려오? 그렇다면 생제르맹 방향으로 베지네역까지 가서 코레주 씨를 찾으면 된다오. 사람이 좋아서 여러분이 원하는 무엇이든 기꺼이 도와주려 할 것이오. 수영을 잘하다 보니 여러분과 센강을 타고 생클루까지 거뜬히 갈 텐데, 거기서 좀 더 부추기면 파리까지 가는 일도 마다하지 않을 거요.

바트랑 집에 마침내 도착했다. 집 안으로 들어가기 전에 힐끗 돌아보니 프리차드가 보였다. 200보 정도 간격을 조심스럽게 지키면서 따라오고 있었다. 나는 미셸에게 '역시' 하는 표정을 건네곤 집 안으로 들어섰다.

"어이! 안주인, 밥 주시오!"

바트랑이 말했다. 바트랑 부인은 놀란 표정으로 우리를 쳐다봤다.

"아이고 맙소사!"

"네 명이요! 자, 그럼 포도주 네 병에다 달걀 열두 개 풀어 만든 오믈렛, 양고기 그리고 커피 한 잔씩이오!"

바트랑 부인은 한숨을 내쉬었다. 손님을 감당하지 못하는 안주인이라서가 아니라 음식이 충분하려나 걱정돼 내쉰 한숨이었다. 그러자 바트랑이 이내 응수했다.

"자, 한숨은 내일 쉬고 빨리 식탁을! 우리가 좀 바쁘다오!"

잽싼 손놀림으로 단번에 네 병의 루아레 포도주가 탁자 위에 가지런히 올려졌고 연이어 프라이팬에 버터 녹는 소리가 지글지글 들려왔다.

"이 포도주 맛 좀 보시구려들."

내 잔에 포도주를 가득 부으며 바트랑이 말했다.

"바트랑, 바트랑, 너무 많이는 말고요."

"아, 그렇지요. 뒤마 씨가 장군님 같다는 걸 깜빡했네요. 장군님은 물만 드시는 분이었지요. 어쩌다 좀 분위기가 느슨해져서 포도주 한 잔이라도 드시면 금방 얼굴이 벌겋게 되시곤 했으니. 어느 날에 우리 아버지가 진짜 포도주를 한 잔 드렸는데, 보세요. 저기 벽난로 위에 있는 금박 입힌 잔이요! 코레주 씨는 저 잔 아직 못 보셨지요? 바로 장군님의 잔이라오, 가여운 우리 장군님!"

그러면서 내 쪽을 향해 말을 이어갔다.

"아! 장군님이 뒤마 씨가 지금처럼 글도 쓰고 총도 쏘는 걸 보셨더라면 정말 흐뭇해하셨을 텐데……."

이제 내가 한숨을 쉴 차례였다. 바트랑이 말했다.

"에구, 내가 또 멍청하게. 장군님 얘기가 나오면 뒤마 씨의 마음이 어떨지 잘 알면서. 그래도 어쩌겠습니까? 장군님 얘기를 안 하곤 못 배기겠는데. 그러니까 그분은 음…… 뭐랄까…… 이크! 파이프가 또 망가졌네!"

바트랑이 적절한 표현을 찾는다고 이를 꽉 물어버리는 바람에 파이프 머리 부분이 뚝 부러졌고 곧이어 바닥에 툭 떨어져 산산이 조각났다. 그런데도 아까 멈췄던 말을 이어갔다.

"그분은…… 음…… 그러니까 뭐랄까…… 에구, 담배 파이프가 완전히 맛이 가버렸네!"

"이크, 바트랑. 다른 파이프도 맛이 가게 할 작정이오?"

"뒤마 씨는 담배를 안 피우는 게 드러나는군요. 담배를 피우면 파이프 하나에 정이 드는 데 적어도 6개월이 걸린답니다. 그래야 맛을 알 수 있거든요. 코레주 씨는 담배 피우시나요?"

"네, 피우긴 하는데 시가를 피웁니다."

"그렇다면 코레주 씨도 파이프는 모르시겠군요."

그러면서 장식장을 열어 파이프 하나를 꺼냈는데 금방 떨어진 파이프만큼 새까맸다. 그걸 보고 내가 말했다.

"따로 보관해놓은 파이프도 있으시군요."

"네, 조금씩 다르지만 이런 걸로 열 개에서 열두 개 정도 있지요. 하지만 제가 제일 아끼는 건 저거였답니다."

“바트랑, 더 이야기하지 마시구려. 이미 엎질러진 물인걸.”

“맞아요. 포도주나 드십시다. 포도주 색깔이 낮에 보면 마치 루비처럼 맑지요. 건배!”

“바트랑 씨도 건배!”

나는 바트랑에 장단을 맞추려고 잔을 비웠다.

설탕 훔치다 큰코다친 프리차드

내가 잔을 비우기가 무섭게 끔찍한 고함 소리가 들렸다.

"앗, 도둑놈! 앗, 강도! 앗, 나쁜 놈!"

부엌에서 바트랑 부인이 소리쳤다.

"앗! 불조심!"

미셸도 소리쳤다. 사실은 불이 아니라 내가 들고 있던 포도주 잔을 집어 들어 어깨 힘을 잔뜩 모아 밖으로 던진 것. 깨갱 소리가 들렸다. 미셸이 말했다.

"아하, 어르신이 너를 놓치지 않으셨네."

그러자 코레주 씨가 의아해하며 물었다.

"무슨 일이시오들?"

그 말에 바트랑이 응수했다.

"무슨 일이겠습니까? 또 괘씸한 프리차드겠지요."

"바트랑, 누군지 우리 내기할까요? 당신이 이길 거요."

그렇게 말하며 내가 마당으로 나가자 바트랑이 좀 당황해하며 말을 이었다.

"양고기만은 건드리지 않았기를 바랄 뿐입니다."

"어이구, 바로 양고기랍니다. 제가 창문틀 위에 올려놨더니 프리차드가 그만."

바트랑 부인이 부엌 문턱을 넘어서며 우리 쪽을 향해 이야기하는 순간 내가 고깃덩어리를 손에 들고 왔다.

"제가 이렇게 찾아왔습니다."

"그래서 잔을 프리차드를 향해 던지셨던 게로군요."

"잔은 멀쩡합니다요. 보십시오. 우리 어르신의 기막힌 적중 실력을."

그랬다. 잔은 프리차드의 어깨쯤에 닿고는 그대로 풀 위로 떨어진 덕에 깨지지 않았다. 그래도 목표물에는 적중해 프리차드는 깨갱 소리를 내느라 입을 벌릴 수밖에 없었기에 물고 있던 고기를 바닥으로 떨어뜨렸다. 바닥이 신선한 풀이었던지라 나는 그걸 주워 온 참이었다.

"바트랑 부인, 안심하세요. 식사를 할 수 있게 되었으니까요."

아약스[그리스신화 속 트로이전쟁의 영웅]의 흉내라도 내며 "비록 신은 원하지 않았지만"이라고 한마디 덧붙이려다가 도가 좀 지나쳐 보여 입을 다물었다. 대신 이런 말을 덧붙였다.

"비록 프리차드는 원하지 않았지만."

"뭐라고요? 그걸 드시겠다고요?"

놀란 기색을 보이는 아주머니에게 미셸이 응수했다.

"먹고말고요. 개 이빨 자국 있는 쪽만 걷어내면 되지요. 개의 입만큼 깨끗한 것도 없답니다."

바트랑도 맞장구를 쳤다.

"당연하지요. 행여 부상이라도 당하면 상처 자국을 개에게 핥게 하면 그만이랍니다. 개 혀만큼 잘 듣는 연고가 없거든요."

"대신 광견병 걸린 개는 말고."

"아하, 그건 또 다른 얘기지요. 만일 어르신이 광견병에 걸린 개한테 물린다면 이런 걸 바르면 되지요. 개구리의 뒷발, 쥐의 간, 혀……."

"아하! 미셸, 내가 혹여 광견병에 걸린 개에게 물리기라도 하면 자네가 말하는 그런 방법을 기대해보리다."

"만일 어르신이 독뱀한테 물린다면…… 바트랑 씨, 베지네 숲에 뱀은 없나요?"

"난 본 적 없소이다."

"유감이군요. 행여 독뱀에게 물리기라도 하면 제게 좋은 비법이 있는……."

내가 미셸의 말을 끊으며 말했다.

"일단 상처를 알칼리로 문지르고 알칼리 대여섯 방울을 물에 타서 마시면 된다오."

그러자 미셸이 물었다.

"그렇죠. 하지만 도시에서 한참이나 떨어져 있는데 알칼리를 어디서 구한다지요?"

코레주 씨도 궁금해했다.

"어디서 구하지요?"

어디서 구할 수 있는지 모르는 나는 더 이상 설명을 이어갈 수 없다는 사실에 기가 죽어 고개를 약간 숙인 채 코레주 씨의 말에 장단을 맞췄다.

“정말 그러네.”

“어르신이라면 어떻게 하시겠습니까?”

“나라면 진드기처럼 빨겠네. 상처부터 빤 다음…….”

“그런데 그 상처가 빨기 힘든 부위라면요? 예를 들어 팔꿈치라거나.”

“음, 미셸이 말하는 팔꿈치 쪽은 대답 못 하겠으나 몸의 유연성을 한껏 이용해 내가 빨 수 있는 부위만을 말하는 것이오.”

나는 아까보다 더 기가 죽어버렸고, 미셸이 말을 이었다.

“그럴 땐 뱀을 포획해 머리 부분을 박살 내고 배 쪽을 갈라 그 액체를 상처…… 그러니까 빨 수 없는 곳까지 바르고 나서 두어 시간 지나면 낫습니다요.”

“정말이오? 미셸?”

“제가 지난번에 달걀을 구하러 파리식물원에 갔을 때, 조프루아 생틸레르 씨가 그렇게 일러주었습니다요. 그분이 전문가가 아니라고는 말씀 못 하실 테지요?”

“내가 그걸 어떻게 반박하겠소. 전문가시고말고.”

미셸은 곳곳에서 끌어모은 수많은 비법을 갖고 있었다. 그런 비법 모두가 효과적이라고 장담은 못 하지만 나는 적어도 이 비법만은 믿을 수 있다고 봤다.

“아하!”

프리차드의 흔적을 싹 없애는 수술을 마치고 양고기가 분홍 빛을 띤 채 맛깔스럽게 앞에 나오자 코레주 씨가 감탄사를 토해냈다. 양고기 다음은 오믈렛. 두껍고도 때깔이 좋은 데다가 아직도 노른자가 좀 흐르는 상태였다.

친애하는 여성 독자 여러분! 혹여 여러분의 요리사가 오믈렛을 만들 줄 아는지 모르겠으나 오믈렛을 만드는 데 참고할 책은 베슈렐이 편찬한 사전이며 아카데미의 책보다 만 개가 더 많은 단어로 상세히 설명돼 있다고 요리사 양반에게 알려주시오. 그만한 책이 없다는 말도 아울러. 그리고 내가 여러분의 요리사가 오믈렛도 못 만들 거라 했다고 너무 섭섭해하지 말기를.

우리 요리사는 아주 솜씨 좋은 요리박사랍니다.

그렇다면 더욱더! 오믈렛은 원래 가정부, 농사꾼, 촌사람의 음식이지 요리박사의 요리가 아니올시다! 내가 요리사를 구할 때 해보라고 하는 음식이 바로 오믈렛과 간단한 닭고기 요리올시다. 여기서 독자분들은 이런 질문을 보탤지도.

그런데 누가 먹자고 오믈렛을?

아, 그건 모르고 하는 소리라오. 여성 독자 여러분! 브리야 사바랭[Brillat Savarin 1755~1826 프랑스 법조인이자 미식가]의 책, 오믈렛 부분에서

잉어알집 오믈렛을 한번 읽어보기를. 오믈렛! 진짜 미식가들에게 오믈렛이 뭔지 한번 물어보기를. 바이올린 선생 댁에서 가재 오믈렛과 베이컨 샐러드를 먹으려고 60리도 마다하지 않던 저올시다.

어머, 뒤마 씨. 바이올린 선생이 있다는 말씀인가요?

무슨 말이오! 3년 동안이나 바이올린 선생이 있었는데, 내 회고록을 보시오들.

그런데 뒤마 씨가 바이올린을 켠다는 말은 금시초문인데요.

물론 연주를 하지는 않소. 그렇다고 바이올린을 배우지 않았다는 말은 아니잖소. 회고록을 보시라니까요.

그렇다고 그렇게 발끈하실 거야 없지요.

발끈하다니요? 내가 무슨 앵그르나 라파엘 같은 거장이나 되는 것도 아닌데. 뭐, 여하튼 간에 바트랑 부인의 오믈렛 얘기로 되돌아오면 정말 기막히게 맛있었다. 우리는 찬사를 아끼지 않았다. 그런데 부인은 오히려 주위를 살피느라 안절부절못하는 기색이었다. 바트랑이 물었다.

"뭘 찾으시오?"

"내가 찾는 것은…… 정말 귀신이 곡할 노릇이네!"

"도대체 뭘 찾는데 그러오?"

"찾는 게…… 그러니까, 참 이상하네. 조금 전까지 내가 들고 있었는데."

"대체 뭔데? 말을 하오!"

"내가 방금 설탕을 가득 담았거든요."

"그렇다면 설탕통을 찾고 있소?"

"네, 그래요. 설탕통."

그러자 코레주 씨가 응수했다.

"올해는 특히 쥐들이 극성이라!"

"설탕은 쥐들에게 안 좋은데."

미셸이 끼어들었다.

"정말 그러오, 미셸?"

"모르십니까, 어르신? 설탕을 먹고 자라는 쥐는 장님이 된다는 걸?"

"아, 나도 그건 들었소. 그런데 내가 보기엔 쥐들을 탓할 것도 아닌 것 같소. 쥐들이 만일 설탕을 먹었다고 해도 설탕통까지 먹지는 않을 테니."

"알 수 없지요."

코레주 씨가 말했다.

"설탕통 재질이 뭔데요?"

미셸이 부인에게 물었다.

"도자기요. 도자기로 된 멋진 통인데, 로쥬 박람회에 가서 구해온."

"언제요?"

"작년에."

"부인, 저도 거기 가서 장롱 하나 구해왔는데, 원하시면 설탕통 대신 그걸 선물로 드리지요. 게다가 아직 개시도 하지 않았답니다."

코레주 씨가 말했다.

"고맙긴 합니다만, 이놈의 설탕통은 어디로 간 걸까요?"

"도대체 어디에다 두었는데 그러오?"

바트랑이 물었다.

"저기 식판 위에다 두었어요."

"아하!"

미셸이 뭔가 번쩍하는 표정을 내비치고는 밖으로 나갔다. 5분 정도 지난 후 프리차드를 끌고 돌아왔다. 프리차드의 주둥이에 설탕통이 박혀 있었다.

"자, 보시오들. 죄를 지은 탓에 벌을 받고 있습니다요."

"아니, 프리차드가 설탕통을 가져갔던 것이오?"

"네, 보시는 것처럼. 설탕 한 조각으로 만족하지 못하고 설탕통 통째로."

"설탕통을 주둥이에 묶은 것이오?"

"아닙니다. 이렇게 돼 있었습니다."

"혼자서?"

"네. 자세히 보십시오들."

"그놈 주둥이에 자석이라도 달려 있나?"

"그게 아니라 코와 주둥이를 설탕통 속으로 처박은 거지요. 입구보다 안쪽이 더 넓으니 안쪽에서 주둥이를 열어 설탕으로 채운 거고요. 바로 그때 제가 발견했습죠. 주둥이를 닫으려고 해봤지만 입속에 가득 찬 설탕이 방해했을 터. 그래서 주둥이를 벌린 채 못 빼고 있는 겁니다요. 그러니까 입속의 설탕이 다 녹을 때까지 까마귀 주둥이가 깔때기에 꽂히듯 저렇게 끼어 있을 수밖에요."

그러자 바트랑 부인이 거들었다.

"뒤마 어른, 여하튼 결론은 마찬가지랍니다. 저 개 보통이 아닙니다요. 그걸 준 사람이 그냥 그대로 데리고 있었어야……."

"바트랑 부인, 그러지 않아도 서서히 저도 부인의 의견에 공감하고 있습니다."

바트랑이 끼어들었다.

"거참, 난 오히려 그 반대올시다. 이전보다 더 애착이 가는 판이요. 이놈이랑 뭔가를 할 수 있을 듯한 느낌도 들고."

"바트랑 대가님의 말이 옳다고 봅니다. 모든 인간에게는 단점이 있지요. 졸업하고 나면 학교에서 받은 상들이 무슨 소용이 있나요."

코레주 씨가 덧붙였다. 이러는 사이 미셸이 예견한 대로 설탕은 녹았고 프리차드의 주둥이는 해방되었다. 대신 다른 사고를 피하고자 미셸은 프리차드의 목을 손수건으로 묶고는 손으로 꼭 쥐었다. 바트랑이 말했다.

"자, 자, 다른 설탕을 주시오. 커피를 마시고 나서 이놈을 한번 시험해봅시다."

우리는 바트랑이 약속한 것보다 더 맛있는 식사를 커피로 마무리하며 바트랑을 따라 외쳤다.

"이놈을 시험해봅시다!"

잔꾀 부리는 프리차드

밖으로 나가기 직전, 바트랑은 프리차드의 목에서 손수건을 풀고 제압용 목걸이를 채웠다. 제압용 목걸이가 뭔지 여러분은 아시는지? 남성 독자들 말고 여성 독자들에게 하는 말이오.

아니요. 모르는데요.

식육점이나 경비원의 개 혹은 투견을 본 적이 있는지? 그 개들 목에 거는 특수 목걸이로 바깥쪽에 뾰족한 장식이 박혀 있다. 적이 개 목을 물어뜯을 경우를 대비해 그렇게 만들었다.

그렇군요!

그러니까 방어용 목걸이라고나 할까. 방어용 목걸이를 제압용 목걸이로 바꾸려면 뾰족한 장식이 안쪽으로 가도록 뒤집으면 된다. 그리고 주인이 개를 한 20보 정도 거리에 유지할 수 있도록 줄을 목걸이에 연결한다. 이런 상태로 사냥하는 것을 '개를 옆에 두며 사냥한다'라고 한다. 줄이 느슨할 때는 뾰족한 장식이 목을 간지럽히는 정도지만, 줄이 팽팽할 때는 뾰족한 장식이 목을 파고든다. 그게 점점 심해지면 개는 끙끙대다가 멈춘다. 하지만 이런 제압만 반복해 멈추다 보면 효과가 없기에 서서히 단계별로 훈육한다.

우선 6~8인치 길이의 막대기를 줄에 묶어 개가 질질 끌고 다니게 한다. 막대기는 개 뒤에서 끌리며 땅바닥에 난 토끼풀이나 잡초를 긁는 터라 장해를 만든다. 함부로 달리면 안 된다는 정도를 이해하도록 말이다. 다음에는 막대기 없이 줄만 묶는다. 그게 바로 훈육의 두 번째 단계이며 장해가 없는 탓에 고통이 줄어든다. 그다음엔 줄까지 풀고 목걸이만 남겨둔다. 그 상태에서는 이미 말했듯이 목이 간질간질한 정도인데, 그 탓에 개는 목걸이가 여전히 목 주위에 있다고 인식한다. '다모클레스의 칼'처럼 목걸이의 존재로 위협이 지속하고 있음을 느끼도록 말이다. 그러다 목걸이를 벗겨놓고 필요할 때만 다시 채우면 되는 상태로 교육하는 것이 바로 사냥개 훈육이다.

프리차드가 거쳐야 하는 교육은 이렇게 끔찍한 교육이었다. 주인으로부터 300보나 떨어져서 들판을 활개 치며 뛰어다니는 포인터가 총 바로 옆에 머물러 있어야 한다니! 나는 내심 프리차드가 용납하지 않으리라고 강하게 느꼈다. 바트랑도 오히려 더 반항할 수 있다고 했다. 그러자 미셸이 조심스레 말했다.

"한번 두고 보십시다."

그리고 우리는 곧 보게 되었다. 첫 번째 나무와 마주치자 프리차드는 그 나무 주위를 세 번 돌더니 멈춰 섰다.

"아니, 저렇게 흉악한 놈을 봤나!"

줄을 잡은 바트랑이 프리차드가 도는 만큼 나무 주위를 돌면서 말했다. 그러고는 프리차드를 다시 전진하도록 했다. 다음 나무에서도 프리차드는 세 바퀴 돌았다. 첫 번째는 오른쪽으로 돌았지만 이번에는 왼쪽으로 돌았다는 점이 달랐다. 행군 시범대도 프리차드처럼 그렇게 정확한 동작을 취하지는 못할 게다. 사실 사람들은 어떤 동작을 실행하면서 약간의 실수를 하기 마련이다. 그 장면을 보며 바트랑이 말했다.

"아하, 이중으로 흉악한 놈!"

그러면서 두 번째 나무에서 끈을 풀려고 프리차드만큼 돌았다. 세 번째 나무에서도 프리차드는 뱅뱅 돌았다.

"삼중으로다가!"

그러자 미셸이 웃었다.

"왜 웃으세요?"

"일부러 저런다는 거 모르시겠습니까?"

나도 미셸과 같은 생각이었다. 바트랑이 날 바라보며 물었다.

"일부러 그러다니요?"

"흠, 나도 그런 것 같아 두렵소이다."

"뭐라고요, 이놈이. 그럼, 너 두고 봐라!"

그렇게 말하며 바트랑은 회초리를 꺼내 들었다. 러시아 제국 시절에 회초리로 농민을 위협하던 것처럼. 그러자 프리차드는 얌전히 바닥에 앉았다.

"이놈을 도대체 어떻게 해야 하나? 마구 때려야 하나?"

"아니오, 바트랑. 그럴 필요 없소이다."

"그럼 도대체 어쩌란 말입니까? 도대체! 도대체?"

"자, 그냥 동물의 본능에 맡기기로 합시다. 포인터종한테 브라크종의 자질을 억지로 심을 수는 없지 않겠소."

"그냥 놔두자는 말씀이십니까?"

"그렇소, 바트랑. 그냥 놔둡시다."

그러자 줄을 풀며 바트랑이 말했다.

"자, 유랑자. 달리거라."

자유로워진 프리차드는 말이 끝나기가 무섭게 나무 주위를 도는 행동을 멈추고는 코는 아래로 털은 바람에 휘날리며 풀숲으로 사라졌다. 내가 말했다.

"흠, 괴짜가 가버렸네그려."

"찾아봅시다."

미셸이 말했다.

"찾아봅시다."

바트랑도 그렇게 말했지만 복음서의 금언 "구하라! 그러면 얻을 것이다"를 그리 믿지 못하겠다는 듯 시큰둥하게 머리를 약간 흔들었다. 우리는 프리차드를 찾아 나섰다.

ADRIEN MARIE
L. BABEUILLE

토끼로 가득한 호주머니

사실 딱히 할 일도 없던 터라 여러분이었어도 이런 상황에서 프리차드를 찾아보자는 미셸의 의견에 동의했지 싶다. 우리는 프리차드를 찾아 나섰다. 이름을 부르기도 하고 손가락으로 휘파람을 불기도 하면서. 숲이라는 환경에 잘 어울리게 말이다. 그렇게 반 시간쯤 흘렀지만 프리차드는 우리가 그러거나 말거나 기척도 없었다. 나와 한 30보쯤 떨어져 나란히 걷던 미셸이 멈추어 섰다.

"어르신, 어르신!"

"무슨 일이오, 미셸?"

"이쪽으로 와보세요. 이쪽으로요."

프리차드처럼 모른 척하거나 가만히 있을 그럴싸한 이유도 없던 나는 미셸의 부름대로 움직였다.

"대체 무슨 일이오?"

"아무 일도 아닙니다. 그냥 저것 좀 보세요."

그렇게 말하며 앞으로 팔을 쭉 폈다. 그가 가리키는 쪽을 보니 앞에서 소개하는 영광의 기회를 가졌던 케팔로스의 개처럼 부동자세로 있는 프리차드가 보였다. 머리, 등, 꼬리까지 일렬로 엄숙하게 정돈된 몸짓이었다. 이젠 내가 바트랑을 불렀다.

"바트랑, 이쪽으로 와보시오."

우리 쪽으로 온 바트랑에게 프리차드를 보라고 했다. 그 모습을 보고 바트랑이 말했다.

"와, 멈춘 것 같소이다."

"맙소사!"

미셸이 감탄하듯 말했다.

"뭘 잡기라도 했소?"

내가 물었다.

"가서 보시죠."

바트랑이 말했다. 우리는 다가갔다. 프리차드가 아까 나무 주위를 돌던 때처럼 바트랑이 프리차드 주위를 여러 번 돌았지만 꿈쩍도 하지 않았다. 그걸 보면서 바트랑이 말했다.

"네가 꿈쩍하지 않아도 괜찮다. 자, 보시오들! 이게 바로 그 유명한 '멈추기'랍니다."

그러면서 내게 손짓을 했다.

"이리 가까이 오세요."

나는 다가갔다.

"보세요. 뭔가 보이시오?"

"아니요. 난 아무것도 안 보이는데."

"저쪽에 터를 잡은 토끼가 안 보이시오?"

"아! 보이오."

"뭐라고 해야…… 막대기라도 있으면 한 대 내리쳐서 토끼탕 해 먹으면 되는데."

"아! 아직은 지켜보고 있으니 빨리 만드시오."

미셸이 말했다.

"막대기 만드는 동안 프리차드가 토끼를 잘 지켜보고 있어야 하는데."

바트랑의 의견에 나도 한마디 거들었다.

"밑져야 본전 아니겠소. 아쉬워봤자 토끼가 도망가는 것밖에 더 있겠소."

"그러지요. 재빨리 하나 만들겠소이다. 뭐, 여하튼 어떻게 하는지 살펴보는 중이니."

바트랑은 즉시 막대기를 자르기 시작했다. 프리차드는 움직이지 않았다. 단지 가끔 우리 쪽으로 토파즈처럼 반짝이는 두 눈동자를 돌렸을 뿐. 그러자 미셸이 말했다.

"좀 참아라, 조금만 참으면 된다. 바트랑 어른이 막대기를 만드는 거 너도 보이잖아."

그러자 마치 그 말을 알아듣기라도 한 듯이 바트랑에게로 돌렸던 시선을 바로 하며 아까처럼 똑바로 가만히 멈춰 서 있었다. 바트랑은 막대기를 뾰족하게 다듬기 시작했다. 미셸이 한마디 거들었다.

"막대기 다듬을 시간은 충분합니다."

바트랑은 막대기를 다듬고 나서 토끼가 있는 쪽으로 조심조심 다가가 수풀 더미에 마련된 토끼 터전 중앙에 막대기를 적중시켰다. 그러자 네 발을 바둥대는 불쌍한 짐승의 하얀 배가 드러났다. 프리차드가 토끼 쪽으로 덤벼들려다가 바트랑이 버티고 있자 잠시 멈칫하더니 곧 진정했다.

"자, 미셸. 이놈을 호주머니에다 넣으시오. 이제 토끼탕은 준비된 거나 마찬가지요."

"와! 이놈 등 좀 보세요. 건장합니다."

미셸이 외투 속으로 토끼를 집어넣으며 말했다. 이제껏 그 주머니로 몇 마리의 토끼가 들어갔는지 하늘만 안다. 바트랑이 프리차드를 칭찬하려고 했지만 프리차드는 벌써 사라지고 없었다. 바트랑이 물었다.

"이놈 또 어디로 가버렸지?"

"어디 갔냐고요? 짐작하기 어렵지도 않은데요, 뭘. 다른 놈 또 잡으러 간 게지요."

사실이 그랬다. 우리는 다시 프리차드를 찾아 나섰다. 그리고 10분쯤 후 프리차드를 발견한 미셸이 말했다.

"저게 바윈가 뭔가, 보세요들!"

미셸의 말대로 프리차드는 첫 번째처럼 위엄 있게 뭔가를 지켜보고 있었다. 바트랑이 다가갔다.

"토끼군요."

"바트랑, 이번엔 막대기가 벌써 준비되어 있잖소!"

막대기는 바로 날아가 가시덤불을 흔들고는 바닥으로 떨어졌다. 바트랑은 가시덤불 속으로 손을 넣어 두 번째 토끼의 귀를 잡아 올렸다.

"미셸, 이건 다른 쪽 호주머니에 넣으시게나!"

그런데 미셸은 다른 쪽 호주머니에 넣지 않고 아까 그 호주머니에 넣었다.

"미셸, 왜 바트랑 씨가 말한 호주머니에 안 넣는 거요?"

"어르신, 걱정 마세요. 각 주머니에 다섯 마리씩은 거뜬히 들어갑니다요."

"이크, 미셸. 공무원 앞에서 그런 소릴 하면 안 되지 않소."

그러곤 바트랑 쪽으로 방향을 돌려 내가 말했다.

"바트랑, 숫자 '3'을 신들이 좋아한다오."

"그럴지도 모르지요. 하지만 게랑 씨는 아닐 겁니다."

게랑은 검찰관이다. 그래서 내가 덧붙였다.

“뭐, 이제 볼 건 다 보았으니 나머지는 필요 없지 않겠소. 프리차드를 바트랑 씨도 알게 되었지 않소?”

“네, 나머지는 안 봐도 뻔합니다.”

“그렇다면 바트랑 씨의 의견은 어떻소?”

“만일 사냥총 옆에서 사냥했다면 그야말로 개판이었을 텐데. 뭐, 멈추는 것 하나는 일품입니다.”

“그런데 또 어디로 간 거지요?”

미셸이 말했다.

“모르긴 해도 어디선가 세 번째 토끼를 보고 멈춰 선 모양일세그려.”

우리는 다시 찾아 나섰다. 아니나 다를까 멈춰 있는 프리차드를 발견했다.

“맙소사. 그나저나 얼마나 오래 멈출 수 있는지 궁금하군요.”

바트랑이 시계를 쳐다보며 말했다.

“바트랑 자네는 여기가 일터니 이 환상적인 사냥을 계속하시구려. 난, 집에서 사람들이 기다리고 있어서 집으로 돌아가야 할 것 같소이다.”

미셸과 나는 메디시스 집 쪽으로 발길을 돌렸다. 뒤돌아보니 바트랑이 프리차드 목에 제압용 목걸이를 다시 채우고 있었다. 하지만 이번에는 무슨 일이 일어나도 놀라지 않을 듯한 기세였다. 그리고 한 시간 후 바트랑이 집으로 왔다. 멀리서 나를 보고는 큰 소리로 외쳤다.

"27분이요. 토끼가 달아나지만 않았어도 이 개는 계속 멈춰서 있었을 겁니다."

"뭐라고요, 바트랑?"

"제 말은 정말 기똥차게 멈춘다고요."

"그렇지요. 평판 난 대로. 이제 뭘 더 가르칠 게 있을까요?"

"한 가지 남았는데, 그건 뒤마 씨도 가르칠 수 있지요. 물건 가지고 오게 하는 것. 그건 장난치듯 놀면서 가르칠 수 있으니 제가 굳이 필요하지 않습니다요."

"자, 미셸. 들었소?"

"네, 듣자마자 했습니다."

"뭘 했단 말이오?"

"말 잘 듣는 아이처럼 순순히 가져옵니다."

프리차드가 순순히 가져온다는 말에 나는 쉽게 수긍이 가지 않았다. 그런데 미셸이 손수건을 던지자 프리차드는 손수건을 물고 돌아왔다. 아까 그 토끼 한 마리를 던지자 토끼도 물어다 주었다. 그다음 닭장으로 가서 달걀을 하나 들고나와 바닥에 두자 프리차드는 아까 손수건처럼 아주 부드럽게 달걀을 물고 왔다. 그걸 보고는 바트랑이 말했다.

"동물은 알아야 할 걸 이미 알고 있답니다. 단지 실행하는 일만 남은 거지요."

"9월 2일에 다시 프리차드의 소식을 전해주리다, 바트랑."

"이런 놈이 총사냥에 잠잠히 응해준다면 적어도 500프랑 값어치는 될 텐데……."

"그렇겠지요. 하지만 그런 기대는 버리시구려. 보아하니 절대 잠잠히 응해줄 것 같지 않으니 말이오."

그때 내가 기다리던 사람들이 도착했다. 바트랑의 큰 장점 중 하나는 끼어들지 않기라서 그는 조용히 자릴 떠났고 신나던 우리의 대화도 멈췄다.

양은 어떤 개인가?

내가 미셸과 바트랑과 함께 재밌게 나누던 프리차드 얘기를 종결하고 맞이한 사람들이 도대체 누군지 한번 보기로 하자.

마케. 원숭이인 '최후의 레마누아'라는 새 식구를 보태준 이로 당시 나는 그와 함께 『빨간 집의 기사Le Chevalier de Maison Rouge』를 집필하고 있었다.

드 피엔느. 문학에 대한 의견만 내비치지 않으면 더할 나위 없는 마음씨를 가진 사람이다.

아탈라 보셴. 연극 「킨Kean」에서 안나 담비 역을 훌륭하게 연기해내고 「지롱드 당원들Les Girondins」에서 즌비에브의 감정 연기를 해낸 연극배우다.

그리고 내 아들, 알렉상드르[Alexandres Dumas fils 1824~1895 극작가이자 소설가로 『춘희』로 유명하다].

나는 손님들을 맞이했다. 그들에게 지하창고, 다락, 말 네 마리가 있는 마구간, 마차 세 대, 닭장이 있는 정원, 원숭이 궁전, 동물원, 온실, 놀이판, 꽃까지 아낌없이 제공했다. 그리고 나는 색유리로 된 작은 별채 벽면 쪽에 큰 탁자를 설치해 여름에는 사무실로 사용하며 주로 머물렀다. 나는 손님들에게 '양'이라는 이름의 개가 새 식구로 들어왔다고 알린 터였다. 더불어 이름만으로 섣불리 판단하지 말라고 했다. 이름은 친근하지만 성격은 아직 아리송하다고. 길목에 앉아서 석류석처럼 두 눈을 빨갛게 번쩍이며 하얀 곰이 그러하듯 머리를 약간 흔들거리는 양의 모습을 그들에게 보여주었다. 건드리지만 않으면 양은 전혀 공격적이지 않았다.

나는 알렉상드르에게 모든 것을 맡겼다. 그렇다고 쉬는 게 아니라 연재소설 세 편을 써야 했다. 연재소설 집필은 내가 즐겁게 하는 일이 아닌 만큼 이와 관련해서는 언급하지 않으련다. 연재소설을 써보지 않은 사람은 알 수 없다.

사람들은 정원에서 제각기 원숭이든 가금류든 동물원이든 온실이든 닭이든 취향대로 흩어졌다. 나는 사냥복을 입고 있던 터라 평상복이자 작업복으로 갈아입기 위해 방으로 올라갔다. 여러분이 관심 가질 만한 내용을 곧 알게 될 테니 걱정하지 마시길! 나는 겨울이든 여름이든 조끼나 긴 윗도리는 걸치지 않고 발까지 오는 긴 바지와 긴소매 셔츠를 입고 실내화를 신는다. 계절에 따라 달라지는 게 있다면 바지와 셔츠의 재질이다. 겨울에는 두꺼운 면바지와 양모 셔츠, 여름에는 얇은 면바지와 삼베 셔츠. 삼베 셔츠와 얇은 면바지로 갈아입고 10분쯤 후에 아래로 내려왔다. 내 모습을 보고는 아탈라 보셴이 물었다.

"차림이 왜?"

"제가 아버지를 순백으로 모셨습니다."

알렉상드르가 대신 대답했다. 그렇게 나는 절찬 아닌 절찬을 받으며 작업실로 들어섰다. 당시 『서자 드몰레옹Le Bâtard de Mauléon』을 작업하고 있었는데, 이웃인 샬라멜 씨가 와서는 내게 양을 주었다. 나는 그 소설을 갓 시작한 터라 양을 소설 안에 집어넣어 볼까 싶어 양에게 역할 하나를 주었다. 월터 스콧 식으로 양을 묘사하면서 시작했다. 이름은 '알랭'이고 돈 페드르의 동생 돈 프레데릭이 선물 받는 장면으로 풀었다. 알랭을 묘사하는 것으로 양의 묘사를 대신하겠다.

그들 뒤로 개 한 마리가 펄쩍 뛰어왔다. 머리 부분은 곰처럼 뾰족하고 두 눈은 스라소니처럼 번쩍이고 두 다리는 노루처럼 신경질적이었는데, 깊고 험한 계곡에나 있을 법한 엄중하면서도 가벼운 몸짓의 개였다. 몸 전체가 마치 비단으로 덮이기라도 한 듯 햇빛이 와닿자 은빛으로 번쩍거렸다. 루비가 박힌 폭이 넓은 금목걸이를 했는데, 금으로 된 작은 방울 하나가 달려 있었다. 점프하는 동작이 표출하는 환희와 어딘가 어울리지 않았다. 그 점프는 보이는 목적과 보이지 않는 목적을 동시에 내포하고 있었다. 보이는 것은 자줏빛 융단으로 덮여 있는 눈같이 하얀 말처럼 주인이 쓰다듬으면 히힝거리며 대답하는 자세. 보이지 않는 것은 궁전 아래 점잖게 자리해야 하는 주인에게 참을성 없이 달려들어 허우적대는 자세에 곧 이어지는…… 결국 말처럼 히힝거리는 측면, 개답게 뛰어 덮치는 측면 그리고 민중의 소리를 담은 측면. 만세! 수천 명이 외치고 있지만 단 하나의 소리를 담고 있었다. 만세! 돈 프레데릭!

돈 프레데릭에 대해 더 알고 싶은 독자들은 『서자 드몰레옹』을 읽어보시길. 나는 여기서 양이 어떤 동물인지를 설명하는 부분만 옮기면 되니까. 이걸로 여러분은 양을 알게 되었다.

자, 이제는 새로 등장한 인물이 도대체 우리를 어디로 끌고 가는지 한번 따라가기로 하자. 이런 걸 철도 쪽에서는 '레일 이음매'라 하며 시나 소설 분야에서는 '에피소드'라고 부른다. 아리오스트[Arioste 1474~1533 이탈리아 시인]가 에피소드의 창시자다.

그러면 레일 이음매의 창시자는 누군가요?

거기에도 대답했으면 좋겠지만 애석하게도 나는 아는 바가 없소이다.

필자가 어떤 재앙을 내비칠 때

앞에서 "여러분은 양을 알게 되었다"고 했는데, 내가 말을 잘 못했다. 여러분은 아직 양을 모른다. 생김새를 알게 된 것은 맞지만 생김새라는 게 도대체 뭔가? 중요한 것은 그 내부의 도덕성 아니겠는가. 생김새만으로 사람을 파악할 수 있다면 소크라테스가 그의 제자들에게 한 말 "너 자신을 알라"는 스스로 거울만 쳐다보고 머리 색깔이 빨간색인지 갈색인지, 눈이 파란지 검은지, 피부색이 하얀색인지 갈색인지, 볼이 통통한지 핼쑥한지, 늘씬한지 몽땅한지만 알면 자신을 다 파악한 것이 되지 않겠는가! 하지만 알다시피 소크라테스의 그 유명한 말이 전하는 의미는 이렇다.

"자신의 내부로 들어가서 양심을 검진해보고 자신이 도덕적으로 어떤 가치가 있는지를 알아보라. 육신은 단지 영혼을 둘러싸고 있는 포장 즉 칼의 칼집일 뿐이다."

그러니 이제껏 여러분이 파악한 것은 양의 포장일 뿐이며 알랭의 칼집일 뿐이다. 게다가 그조차 정확하지 않다. 내가 묘사한 알랭은 목에 루비가 박히고 금방울이 달린 금목걸이를 하고 있다. 여러분도 알다시피 왕의 동생이 소유한 개한테는 가능한 장식이지만 극작가이자 소설가인 나 같은 사람의 개는 엄두도 못 내는 장식이다. 양은 루비가 박힌 금색 목걸이를 하지 않은 것은 물론이고 금속 목걸이, 아니 가죽 목걸이도 하지 않았다.

자, 이 부분은 수정되었으니 이제 양의 성격으로 넘어가자. 양의 성격을 단정하기는 어렵다. 언뜻 보면 사납거나 신경질적이기보다는 친근해 보인다. 움직임이 느리고 좀 암울하다. 양을 내게 준 샬라멜 씨에게 양의 과거를 물어봤더니 그의 대답은 이랬다.

"우선 개가 뒤마 씨에게 친근해지도록 신경이나 쓰세요. 그다음 어떻게 나올지는 두고 보시고요."

그 말이 오히려 양의 과거가 미심쩍다는 생각을 품게 했지만, 미심쩍어하는 것은 천성이 아니다 보니 양이 내게 친근해지는 데 집중했다. 그래서 점심과 저녁 식사 때마다 먹고 남은 뼈를 손수 들고 가서 양에게 건네주곤 했다. 양은 엄청난 식욕과 동시에 암울한 자세로 뼈를 먹었다. 하지만 나의 어떠한 배려에도 묵묵부답이었고 쓰다듬어도 아무런 반응이 없었다. 저녁 시간에 양의 우울함을 달래려고 어쩌다 생제르맹 광장으로 함께 산책이라도 가면 다른 개들처럼 기뻐서 날뛰기는커녕 마치 주인의 장례 행렬을 따르기라도 하듯 머리와 꼬리를 한껏 낮추고 끌려오듯 따라왔다. 그러다 누군가 다가와 내게 인사라도 하면 낮은 톤으로 으르릉댔다.

"에구, 에구, 개가 왜 저러죠?"

"신경 쓰지 마세요. 나와 친해지는 연습을 하는 중이니까요."

"아, 네. 남들하고는 친해지기 싫은가 보네요."

특히 모양새에 민감한 사람은 이런 말까지 했다.

"그놈 조심하세요. 눈빛이 좀 묘하군요."

외모적 판단으로도 모자라 경계심까지 잔뜩 더 보태어 다급하게 멀어지며 하는 말.

"뒤마 씨! 개 이름은 뭐예요?"

"양이요."

"이크, 양아! 우리 다시 스치지 말자. 조심하세요, 뒤마 씨."

그런 말을 들으며 나는 양에게 한마디 했다.

"들었냐? 너를 두고 하는 소리다."

양은 아무런 기척이 없었다. 게다가 벌써 우리 집에 온 지 여드레가 되었건만 나는 양이 짓는 소리를 한 번도 듣지 못했다. 우리를 스치는 사람의 개가 혹여 내게나 양에게로 다가와서 개들의 방식으로 인사라도 나눌라치면 양은 사람에게 하듯 으르렁거렸다. 으르렁대는 데 그치는 게 아니라 이빨로 잽싸게 공격까지 했다. 양의 공격을 받은 개는 모르긴 해도 여생을 절름발이로 지내야 할지도. 다행히 치명적인 공격을 재빠른 움직임으로 피한 경우, 주둥이가 열렸다가 닫히며 나는 이빨 소리가 허공에 크게 울렸다. 그 모습은 먹이를 간절히 기다리는 동물원의 사자를 연상시켰다.

양과 세 번째 외출을 한 다음 날, 나는 생제르맹 시청의 경관이 보낸 편지 한 통을 받았다. 개하고 외출할 때는 개에게 쇠목걸이를 채워야 한다는 내용이었다. 행정명령을 잘 따르는 시민인 나는 곧장 쇠줄을 샀건만 미셸이 양의 목에 채울 쇠목걸이를 사는 걸 늘 잊어버리는 바람에……. 이런 미셸의 망각이 내 목숨을 어떤 식으로 좌우하게 되는지 여러분은 곧 알게 되리라.

초록색 원숭이와
파란색 앵무새에게 매료되다

앞에서 거론한 내용에도 불구하고 양의 성격은 여전히 묘하고도 어딘지 침울하다. 우리에게 이미 보여준 것도 전혀 분홍빛이 아니라고 결론지을 수 있겠다. 이런 상태에서 어느 날 오후 2시, 사건이 터지고 말았다. 양이 미셸의 달리아를 땅에서 파헤치고 있었다. 미셸은 정원사이기도 해서 파란 달리아를 연구하던 터였다. 알렉상드르는 해먹에 누워 담배를 피우고 있었고, 마케와 드 피엔느, 아탈라는 살인 사고를 저질러서 '원숭이 5년형'을 받은 고양이 미주프를 괴롭히고 있었다.

이크! 불분명한 여러 가지 재앙 냄새를 풍겨서 독자 여러분에게 죄송한데 이제 '데가르상 아가씨', '포티쉬', '최후의 레마누아'라는 이름의 원숭이 세 마리와 고양이 '미주프'에 대해 이야기해야겠다. 데가르상 아가씨는 가장 작은 원숭이종의 암컷이다. 어디서 태어났는지는 모르는데, 동물학자인 퀴비에의 분류에 따르면 구대륙산인 것 같다. 데가르상 아가씨가 내게로 오게 된 이야기는 아주 간단하다. 르아브르에 짧은 여행을 갔을 때였다.

무슨 이유로요?

여기에 대해 답하기는 상당히 곤란하다. 모르긴 해도 르아브르니 바다를 보러 갔지 싶다. 르아브르에 도착하자 나는 이내 파리로 되돌아가고 싶어졌다. 그런데 르아브르에서는 그냥 빈손으로 되돌아오지 않는 법이다. 문제는 도대체 무엇을 가지고 돌아올 것인가. 상아로 된 장난감, 중국식 병풍, 카리브 트로피 중에 선택할 수 있었다. 하지만 아무것도 내 마음에 들지 않았다. 그래서 나는 햄릿이 되어 부두를 어슬렁거렸다.

"나의 역할과 나의 삶에 두 팔을 매단 채 서글퍼하며."

그때 초록색 암컷 원숭이 한 마리와 파란색 앵무새 한 마리를 진열한 상점을 보았다. 원숭이가 갇혀 있는 철창 밖으로 팔을 내밀어 내가 입은 긴 외투를 잡았다. 그때 파란색 앵무새가 고개를 돌려 사랑스럽게 나를 바라보더니 한껏 부드럽게 노란색 눈동자를 지그시 감았다. 나는 이런 광경에 아주 민감하다. 나를 잘 아는 친지들에 따르면 내가 여자로 태어나지 않은 것이 천만다행이라고 말할 정도다. 나는 멈춰 서서 한 손으로 원숭이의 손을 잡았고, 다른 한 손으로 앵무새의 머리를 쓰다듬었다. 브로 대위의 앵무새하고도 곧잘 그랬는데, 그 내용은 내 회고록에 있다.

그런데 원숭이가 내 손을 철창 쪽으로 끌고 가더니 두 손가락을 자신의 입에 대고 부드럽게 핥는 게 아닌가. 한편 앵무새는 고개를 푹 숙인 채로 자비스럽게 반쯤 눈을 감고는 전해져오는 감흥을 하나도 놓치지 않으려는 듯 작은 신음 소리를 냈다.

'와! 이렇게 사랑스러운 동물들이 있나!' 게클랭[Bertrand du Guesclin 1320~1380 백년전쟁에서 활약한 장군. 영국에 잡혔을 때 석방 조건으로 큰돈을 요구받았다]이 당한 것처럼 당하지는 않으리라고 다짐하며 가격을 물어보았다. 가게에서 상인이 나오며 대답했다.

"뒤마 어른, 제 원숭이랑 앵무새와 친해지시려고요?"

뒤마라니? 원숭이, 앵무새에 이어 마치 장난의 트리오인 듯 세 번째 믿기지 않는 일이 일어났다. 사람들이 어떻게 내 얼굴을 알아보는지 언젠가 용한 무당에게라도 가서 물어봐야겠다. 내 얼굴로 말하자면 그림, 조각, 판화 따위로 제작된 적이 없기에 알려질 리가 없었다. 그런데도 가는 곳마다 처음 마주치는 경관조차 내게 다가와 물었다.

"뒤마 어른, 가방을 들고 어디로 그렇게 가시는지요?"

내 얼굴은 친구인 샴이나 나다르가 캐리커처한 게 전부였다. 이 두 사람이 캐리커처라고 속이고 진짜 내 초상화를 그렸던 건가? 얼굴이 알려져서 안 좋은 점은 아무도 모르게 나다닐 수 없다는 불편함 말고도 또 있다. 내가 뭘 좋아하고 어떤 식으로 돈을 마구 뿌리고 다니는지를 내 글에서 읽은 상인이 내가 가게 근처라도 가면 팍팍 깎아서라도 팔 물건을 원래 가격보다 세 배가량은 더 받아내려고 했다. 여하튼 이미 엎질러진 물이었다. 내가 아직 결정하지 않은 상태인데도 상인은 내게 팔아치울 작정으로 쫄깃쫄깃한 말투와 분위기를 깔았다.

"뒤마 어른, 제 원숭이랑 앵무새와 친해지시려고요?"

이 말은 단어 하나만 바꾸면 그 진짜 의미가 드러난다.

"뒤마 어른, 제 원숭이와 앵무새로 괴로워지시려고요?"

"흠…… 댁이 나를 알아보는 판국이니 원래 가격보다 두 배는 더 챙기시겠군요!"

"어떻게 그런 말씀을. 아닙니다요. 어떻게 제가 뒤마 어른께 바가지를……."

상인은 원래 가격을 떠올리는 시늉을 했다.

"100프랑만 주십시오!"

나는 내심 기뻐서 펄쩍 뛸 판이었다. 원숭이와 앵무새의 시세는 모르지만 이렇듯 사랑스러운 두 동물을 100프랑으로 살 수 있다니, 정말 수지맞는 거래로 보였다.

"그런데 솔직하게 말씀드리면 이 앵무새는 절대로 말을 하지 않을 겁니다요."

그렇다면 오히려 가격을 두 배로 올려야 할 판 아닌가. 내 귀에 대고 종일 "너 밥 먹었어?"라고 조잘대지 않을 앵무새가 생기니 말이다.

"그럴 수가! 아이고, 유감이군요."

그 말을 뱉자마자 나는 이내 부끄러워졌다. 거짓말을 했으니. 좀 깎아보려고 꺼낸 말이긴 해도 상인이 사실을 감추지 않고 있는 그대로 말한 상황이라 더 부끄러웠다. 그 탓에 바로 돈을 내밀며 말했다.

"더 깎기도 싫소. 자, 여기 80프랑 받으시오."

“네, 가져가십시오.”

상인은 서슴없이 승낙했다. 그 태도를 보니 내가 또 당했구나 싶었다.

“원숭이장과 홰까지 해서 80프랑인 거요!”

“원래는 그렇게 안 드리는데, 뒤마 어른껜 아무것도 거절할 수가 없습니다요. 쓰신 책 『팜필 선장Capitaine Pamphile』을 정말 재미있게 읽었습죠. 자, 자, 다 가져가십시오. 어르신만큼 동물에 조예가 깊은 분도 없으니 적어도 얘들이 불행하지는 않을 테지요. 그 장하고 홰도 가져가세요!”

원숭이장하고 홰만으로도 40푼 정도는 할 텐데. 상인이 허락한 대로 나는 원숭이장에다 홰까지 들고 가짜 로빈슨 크루소처럼 아미로테 호텔로 돌아왔다. 그리고 바로 그날 저녁에 파리로 향했다. 루앙까지 기차 한 칸을 혼자 대절했다. 여기서 혼자란 물론 원숭이와 앵무새까지를 포함한다. 루앙에서 푸아시까지는 열차를 이용했고, 생 루이 왕의 고향인 푸아시에서 메디시스 집까지는 마차를 빌려 타고 왔다.

AND D'OISEAOX

앵무새가 프랑스에서도 태어나는가?

데가르상 아가씨하고 뷔바가 그때는 아직 세례명을 받지 않았음을 여러분도 짐작할 텐데, 나는 그들에게 모양새나 태도의 장단점에 어울리는 이름과 별명을 지어주고 싶었다. 적당한 이름을 찾을 때까지 일단 단순히 '게농[원숭이 암컷이란 뜻]'과 '아라[앵무새라는 뜻]'라고 불렀다.

"미셸, 미셸, 빨리 나와보구려. 자, 여기 반가운 손님들을 데려왔소이다!"

집에 들어서며 말했다. 미셸이 그 말을 듣고 달려와서 내 손에 들린 원숭이장과 앵무새가 들어 있는 새장을 받았다. 구멍으로 앵무새 꼬리가 뾰족하게 마치 창처럼 튀어나와 있었다. 새장은 새 장비 파는 데서 3프랑 했는데, 1프랑 주고 샀다.

"아하, 이건 세네갈에서 온 원숭이 암놈, 케르코피테쿠스 사베아Cercopithecus saboea이군요."

나는 매우 놀라며 미셸을 바라보았다.

"아니 미셸, 지금 뭐라고 했소?"

"케르코피테쿠스 사베아라고 했는뎁쇼."

"라틴어를 알고 있었소? 그러면서 이런 엉뚱한 상황에서 그걸 내게 보여주는 거요?”

“아닙니다. 라틴어 모릅니다. 대신 『자연의 역사 사전』은 알고 있지요.”

“아이고 맙소사! 그렇다면 이 동물을 알고 있었단 말이오?”

나는 새장에서 앵무새를 빼내며 물었다.

“이것은 보아하니 파란 앵무새군요. 마크로세르쿠스 아라라우나Macrocercus ararauna. 아, 그런데 어르신! 왜 앵무새 수컷만 가져오시고 암컷은 안 가져오셨답니까?”

“암놈을 왜 가져와야 한단 말이오. 프랑스에서 앵무새가 생산되는 것도 아닐 텐데.”

“아하, 그 점은 어르신이 잘못 알고 계신 겁니다.”

“뭐라고요? 파란 앵무새도 프랑스에서 생산된다는 말이오?”

“네, 바로 그렇습니다. 프랑스에서.”

“프랑스 남부 쪽에서?”

“아닙니다. 남부까지 갈 필요 없습니다요.”

“그렇다면 도대체 어디서?”

“캉이요!”

“캉? 어디 캉?”

“캉이요. 캉! 캉!”

“캉이 앵무새가 부화할 수 있을 정도의 위도에 있는지는 나도 몰랐구려. 자, 가서 내 사전 좀 가지고 오시구려.”

미셸은 내가 원한 사전을 들고 왔다.

"카꿔스, 이건 아니고. 카데, 이것도 아니고. 카뒤세…… 아, 여기 캉."

"네, 거기 적혀 있을 겁니다요."

"원래 이름은 카도뮈스, 칼바도스 지역의 중심지. 파리에서 서쪽으로 223킬로, 인구 4만1천876명, 지방법원, 상업청……."

"잘 보십시오. 앵무새도 있을 테니."

"왕립학교, 법대, 아카데미……."

"애가 타시는군요!"

"석고, 소금, 북반구 나무의 대상업지역…… 1346년에서 1417년까지 영국에 점령, 그러다 프랑스로 다시 환원…… 현재 말레르브, 르페브르, 코롱의 고향 등 9개 지구로 나뉘고 캉은 205개 분구와 14만435명의 인구, 바스노르망디의 중심 도시. 미셸, 이게 전부요."

"어째서요? 어르신의 사전은 아라라우나, 그러니까 파란 앵무새가 캉에서 생산된다는 걸 언급하고 있지 않습니까요?"

"그런 내용은 없소이다."

"아, 그러고도 좋은 사전이라고! 잠시 기다려보세요. 제가 다른 사전을 들고 올 테니."

그러고 한 5분쯤 지나 미셸은 『자연의 역사 사전』을 들고 나타났다. 이어 사전을 펼치면서 말했다.

"보시게 될 겁니다. 보시게 될 거라고요. 페리투안, 이건 아니고. 페루……도 아니고…… 페로케. 앗, 여기군! 페로케는 일부일처다."

"라틴어까지 알고 있으니 일부일처가 무슨 말인지는 익히 알고 있을 테지요. 미셸?"

"온갖 소리를 흉내 내며 노래할 수 있다는 얘기겠지요?"

"아니라오. 그게 아니라 아내가 한 명이라는 뜻이라오."

"아! 사람처럼 말할 수 있다 보니 사람처럼 아내도…… 자, 봅시다! 여기 있군요. 앵무새는 유럽에서 생산되지 않는다고 오랫동안 믿어왔는데, 그렇지 않음이 증명되었다. …… 캉에 살던 앵무새 한 쌍 때문이다……. 보세요, 캉이라고 하잖습니까요."

"응, 정말 그렇구먼."

"라무루 씨가 우리에게 상세한 내용을 제공해주고 있다."

"그렇다면 라무루 씨의 상세한 내용을 계속 읽어보구려."

"앵무새 한 쌍은 1818년 3월부터 1822년 8월까지 4년 반 동안 아홉 차례, 총 예순두 개의 알을 생산했다."

"미셸, 난 앵무새가 알을 낳지 않는다고는 말하지 않은 것 같소. 단지……."

"이 중에서 스물다섯 개는 부화했고 그중 열 마리가 죽었다. 생존한 새끼들은 기후에 적응하면서 잘 살아남았다."

"아, 그렇구먼. 솔직히 내가 앵무새의 서식 장소를 잘못 알고 있었구려."

"계절에 상관없이 알을 낳았는데, 초기보다는 후에 더 많이 생산했다."

"미셸, 더 이상 입이 열 개라도 할 말이 없소."

"새집에 따라 알의 수는 다양했다. 어떨 때는 여섯 개까지……"

"미셸, 내가 졌소. 항복이오, 항복!"

그러자 미셸이 책을 덮으며 말했다.

"그런데 어르신, 쓴 아몬드나 파슬리를 주면 절대로 안 된다는 거 아십니까?"

"쓴 아몬드는 이해가 되는구려. 청산을 함유하고 있으니까. 그런데 파슬리는 왜?"

책 속에 손가락을 끼어서 해당 페이지를 고정해놨던 미셸은 다시 책을 펴들었다.

"쓴 아몬드와 파슬리는 앵무새에게 독이다."

"알았소, 미셸. 잊어버리지 않겠소."

잊어버릴 수 없던 또 다른 이유는 얼마 지나지 않아 파슬리 씨가 갑자기 작고했다는 소식을 들었기 때문이다.

"아이고, 맙소사! 혹시 앵무새를 드셨던 건 아닌지!"

다행히도 다음 날 그게 아니라는 사실을 알았다.

내가 흑인임을 알려준 마부

나는 미셸의 지식에 가끔 곤란해지기도 했다. 사실 미셸은 『자연의 역사 사전』을 달달 외우고 있었다. 어느 날, 친구 한 명과 마차를 탔다. 당시는 카브리올레 마차[1두 2륜 마차로 자리는 두세 석] 시절이어서 우리는 마부 바로 옆에 나란히 앉았다. 어쩌다 그런 말이 나왔는지 모르겠는데, 그 친구에게 내가 엔[뒤마의 출신지인 빌레코트레가 속한 프랑스 북동쪽 지역] 출신이라고 말했다.

"아하, 엔 지역 출신이신가요?"

마부가 반갑게 응수했다.

"그렇소만, 그 지역에 뭔가 걸리는 거라도 있으시오?"

"아닙니다요. 오히려 그 반대랍니다."

그의 질문도 답변도 뭔가 석연치 않은 점이 있었다. 내가 엔 지역 출신이라는 말에 마부가 왜 그렇게 환호를 질렀는지, 내게 '그 반대'라고 말하면서 왜 그리 흡족해했는지. 내가 프랑스의 다른 지역이 아닌 엔 지역 출신이라는 게 왜 그리 반길 일인지. 만일 내가 마부와 둘이서만 있었다면 그런 질문을 던졌을 터다. 하지만 동반자의 이야기를 듣고 있는 데다가 마차의 말이 천천히 달리는 데 비해 내 호기심은 쌩쌩하게 달리는 통에 호기심이 그대로 앞서 달아나버렸다. 그리고 일주일쯤 지나서 나는 같은 마차를 타게 되었다.

“아, 엔 지역 출신 어르신이시군요!”

“바로 그렇소이다. 일주일 전에 태워주신 분이시군요!”

“네, 바로 접니다. 오늘은 어디로 모실깝쇼? 양반 어르신.”

“관측소로 가주시오!”

“쉿, 어르신. 너무 크게 말씀하지 마십시오.”

“왜 그러시오?

“내 말 ‘비주’가 어르신 얘기를 듣기라도 하면⋯⋯ 그래, 비주! 됐다! 1만 프랑가량을 채워야 마차를 살 수 있거든요.”

나는 의아해하며 남자를 쳐다봤다.

“그런데 지난번에 왜 나더러 엔 지역 출신인지를 물으셨소?”

“그때 어르신이 혼자 계셨더라면 저랑 엔에 대해 많은 얘기를 나누었을 테니까요.”

“그 지역을 잘 알고 있소?”

“네, 알다마다요. 멋진 지역이지요! 푸아 장군, 메샹 씨, 레르베트 씨, 『신화에 대해 에밀리에게 보내는 편지』의 작가 드무스티에 씨의 고향이기도 하고.”

독자 여러분도 보다시피 나는 그 지역을 장식하는 인물들을 완전히 잊고 있었기에 오히려 마부에게 좀 거북함을 느꼈다.

“엔 지역에 대해 또 뭘 알고 계시오?”

“다 알고 있습죠.”

"다 알고 있다니요?"

"모두 다요."

"그렇다면 '랑'을 알고 계시오?"

나는 '랑'이라고 발음하며 물었다.

"라옹을 말씀하시는지요?"

그러면서 그는 '라-옹'이라고 발음했다.

"라옹이든 랑이든 결국 같소이다. 하지만 'L-a-o-n'으로 쓰고 랑으로 발음한다오."

"맙소사. 전 그냥 쓰인 대로 발음하는데."

"그렇다면 마를르 씨의 철자법을 따르시는군요."

"전 마를르 씨의 철자법을 모르는데요. 그래도 라옹은 알지요. 고대엔 비브락스, 중세엔 로다눔으로 불리다가…… 왜 그렇게 저를 쳐다보시는지요?"

"쳐다보는 게 아니라 감탄하고 있소이다."

"원하시면 얼마든지 하십시오. 그런다고 제가 라옹과 거기 있는 엔 경찰청까지 포함해 엔의 전부를 알고 있는 걸 막지는 못할 테니까요. 더 있지요. 거기엔 루이가 지은 탑이 하나 있고, 아티초크 식물 상업이 대단하지요."

"반박할 수가 없소이다, 모두 사실이니. 그러면 수아송은 알고 있소이까?"

"수아송이요? 노비오두눔을 알고 있느냐고요? 네, 물론 알고 있지요!"

"찬사를 보내는 바이오, 나는 수아송은 알아도 노비오두눔은 모르니 말이오."

"같은 거랍니다. 녹색의 베르쥐[덜익은 포도로 만든 액체], 생메다르그랑피사르 대성당이 있는 곳. 양반 어르신, 생 메다르의 축일에 비가 오면 40일간 내린다는 격언은 아시겠지요. 모르긴 해도 메다르는 마차 회사 사장이었나 봅니다요. 수아송을 아느냐고요? 알다마다요. 루이 데리쿠르, 콜로데르부아, 퀴네트의 고향, 클로비스가 시아그리우스를 이기고, 샤를 마르텔이 실페릭을 이기고, 로베르 왕이 사망한 곳…… 빌레코트레까지 포함해서 여섯 군데 지역의 중심지……."

"아! 빌레코트레, 거기도 아시오?"

빌레코트레는 내 고향인 만큼 이제 마부의 기를 꺾을 수 있으리라고 생각하며 물었다.

"빌레코트레나 코스트드레츠 같은 면 소재지를 알고 있느냐고요?"

나는 "아! 작은 마을"이라고 말하려다가 "면 소재지"라고 따라 했다. 마부가 하도 의기양양한 터라 내가 아무리 애를 써도 당해낼 수 없을 것 같았다. 오히려 내가 틀릴 수도 있다는 생각까지 들었다. 그래서 다시 한번 반복했다.

"면 소재지 아니면……."

"아! '아니면'도 필요 없습니다요. 빌레코트레에는 숲이 2만 5천 헥타르, 주민 2천692명, 프랑수아 1세 시절에 지은 오래된

성도 있는데 지금은 걸인들의 안식처가 되었지요. 『신화에 대해 에밀리에게 보내는 편지』의 저자 샤를 알베르 드무스티에의 고향이기도 하죠."

"그러면 알렉상드르 뒤마는?"

나는 약간 수줍게 끼어들었다.

"『몽테크리스토 백작Le Comte de Monte Cristo』과 『삼총사Les Trois Mousquetaires』의 저자 알렉상드르 뒤마 말인가요?"

나는 그렇다는 표시로 고개를 약간 끄덕여 보였다.

"아닙니다요."

"아니라니요?"

"아니라고요!"

"알렉상드르 뒤마가 그곳 출신이 아니라는 말씀이시오?"

"네, 거기 출신이 아닙니다."

"아! 대단하시네요!"

"원하시는 대로 보십시오. 어쨌든 알렉상드르 뒤마는 빌레코트레 출신이 아닙니다. 게다가 그는 흑인이잖습니까요?"

고백하건대 나는 말문이 막혀버렸다. 엔 지역에 대해 그처럼 모르는 게 없어 보이는 남자가 하는 말이기에 어쩌면 내가 틀릴까 봐 겁이 났다. 그곳을 속속들이 알고 모든 것을 확언하는 그의 태도로 보아 어쩌면 그의 말대로 나는 콩고나 세네갈에서 태어난 흑인일 수도 있었다.

"그렇다면 댁은 엔 지역에서 태어나셨소? 거기 출신입니까?"

“저요? 전 낭테르 출신입니다.”

“그렇다면 엔에서 살아보셨던 게지요?”

“아뇨, 한 번도.”

“그렇다면 가보기는 하셨겠지요?”

“아뇨, 전혀.”

“미치겠군요. 그렇다면 어떻게 그 지역을 아시는 거요?”

“좋은 자료를 통해서지요. 자, 보세요.”

그는 낡을 대로 낡아 너덜너덜한 책 한 권을 내게 내밀었다.

“이게 무슨 책이오?”

“이게 바로 저의 도서관 전부랍니다.”

“보아하니 아주 자주 보시는 모양입니다그려.”

“20년 동안 이 책만 보았답니다.”

“오랫동안 아주 자주 보신 모양입니다.”

“어쩌겠어요. 늘 마차에 머물러 있어야 하는 신세라 시간도 때울 겸. 거의 반나절은 주차장에 대기 중이다 보니.”

20년 동안 한 남자를 즐겁게 해준 책의 제목이 도대체 뭔지 궁금해서 책을 펼쳐보았다. 제목은 『엔 지역에 대한 통계』였다.

데가르상 아가씨에게 남편 사주기

미셸은 나의 개인 마부나 다름없었지만 보다 유익하고 보다 흥미로운 독서를 할 줄 알았다.

"미셸, 로랑의 가게에 가서 마크로세르쿠스 아라라우나를 위한 홰, 트루이의 가게에 가서 케르코피테쿠스 사베아를 위한 집을 만들어달라고 해야 할 것 같소."

"어르신, 홰는 몰라도 원숭이 집은 필요 없을 듯합니다요."

"필요 없다니요. 저 불쌍한 것이 저렇게 좁은 데서 어떻게 지낼 수 있겠소. 거의 새장만 한데. 저러다간 일주일도 못 가서 온몸에 쥐가 나서 죽고 말게요."

"어르신이 안 계시는 동안 좀 안 좋은 일이 있었습니다."

"안 좋은 일이라니요?"

"오소리가 꿩을 죽여서 어르신 저녁상에나 올릴까 합니다."

나는 거부도 동의도 아닌 묘한 감탄사를 질렀다. 내가 사냥한 고기를 먹는 것은 아주 즐겁지만 내 사냥개가 아닌 다른 동물이 죽여버린 고기를 먹는 건 별로다.

"꿩 집이 비어 있다는 말이오?"

"네, 오늘 아침부터."

“그렇다면 거기로 원숭이를 이사시킵시다.”

우리는 꿩 집과 원숭이장을 맞붙인 다음 두 문을 열었다. 원숭이는 재빨리 새집으로 뛰듯 들어가서 이 작대 저 작대 올라타더니 마침내 매달려서는 이를 갈고 혀까지 내밀며 묘한 소리를 냈다.

“수놈이 필요하군요.”

“그렇게 생각하오, 미셸?”

“확신합니다요.”

“앵무새처럼 원숭이도 생산이 가능하다고 생각하오?”

“파리식물원에서는 벌써 탄생했습죠.”

“거기로 보내면?”

“참, 어르신. 원숭이를 데리고 가끔 동냥하러 오는 산골 아이가 있는데 돈을 좀 주고 걔의 원숭이를 사면 되지 않을까 싶은데…….”

“왜 하필 그놈이어야 하오?”

“훈련을 잘 시켰는지 어린 양처럼 순하답니다. 게다가 머리 위쪽에 모자 같은 깃털도 있고. 설탕이나 호두를 건네면 인사까지 하던뎁쇼.”

“그것 말고 또 할 줄 아는 게 있었소?”

“싸울 줄도 알고.”

“그게 다요?”

“또 보니까 주인의 이도 잡던데요.”

“미셸, 그렇게 쓸모있는 동반자를 그 아이가 넘기겠소?”

“그러니까 물어봐야지요.”

“좋소, 물어보십시다. 일이 잘 풀리면 행복한 원숭이가 두 마리 생기는 것이니.”

“어르신!”

“왜요?”

“호랑이도 제 말 하면 온다고, 저기 보이네요.”

“누가요?”

“원숭이 가진 산골 아이요.”

열린 정원 문 사이로 통통하고 순해 보이는 아이의 모습이 드러났다.

“어이, 드러와. 어이, 드러와.”

산골 억양을 좀 아는 미셸이 산골 억양을 따라 했다. 사실 두 번이나 권할 것도 없었다. 아이는 쓰고 있는 모자로 인사짓을 해 보이며 얼른 들어왔다. 아이가 등에 멘 통 위에 원숭이가 앉아 있었다. 원숭이는 인사하는 주인을 따라 해야 한다고 느낀 듯 머리 위쪽 털에 손을 갖다 댔다. 마카크종 원숭이로 크기가 아주 작았다. 옷차림은 환상적이었지만 모양새는 가녀렸고 성격은 온순해 보였다.

“오, 미셸. 그 누구더라…… 완전히 닮았구려.”

나는 유명한 번역가 이름을 내뱉었다.

“이름을 금방 찾으셨네요.”

"음, 근데 미셸. 일단 단어 순서를 좀 바꿔 부르기로 합시다."

"단어 순서를 바꾸다니요?"

"그러니까 철자 순서를 좀 바꾸어서 그 이름이 그대로 드러나지 않게 하자는 거요. 모욕했다고 소송이라도 걸면."

"어르신이 원하는 대로 원숭이를 부르세요."

"내가 원하는 대로 원숭이를 부르라고요?"

"그럼요. 그래도 되십니다."

"그러면 안 될 것 같은데요, 미셸."

"어르신은 그럴 권리가 있습니다."

"음, 아무튼 이 원숭이의 주인이 된다고 가정하고 이름을 '포티쉬'라고 합시다."

"네, 포티쉬라고 부르죠."

"그런데 아직 원숭이의 주인이 아니라오, 미셸."

"제게 백지 카드만 주시면 제가 알아서 하겠습니다요."

"그러시오. 내가 완전히 믿고 맡기리다."

"얼마까지 주실 수 있으십니까?"

"40프랑까지."

"그러면 저를 아이와 두고 잠시 자리를 비켜주시면……."

나는 미셸과 아이를 남겨두고 메디시스 집으로 돌아왔다. 한나흘 정도 들르지 않았던 터였다.

잠든 아기 고양이

긴 여행이든 짧은 여행이든 여행은 내게 두 가지의 기쁨을 안겨준다. 떠나는 기쁨과 되돌아오는 기쁨. 여행 자체의 기쁨은 언급하지 않겠다. 사실 제일 불확실하기도 하고. 나는 미소를 듬뿍 머금은 채 집 안으로 들어섰다. 따사로운 눈길을 이 가구 저 가구로 던지면서 재회의 뿌듯함을 맛보았다. 우리를 둘러싼 가구에는 어딘지 우리를 닮은 구석이 있다. 우선은 취향, 성격, 개인의 은밀함이 결부된다. 마호가니 가구가 혹여 말을 할 수 있다면 틀림없이 조각된 가구와는 다른 이야기를 할 테고, 그런가 하면 자단 가구는 로즈우드 가구와 또 화려한 장식 가구는 호두나무 가구와 비슷한 에피소드를 가질 테다.

조금 전에도 말했듯 나는 그냥 눈길이 가는 대로 흐뭇해하며 가구들을 바라봤다. 그러다 벽난로 옆 안락의자 위에서 예전에는 없던 하얗고 까만 털 덩어리를 발견하고 다가가 보았다. 털 덩어리가 아주 묘하게 그르렁댔다. 자는 어린 고양이였다. 나는 크게 소리쳤다.

"마담 라마르크! 마담 라마르크!"

마담 라마르크는 요리사다.

“이크, 어르신이 도착하신 줄은 알았습니다만. 인사가 좀 늦은 이유는 제가 하얀 소스를 만들던 터라, 요리에 일가견이 있으시니 하얀 소스를 만들려면 얼마나 저어야 하는지 잘 아실 테지요.”

“알고 있소, 마담 라마르크. 근데 내가 모르는 것은 이 새로운 손님이 도대체 어디서 왔느냐는 것이오.”

내가 고양이를 가리키며 말하자 마담 라마르크가 약간 애처로운 목소리로 대답했다.

“어르신, 앙토니입니다.”

“무슨 말이오? 앙토니라니오?”

“그게…… 제가 발견한 아기입니다요. 어르신.”

"아! 아! 불쌍한지고!"

"안 그래도 어르신이 관심을 보이실 줄 알았습니다요."

"도대체 어디에서 발견했단 말이오? 마담 라마르크?"

"지하창고에서요."

"지하?"

"네. 어디선가 야옹 소리가 자꾸 들리길래 '어, 이상하네. 고양이 소리네' 했지요."

"진짜로요?"

"네. 그래서 내려가 봤더니 구석에 저 불쌍한 짐승이 있지 뭡니까? 그래서 어르신이 언젠가 하신 말이 떠올랐지요. '고양이가 한 마리 있어야겠어요. 마담 라마르크' 하시던……."

"내가 그런 말을 했다고요? 잘못 안 것 같은데요."

"진짜 그러셨습니다요. 그래서 '에구 잘됐네, 어르신이 고양이를 원하셨는데 웬 떡이람, 하늘이 도왔네'라고 생각했지요."

"그렇게 생각했다고요, 마담 라마르크?"

"네. 그렇게 해서 지금 보시다시피 저기로 데리고 왔지요."

"커피 한잔할 때 꼭 필요한 상대라고 본다면 그렇게 하시오."

"그런데 어르신, 제가 앙토니라고 임시로 부르고는 있지만 정식 이름을 뭘로 정해야 할지요?"

"이름은…… 미주프라고 합시다. 괜찮으면 말이오."

"제가 괜찮으면, 이라니요? 어르신이 주인인데."

"그런데 마담 라마르크, 얘가 개똥지빠귀, 찌르레기, 콩새, 딱

새…… 우리 새들을 먹지 않도록 조심해 주셔야겠습니다."

그때 미셸이 들어오면서 말했다.

"에구, 겁나시는 게로군요. 그렇다면 한 가지 방법이 있지요."

"무슨 방법?"

"고양이가 새를 먹지 못하게 하는 방법이요."

"그 방법을 한번 말해보시게나."

"자, 새가 새장 안에 있다고 칩시다. 그때 새장의 세 면을 가리고 가려지지 않은 면의 창살을 벌겋게 칠합니다. 그런 상태에서 고양이를 두고 방을 나갑니다. 그러면 고양이는 매달려 있는 새장 근처로 다가가 이리저리 날뛰겠지요. 그런데 빨건 창살에만 부딪히고 그대로 떨어집니다요. 창살이 붉으면 붉을수록 그런 버릇이 빨리 고쳐지지요."

"알았소, 미셸. 유랑 시인 같은 그 산골 아이 건은?"

"아, 맞네요. 그래서 여기로 왔는데. 40프랑에 포티쉬를 우리에게 주기로 했습니다. 그런데 그것 말고도 하얀 생쥐 두 마리와 햄스터 한 마리를 더 얹어달라는군요."

"아니, 미셸. 내가 어디서 하얀 생쥐 두 마리와 햄스터 한 마릴 구해 온단 말이오?"

"제게 맡겨주시면 제가 어디에 있는지 알고 있습죠."

"맡겨달라고 하셨소? 맡겨주다마다."

"그러면 일단 40프랑을 주십시오."

"자, 여기 40프랑 있소이다."

미셸은 40프랑을 들고 나갔다. 그때 다시 마담 라마르크가 끼어들며 말했다.

"어르신. 외람되지만 이름인 미주프의 뜻이 무엇인지요?"

"친애하는 마담 라마르크. 미주프가 미주프지 뭐겠소."

"그냥 고양이 이름인가요?"

"물론 그렇지요. 이전에도 미주프는 고양이었으니."

"무슨 미주프요?"

"미주프 1세 말이오. 아 그렇군요, 마담 라마르크는 그 미주프를 보지 못했던 게군요."

나는 마담 라마르크가 미주프 1세 이야기를 훗날 듣는 참을성을 발휘해주기를 바라며 혼자 아득한 추억 속에 젖어들었다.

미주프 1세와 어머니

여러분도 자주 잡화상에 들르곤 할 터. 잡화상에서 네덜란드 자전거, 르네상스식 학교 모형, 늙은 일본 원숭이를 보며 경탄한 뒤 바로 눈앞에 있는 베니스 유리잔이나 커다란 독일 맥주잔을 바라보거나 혀를 내밀고 흔들거리는 중국 원숭이 코를 쳐다보며 웃다가 갑자기 어두침침한 구석에서 거의 방치되듯 걸린 작은 그림에 눈길이 꽂혀 걸음을 멈추지 않는가.

그럴 때면 어둠의 중앙에서 무릎 위에 아기 예수를 앉힌 마돈나의 은은한 빛이 뿜어져 나오면서 어린 시절 추억 속으로 이끌고, 불현듯 뭉클하면서도 따사로운 어떤 감흥으로 가슴이 벅차오름을 느낀다. 그렇게 천천히 한 발짝 한 발짝 자신 속으로 파고들어 지금 그 자리에 뭐하러 왔는지 어디인지조차 잊어버린 채 추억의 나래를 펼친다. 메피스토펠레스의 외투라도 걸친 듯 시공을 넘어 어린 시절로 되돌아간다. 미래와 희망이 가득한 과거 시절의 꿈을 성 마돈나가 여러분의 기억 속에 되살리는 것이다.

나도 그랬다. 미주프라는 이름은 나를 15년 전으로 데리고 갔다. 어머니에게 가끔 꾸중을 들을 수 있어 행복하던 시절. 어머니는 살아계셨고, 나는 1천500프랑을 받으며 오를레앙 공작 [훗날 1830년 7월혁명으로 샤를 10세가 퇴위한 뒤 왕위에 오른 루이 필리프 1세를 지칭한다]의 일을 도왔다. 그 일로 말할 것 같으면 아침 10시부터 오후 5시까지 계속되었다. 우리 집은 웨스트 거리에 있었고 집에는 미주프라는 이름의 고양이 한 마리가 살았다. 미주프는 개로 태어나야 할 것을 고양이로 잘못 태어난 듯했다. 집에서 사무실이 있는 생토노레 거리 216번지까지는 30분 정도가 걸렸다. 나는 매일 아침 9시 반이면 집을 나섰고 오후 5시 반이면 돌아왔다. 매일 아침, 미주프는 나를 보지라르 거리까지 배웅했다. 그리고 매일 오후, 같은 거리에서 나를 기다렸다. 거기까지가 미주프의 행동 반경이었다. 미주프가 보지라르 거리를 넘어서는 모습을 한 번도 본 적이 없다.

좀 묘한 것은, 행여 일이 생기거나 내가 아들 된 도리를 좀 소홀히 해서 저녁에 귀가하지 않는 날에는 나가라고 떠밀며 문을 열어줘도 미주프는 자신의 꼬리를 물고 앉아 뱀 모양새를 취한 채 방석에서 꿈쩍도 하지 않았다. 반대로 내가 들어오는 날에는 혹여 깜빡하고 문을 열어주지 않으면 나가게 해달라고 문을 긁어댔다.

어머니는 미주프에게 남다른 애착을 느꼈다. 미주프는 자신의 바로미터라면서 맑은 날 궂은 날 모두 자신과 함께했다고 말씀하셨다. 내가 오는 날은 맑은 날이고 내가 오지 않는 날은 비 오는 날이라시던…… 아, 사랑스러운 어머니. 가여우신 어머니.

보물은 잃어봐야 얼마나 소중했는지 깨닫는 법. 아끼는 사람은 더 이상 볼 수 없을 때야 있을 때 좀 더 자주 만나지 못한 것을 후회한다.

나는 미주프를 웨스트 거리 중간쯤에서 재회했다. 바로 보지라르 거리와 갈라지는 곳으로, 미주프는 아사스 거리를 뚫어져라 바라보며 내게 뒷모습을 보였다. 그리고 멀리서 나를 보기라도 하면 꼬리로 땅을 쓸다가 내가 가까워지면 일어나서 꼬리를 하늘로 치켜들고 등을 동그랗게 해서는 웨스트 거리를 가로지

르며 왔다 갔다 했다. 내가 웨스트 거리로 발을 들여놓으면 마치 개가 하듯 내 무릎 위로 뛰어올랐다. 그러고는 10보마다 나를 돌아보면서 집 가는 길로 폴짝폴짝 걸어갔고, 집이 20보쯤 남은 곳에서 마지막으로 돌아본 뒤 팔짝 뛰어 집 안으로 들어갔다. 2초 후엔 어머니가 문 쪽으로 모습을 드러냈다. 이젠 영원히 떠나버린 어머니의 반가웠던 출현. 지금은 다른 문 앞에서 나를 기다리고 계시기를.

독자 여러분, 이게 내가 회상한 내용이올시다. 미주프라는 이름 하나가 나를 아득한 추억 속으로 이끌었소이다. 내가 마담 라마르크한테 굳이 설명하지 않은 이유를 익히 짐작하리라.

마담 도르발이 꽃 밑에 숨긴 것

새로 온 고양이는 미주프 1세의 영광이 가득한 집에서 미주프 2세로 세례명을 받았다. 다음 일요일에 지로, 마케, 알렉상드르와 그 외 지인 두세 명과 함께 정원에 자리를 잡았다. 그때, 미셸이 두 번째 원숭이와 두 번째 산골 소년의 등장을 내게 알려왔다. 들여보내라고 했더니 5분쯤 후에 산골 소년이 나타났다. 손에는 목동 지팡이를 들고 초록색 비단 모자를 귀 위로 쓴 산골 소년은 리본으로 잔뜩 덮인 환상적인 형상 하나를 어깨에 지고 있었다.

"요기가 웬숭이를 사는 디 맞찌여?"

"에엥?"

우리가 무슨 말인지 못 알아듣자 미셸이 통역했다.

"여기가 원숭이를 사는 곳이 맞느냐고 묻는데요?"

"이 사람아, 번지수가 틀렸네. 기찻길로 되돌아가서 대로를 따라 쭉 바스티유 거리가 나올 때까지 가게. 거기서 오른쪽이든 왼쪽이든 자네가 내키는 대로 가서 오스테를리츠 다리를 지나면 철문이 나오는데 거기서 티에 어르신의 원숭이궁이 어딘지 물어보게나. 옜다, 40푼 줄 테니 여정에 보태게나."

산골 소년은 아랑곳없이 말을 계속 이었다.

"지가 웬숭이 두 마리 있능 거 봤시유. 장 삐에루 아들놈이 듀마 씨에게 웬숭이를 팔았다고 혀서, 지가 그랬지유. 듀마 씨가 지 웬숭이도 사면 되겄네. 장 삐에르 아들놈보다 비싸게 팔진 안을 텐뎌, 라굽죠."

"아, 나를 그리 생각해주니 고맙네. 자, 그 대가로 1프랑 더 주지. 그런데 나는 원숭이 두 마리로 충분하다네. 그보다 더 있으면 원숭이를 모시기 위해 특별히 하인이라도 둬야 할 판일세."

그러자 미셸이 끼어들었다.

"어르신, 아무것도 하지 않고 마냥 뒹구는 술루크가 있지 않습니까요. 술루크가 원숭이들을 맡으면 어떨깝쇼?"

이크, 이 말로 술루크라는 인물을 향한 길이 새롭게 열려버리고 말았네! 미셸이 술루크라고 부르는 아이는 원래 이름이 알렉시로 열서너 살쯤의 흑인이다. 아주 잘생긴 진짜 흑인인데 모르긴 해도 세네갈이나 콩고 출신이지 싶다. 우리 집에 있은 지 벌써 5, 6년이 되었다. 언젠가 우리 집에 저녁 식사를 하러 온 도르발이 커다란 바구니에 그를 담아 왔다. 그녀는 바구니를 열며 내게 말했다.

"자, 여기 줄 게 있어."

바구니 안에는 꽃이 가득했는데 그 안쪽으로 하얀 눈동자를 반짝이며 커다란 두 눈을 가진 뭔가 새까만 물체가 보였다. 놀란 내가 물었다.

"이크! 이게 뭐지?"

"걱정 마. 물진 않을 테니."

"뭐냐니까?"

"흑인이야!"

나는 두 손을 바구니 안으로 집어넣어 두 어깨를 잡고 흑인 아이를 끄집어냈다. 아이는 별처럼 반짝거리는 두 눈으로 미소를 지어 보였다. 서른두 개 이는 눈처럼 하얐다.

"아니, 어디서 난 거야?"

"앙티이에서. 앙티이에 갔던 친구가 데려와서 내게 줬어. 온 지는 벌써 1년 됐고."

"난 한 번도 본 적이 없는데."

"당연하지. 우리 집에 들른 적이 없으니. 집에 안 오는데 집에 있는 애를 어떻게 보겠어? 그러니 점심이나 저녁 먹으러 한번 오라고."

"온갖 짐승이 바글거리는 그 집에서…… 넌 언젠가 산 채로 잡아먹힐 거야!"

"당신 말이 맞아. 하지만 계속 그렇지는 않을걸. 요새는 모두 뼈만 앙상하게 남아서."

"뭐라고? 쯧쯧, 불쌍한."

"그래서 내가 알렉시에게 그랬지. '우리 집처럼 정기적으로 월급을 주진 않아도 굶진 않을 데로 데려다주겠다'라고."

"아니, 나더러 애를 어쩌라는 거야?"

"장담하는데 말귀를 잘 알아듣는 영리한 아이라고. 저녁에 먹을 게 충분하지 않거나 그냥 대충 먹어야 하는 날이면 내가 마담 스카롱처럼 옛날이야기를 들려주거든. 그때 흘깃 얘를 쳐다보면 이야기에 따라 웃기도 울기도 해. 그래서 나는 특별히 알렉시를 위해 이야기를 길게 이어가지. '가여운 아이, 동물에게 음식은 빼앗길지 몰라도 이야기는 빼앗기지 않아.' 그렇지, 알렉시?"

알렉시가 고개를 끄덕였다.

"도르발, 넌 내가 생각했던 것보다 훨씬 정이 많군!"

"자, 내 큰 개를 가질래, 알렉시를 택할래?"

"그렇다면 알렉시를 택하겠네."

그렇게 대답하고 새 식구를 바라보며 물었다.

"너 하바나에서 왔니?"

"네, 어르신."

"음, 그렇다면 하바나에서는 어떤 언어를 쓰느냐?"

"크레올[프랑스령 식민지 언어로 현지어 및 이주민 언어와 프랑스어가 섞였다]입지요."

"그럼 '안녕하세요 어르신'을 크레올로는 뭐라고 하느냐?"

"네, '안녕하세요, 어르신'이라고 합지요."

"그럼 '안녕하세요. 부인은'?"

"안녕하세요, 부인!"

"뭐, 어렵지도 않으니 우리 계속 크레올로 말하자꾸나. 미셸, 미셸!"

미셸이 들어왔다.

"미셸. 여기 또 한 명의 식구가 생겼으니 잘 부탁드리겠네."

미셸이 알렉시를 쳐다봤다.

"아니, 누가 널 이렇게 백인으로 만들어놓은 것이냐?"

"보기 좋습니까요?"

알렉시가 말했다.

"이놈아, 네 이름 말이다. 누가 네 이름을 그렇게 세탁을 시켜 놨느냔 말이다. 자 이제부터 네 이름은 술루크다."

그러면서 미셸이 알렉시를 데리고 나갔다. 그때부터 알렉시는 모든 이에게는 알렉시였지만 미셸에게는 영원히 술루크로 남았다.

그럴싸한 추천서는 불리하다

알렉시는 그렇게 우리 식구가 되었다. 평소 내 글쓰기 습관은 아니지만 좀 더 알렉시 이야기를 하며 마무리 짓고자 한다. 알렉시는 2월혁명 [1848년 2월에 일어났으며 당시 루이 필리프 왕정이 무너지고 공화정이 복구되었다] 때까지 내 수발을 들며 지냈다. 그러다 공화국 출범이 선포되자 알렉시가 내 사무실로 들어와 내 앞에 버젓이 섰다. 좀 전까지 쓰고 있던 것을 끝낸 터라 고개를 들어 보니 더할 나위 없이 환한 표정이었다.

"알렉시, 무슨 일이냐?"

우리는 늘 하던 대로 크레올로 대화했다.

"이제 하인이 없어졌다는 거 아시지요?"

"아니, 모르는데."

"그렇다면 지금 아시게 된 겁니다."

"아, 그러냐. 그렇다면 너에게는 정말 나쁜 소식이 아니더냐?"

"아닙니다. 그 반대입니다."

"그렇다면 다행이고. 자, 넌 이제 뭐 할 작정이냐?"

"전 해군이 되고 싶습니다."

"해군이 되어 타고난 너의 열기를 바다와 더불어 좀 가라앉힐 생각인가 보구나. 마침 내 지인 중 한 명이 해군부 쪽에서 일하는데."

"아라고 씨요?"

"아니, 그분은 장관이시지. 물론 그 사람도 내 지인이기는 하지만 그분 얘기가 아니라 알리에 씨라고 있단다."

"그렇습니까?"

"그래. 내가 알리에 씨한테 한 자 써주면 너를 해군에 고용해 줄 게다."

그러면서 종이 한 장을 찾아 이렇게 썼다.

친애하는 알리에

자네에게 내 하인 한 명을 보내네. 해군 사령관이 되고 싶다 하니, 자네의 지휘와 보호 아래라면 충분히 그럴 수 있으리라 보네. 일단 지금은 데뷔하는 처지니 허드렛일부터 시켜보면서 시작해보게나.

A. D

"자, 이게 말하자면 일종의 자격증 같은 거란다."

그렇게 말하며 종이를 내밀자 알렉시가 되물었다.

"어르신, 근데 주소는 썼습니까요?"

크레올로 말은 해도 크레올을 읽을 줄도 쓸 줄도 모르는 알렉시였다.

"일단 이름은 썼으니까. 주소는 네가 찾아보도록 해라."

"제가 어떻게 주소를 찾는답니까요?"

"성경에 보면 이런 구절이 있지 않으냐? '구하면 얻을 것이다.' 그 말을 등불처럼 여기거라."

"알았습니다. 구해보겠습니다."

그러곤 사무실을 나갔다. 두어 시간쯤 지나 알렉시가 밝은 표정으로 되돌아왔다. 마치 검은 유리 안에 햇빛이 반짝이는 듯한 모습으로.

"음, 알리에 건은?"

"음, 제가 찾았습죠."

"잘 대해주시더냐?"

"물론입죠. 어르신에 대해 여러 가지 얘기도 하셨습니다요."

"이제 내 수발은 들기 싫으며, 그 서비스 대가로 받는 월급 30 프랑도 나라를 위해 포기한다고 말했느냐?"

"네, 어르신."

"그랬더니 뭐라고 하시더냐?"

"네, '그동안 자네가 뒤마 씨 서비스를 잘 해왔다는 증명서를 뒤마 씨에게 써달라고 해라.' 이렇게 말씀하셨습니다."

"뭐라고?"

"어르신이 제게 증명서를 써주신다면……."

"뭐야?"

"알리에 씨 옆에서라면 제 자리도 확실할 것입니다요."

"자, 생각 좀 해보아라!"

"무엇을요, 어르신?"

"네가 지금 좋은 자리를 포기하고 있다는 거 말이다."

"어르신, 이제 하인이 없어졌는데요."

"그래도 예외로 하면 되지 않겠느냐? 예외로 간주하는 건 특별취급 받는 거나 마찬가지란다!"

"어르신, 저는 해군이 되고 싶습니다요."

"그게 신념이라면 내가 어찌 그걸 반대하겠느냐. 옜다! 이번 달 월급 30프랑하고 네 증명서다. 그걸 알리에가 읽으면 빤한 거짓말이라는 걸 금방 알아채겠지만. 여하튼 너를 위해 증명서를 멋지게 썼느니라."

"감사합니다요, 어르신."

알렉시는 볼일 다 본 사람답게 금방 사라져버렸다. 그리고 2주쯤 지나서 이전의 알렉시 자리를 대신하는 하인이 내게 해군 한 명이 방문했다고 알려주었다.

"해군이라니, 난 아는 해군이 없는데……."

"흑인 해군인데요, 어르신."

"아하, 알렉시구나. 들여보내시오. 조젭."

번쩍거리는 천으로 된 모자를 손에 들고 잔뜩 스펀지가 들어간 해군 복장으로 알렉시가 들어왔다.

"아, 너였구나. 한껏 부풀린 옷이 잘 어울리는구나."

"네, 어르신."

"드디어 네 소원이 이루어졌구나, 소원이 이루어졌어! 네 꿈이 성취되었느냐?"

“네, 어르신.”

“공화국을 위해 일할 수 있게 되어 영광이냐?”

“네, 어르신.”

“그런데 표정이 왜 그 모양이냐? 해군이 되었으니 기뻐해야 하지 않느냐?”

“저는 쉬는 시간에만 해군입니다요, 어르신.”

“그게 무슨 말이냐?”

“제가 먼저 해야 하는 일은 알리에 씨 수발드는 거고, 공화국 수발은 그다음입니다요.”

“알리에 씨를 수발든다니?”

“유감이지만, 그렇습니다요.”

“도대체 무슨 수발을?”

“하인이요, 어르신.”

“하인은 없어진 줄 알았는데.”

“그렇지 않은 모양입니다, 어르신.”

“넌 더는 하인 일을 하고 싶지 않다고 하지 않았느냐?”

“네, 그랬습죠.”

“그런데 왜?”

“바로 어르신 탓입니다요.”

“내 탓이라니?”

“그렇습니다요. 어르신이 증명서를 너무 잘 써주시는 바람에.”

“알렉시, 지금 스핑크스식 수수께끼라도 풀자는 것이냐?”

"알리에 씨가 증명서를 읽고는……."

"읽고는?"

"이렇게 제게 물었습죠. '네 주인어른이 쓴 내용이 모두 사실이냐?' 그래서 그렇다고 했지요. 그랬더니 '이 증명서를 보아하니 넌 차라리 내 수발을 드는 편이 낫겠구나!'라고요."

"아, 그랬구나! 이제는 알리에의 하인이 되어버렸구나."

"네, 바로 그렇습니다요."

"그렇다면 월급은?"

"없습니다요."

"더욱이 알리에는 가끔 뒤에서 발길질하기도 하고 귀를 잡아당기기도 한다는 걸 나도 잘 알고 있는데."

"네. 바로 그렇습니다요, 어르신. 얼마나 자주 그러시는지 헤아릴 수도 없습니다요. 게다가 발길질할 때마다 적중합니다요."

"알렉시, 그걸 견디니 칭찬을 해주어야겠구나."

"칭찬까지는요, 뭘."

"자, 몇 푼 줄 테니 알리에를 기리며 어디 가서 술 한잔 마시거라."

"네, 저도 알리에 씨의 건강을 기리며 기꺼이 한잔 마시고 싶습니다요."

"그래, 누구의 이름으로든 한잔 마시거라. 그리고 알리에한테 내 안부의 말도 전해다오.

"네, 잊지 않겠습니다요. 어르신."

알렉시는 건네받은 5프랑 덕에 올 때보다는 덜 우울한 표정으로 발길을 돌렸지만 여전히 다친 새 모습이기는 마찬가지였다. 이제는 그야말로 진짜 하인이 되어버린 셈이었다. 그것도 공짜로. 아니, 어떻게 보면 내가 주던 30프랑을 귀 잡아당기고 발길질 맞는 것으로 대신한다고나 할까.

흑인 헌병

이로써 알렉시와는 끝날 줄 아는가? 천만의 말씀이다. 6월의 반란이 있고 나서 일주일 후에 다시 알렉시가 찾아왔다. 창을 왼쪽에 매달고 귀 위로 모자를 걸친 차림으로.

"오오오, 알렉시!"

"네, 어르신. 접니다요."

"어쩐 일이냐? 차림새가 굉장하구나!"

"네, 어르신."

알렉시는 하얀 서른두 개 이를 가득 내보이며 미소를 지었다.

"자리가 바뀐 것이냐?"

"네, 어르신. 크게 바뀌었습니다요."

"무슨 자리냐?"

"이제 알리에 씨 서비스는 끝났습니다요."

"그렇다면 여전히 공화국을 위해 일은 하느냐?"

"네, 어르신. 하지만."

"하지만, 뭐?"

"더 이상 해군을 하기 싫습니다요."

"해군을 하기 싫다니? 뭘 늘 그렇게 바꾸고 싶은 게냐?"

"국민군 헌병대에서 일하고 싶습니다요."

"헌병이라고?"

"네, 어르신!"

"그럴 이유라도 있느냐?"

"헌병 쪽은 장식이 화려하잖습니까?"

"난동꾼에게 공격이라도 당하면?"

"전 절대로 당하지 않습니다요."

"그런데 그건 다른 말로 완전히 전쟁터가 바뀌는 일이라는 걸 알고는 있느냐?"

"어르신, 혹시 헌병대에 아시는 분이 있으신지요?"

"물론 있기는 하지. 크랄리라고."

"그분한테 편지 한 장 써주시면 안 되겠는지요?"

"써줄 수는 있지, 물론."

"그런데 어르신!"

알렉시는 다소 망설이는 기색이었다.

"왜?"

"이번엔 증명서는 쓰지 마십시오, 어르신."

"그래, 알았다."

나는 크랄리에게 향할 편지를 써주었다. 이번에는 주소까지 명확히 기입했다. 그러자 파루살루스 전투 지휘관이 카이사르에게 이제 승리자가 아니면 주검으로 만나게 되리라고 했던 것처럼 알렉시가 말했다.

"이제 저를 다시는 못 보거나 헌병대 복장으로만 보실 것입니다요."

그리고 6주쯤 지나서 헌병대 복장으로 나를 다시 찾아왔다.

"알렉시, 그런데 아직 장식이 안 된 복장을 하고 있구나."

"네, 바로 그렇습니다요. 이게 무슨 불운인지! 재수 없는 놈은 뒤로 자빠져도 코가 깨진다고, 제가 헌병대에 들어가고부터 난동이라고는 일어나지 않다 보니!"

"그렇구나, 늘 그런 식이구나. 가여운 알렉시."

"그래서 헌병 대원들을 줄여서 일선으로 보낸다고 합니다요."

이 말을 하면서 알렉시는 한숨을 내쉬었고 커다란 눈동자를 굴리면서 나를 쳐다보았다. 커다란 두 눈동자와 한숨의 의미는 이랬다. '오! 어르신, 저를 다시 하인으로 받아주시면 안 되겠습니까? 알리에 씨를 모실 때보다 아니, 공화국을 모실 때보다 어르신을 더 잘 모시겠습니다요.' 나는 두 눈도 한숨도 못 본 척하며 말했다.

"그렇다면 이제 해군으로 되돌아갈 작정이냐?"

"저한테 신경 써주시니 감사합니다요. 그런데 어르신, 제가 만일 헌병대에 들어가지 않았다면 무슨 일을 겪었을 줄 아시는지요? 함선이 파선해서 사람이고 물건이고 모두 전멸되었다고 합니다요."

"어쩌겠느냐, 파선은 해군에겐 늘 따라다니는 팁이나 마찬가지인 것을."

"생각만 해도 덜덜 떨립니다요. 저는 수영도 못하는데. 제겐 오히려 육군이 나을 듯합니다. 하긴 뭐 해군이나 육군이나 그게 그거고 어르신 밑에 있을 때만 하겠습니까마는 뭐, 어쩔 수 없지요."

"이 사람아! 2월혁명 후 일주일 만에 하인이 없어졌다고 자네가 말하지 않았는가. 그런데 그땐 자네가 틀렸었지. 공화국이 수립되고 일주일 후인 지금, 내가 자네에게 말하네. 이제는 주인이 없어졌다네. 대신 이번의 내 말은 틀리지 않을 것 같다네."

"그렇다면 어르신은 제가 계속 군인으로 남아 있기를 바라십니까?"

"바라고 말고 할 것도 없이, 그것 말고 내가 딱히 할 수 있는 게 뭔지 모르겠구나."

알렉시는 처음보다 두 배로 한숨을 내쉬었다.

"제가 그냥 받아들일 수밖에 없는 상황이군요. 알겠습니다."

"그래. 그것 말고는."

그러면서 나갔는데 상황을 잘 받아들이지는 못했다. 3개월 후 아작시오[코르시카섬의 수도] 발인 우표가 붙은 편지 한 통을 받았다. 나는 아작시오에 아는 사람이 없었다. 나폴레옹의 고향에서 내게 편지를 보낼 사람이 도대체 누구일까? 그걸 알아볼 방법은 편지를 뜯어보는 것이었다. 편지를 열어 마지막 부분 발신인을 보았다. '알렉시'라고 적혀 있었다. 글자 한 자 쓸 줄도 모르는 채 파리를 떠난 알렉시가 어떻게 아작시오에서 글을 쓸 수 있게 되었을까? 그 이유를 편지가 내게 알려줄지도 모를 일이었다. 나는 편지를 읽었다.

어르신이자 이전 주인님께

이 글을 보내려고 하사의 손을 빌렸습니다. 저는 아무것도 할 것이 없는 정말 몹쓸 지역에 있다는 말씀부터 드립니다. 하긴 여자들이 있고 예쁘기까지 하지만 여기선 모든 사람이 부모처럼 행세하는 통에 말 한마디도 건넬 수 없고, 혹여 말이라도 잘못 건넸다가는 결혼까지 무릅써야 하고, 그렇지 않으면 살인까지 당하는 그런 곳입니다. 이것을 '방데타'라고 부릅지요. 그래서 어르신이 이 개 같은 지역, 풀숲에라도 들어갔다가는 벌레들한테 물려 죽을지도 모르는 이런 지역에서 저를 좀 빼내주신다면 어르신의 알렉시는 정말이지 감지덕지할 것입니다. 어르신도 아끼시던 도르발 아주머니—돌아가셨다는 소식을 저도 전해 들었습니다—의 이름으로 부디 청원드리는 바입니다. 어르신이 마음만 먹으면 그렇게 어려운 일도 아닌 데다 하찮은 군인밖에 안 되는 저에게 애착을 느끼는 상사도 없으니까요. 어르신이자 이전의 주인님, 부디 저의 대령님께 말씀 좀 해주십시오. 필요한 경우를 위해 아래 대령님의 주소를 써놓겠습니다.

저를 찾기는 어렵지 않을 것입니다. 여기서 유일한 흑인이니까요. 제가 어떻게 파리로 귀환할지는 염려하지 않으셔도 됩니다. 일단 여기 일이 종결되면 똘롱이나 마르세유까지 어떻게든 공짜로 가서 파리까지 가면 되니까요. Cum perdibus et jambibus! '발과 다리로!'

라는 의미라고 하사가 그러는군요.

어르신이자 이전의 주인님, 어르신의 집에 되돌아가는 것이 저로선 얼마나 기쁜 일인지, 그래서 30프랑 받을 때보다 더 열심히 그것도 아무런 보상 없이 어르신을 잘 모시겠다는 말 전해드립니다. 저를 하루라도 빨리 다시 보고 싶으시다면 몇 푼의 잔돈이라도 좀 보내 주십시오. 그 돈으로 어르신의 건강을 빌고 제 안전한 여행을 기원하며 동료들과 기꺼이 한잔하겠습니다. 그래야 제가 비겁해 보이지 않을 테니까요.

너그러우신 이전의 주인님, 저는 항상 주인님의 충직한 하인이고 앞으로도 영원히 그러리라는 말로 이 글을 맺습니다.

알렉시

알렉시의 귀환

그 편지를 읽고 내가 어떻게 처신했을지 독자 여러분은 이미 짐작했으리라. 전쟁부에 가서 내 절친인 샤라스에게 부탁했다. 알렉시의 대령에게 말 좀 잘해달라고. 그리고 바로 그 자리에서 전쟁부의 종이를 이용해 알렉시에게 내 건강과 여행의 안전을 기원하며 술 한잔 마시라고 50프랑을 동봉했다. 그러고 나서 조용히 기다리기를 6주 후 알렉시가 나타났다.

"이크, 드디어 나타났구나!"

"네, 어르신."

"의식주만 해결하면서 내 밑에 있겠다고?"

"네, 어르신."

"그 외는 한 푼도 바라지 않겠다고?"

"절대로요."

"그렇다면 바로 그 조건으로 다시 받아들이기로 하마."

그러자 알렉시는 환호를 지르듯 말했다.

"그러실 줄 알았습니다요."

"잠깐만. 행여나 해서 하는 말인데, 네가 예뻐서 이렇게 다시 받아들이는 거로 생각하면 오산이다."

"압니다요. 너그러우신 마음으로 저를 받아들이신다는 거."

"잘 아는구나. 그래 거기서는 무엇을 배웠느냐?"

"장비와 복장을 번뜩이게 닦는 법을 배우고 총을 똑바로 쥐는 법도 배웠습니다요. 어르신이 총을 제게 맡겨주시면 제가 보여드리겠습니다요."

"총보다 더 나은 것을 맡겨주지. 네게 나라는 사람을 맡기마."

"그게 무슨 말이죠? 청소 담당으로 들어가는 겁니까요?"

"그래, 여전히 빗자루가 남아 있다면 말이다. 그런데 내겐 빗자루가 없으니. 이전 작업복을 얼른 찾아서 이전에 하던 일을 계속하도록 하거라."

"이전 작업복이 어디에 있을까요? 어르신."

"나도 모른다. 가서 찾아보아라. 알리에의 주소도 찾은 네가 아니냐? 같은 성경 구절이 늘 등불이 될 거다."

알렉시는 이전 작업복을 찾아 나섰다가 잠시 후에 그걸 손에 들고 나타났다.

"어르신, 벌레들이 갉아먹은 데다가 이제 저한테 맞지도 않습니다요."

"그래서 어떻게 하잔 말이냐?"

"어르신, 여전히 같은 양복사를 두고 계시는지요?"

"아니, 그 사람은 죽었다. 난 아직 그 후계자를 찾지 못한 상태고."

"어르신 말씀처럼 어떻게 하지요?"

"알렉상드르한테 가서 아들의 양복사 주소를 받아 오거라. 일단 내 장롱에서 맞는 옷 하나 챙겨 입도록 하고."

"감사합니다, 어르신."

"자! 충성! 참! 네 어깨 위에 있는 그 요물 좀 떼거라. 아니면 그 화살표 같은 거라도 어떻게 좀. '날 보러 오세요'라고 상표를 달고 있는 것 같아 흉측하구나."

"화살표가 아닙니다요. 이건 바로 제가 휴직하고 있다는 표식입니다요."

"그렇다면 그 휴직을 없애버리거라."

3, 4일쯤 지나서 휘황찬란한 옷차림의 알렉시를 봤다. 배추색 바탕에 회색 줄무늬가 있는 바지, 검은 윗도리, 하얀색 조끼, 비단 넥타이를 매고 있었다. 그 모든 것이 알렉시를 다른 사람으로 보이게 해서 누군지 알아보지 못할 정도였다.

"아니, 그게 뭐냐?"

"접니다, 어르신."

"러시아 왕자한테 코디 도움이라도 받았느냐?"

"아닙니다요."

"그게 다 어디서 생겼느냐?"

"맙소사! 어르신이 그러셨잖습니까. 어르신의 장롱에서 찾아 입으라고."

"그래서 장롱에 가봤느냐?"

"네, 어르신."

“그래서 찾았고?”

“네, 어르신.”

“자, 이리로 좀 와보거라!”

“왔습니다요, 어르신.”

“아이고 맙소사. 이건 내 새 바지가 아니냐!”

“네, 어르신.”

“윗도리도 새것이고!”

“네, 어르신.”

“그렇다면 악마를 걸치고 있는 거구나!”

“그게 무슨 말이신지요?”

“내가 가진 것 중에 최고의 것을 걸치고 있다는 말이다. 그러면…… 난…… 어쩌……?”

“어르신은 밤낮으로 작업만 하시니…….”

“그래서?”

“그래서 외출도 하지 않으시니…….”

“그래서?”

“이런 옷을 입지도 않으실 거라고…….”

“그래서?”

“게다가 장을 보러 나가는 사람도 저고…….”

“그리고?”

“여성분들 집에 볼일 보러 가는 사람도…….”

“맙소사!”

"어르신은 늘 그러시듯 편한 걸 계속 입으시지 않을까 하고……."

"늘 그러시듯이란 과거 반복에, 않을까 하는 예상까지! 딱딱 네 입맛대로 잘도 끼워 맞췄구나."

그때 미셸이 들어오며 말했다.

"어르신의 십자가라도 그놈 가슴에 달아주세요. 아이티 황제 포스탕 1세 아들로 여기게. 딱 제격이겠습니다요."

"이제 나는 바지도 셔츠도 없게 되었구먼."

"아닙니다요. 낡은 옷들은 있습니다요."

어떻게 보면 알렉시 말이 맞았다. 헌 옷이 될 새도 없이 사람들이 새 옷을 마구 가져가는 통에 낡은 옷만 남아 있었으니.

2년 후에 날아온 편지

새 옷이 없어진 터라 이제 집에 있을 이유가 더 많았다. 글 쓰는 일도 그런 눈치를 챈 것 같았다. 그러면서 생각했다. 가여운 알렉시, 공짜로 내 수발든다고 생각하고 본전 생각은 날 테지만 자존심 때문에 갈등 꽤나 하겠지. 내가 여기서 '생각한다'라는 단어를 강조한 것은…….

독자 여러분, 설마 내가 알렉시를 공짜로 일 시킨다고 생각하지는 않았겠지요? 나는 30프랑 받고 일할 때와 공짜로 일할 때 어떤 차이점이 있는지 두고 보고 싶었다. 차이가 하나도 없음을 알렉시 스스로 느껴서 자부심을 가지도록 말이다. 그렇더라도 모든 행정 업무가 그렇듯 원래 조건을 알렉시에게 가끔 상기시킬 필요가 있었다.

내가 1851년 12월 7일에 브뤼셀로 가야 했던 것을 여러분도 알고 있는지 모르겠다[빚에 쫓겨 피함]. 그 여정에 알렉시가 동반했다. 유럽 호텔에서 묵었는데 호텔 종업원들이 내 수발을 일일이 들다 보니 알렉시가 느슨해졌다. 나는 브뤼셀을 익히 알고 있어 궁금한 게 없는 터라 호텔에 머물며 계속 일했다. 하지만 알렉시는 브뤼셀이 처음이라 밖으로 나돌아다녔다. 그러다 딱히 홍미로운 것이 없었는지 프랑스어와 벨기에어와 크레올을 비교하는 데 전념하기 시작했다. 그 와중에 나는 호텔에 머물기보다는 작은 집을 하나 세내어 지내야겠다 싶어 작은 집을 구해 가구를 채웠다. 그런데 이사를 하고 보니 학구열에 불타오른 알렉시가 아침 8시면 나가서 점심 먹으러 11시쯤에 들어왔다가 12시에 다시 외출, 저녁 6시에 들어와서는 7시에 또 나가 밤 12시가 되어야 귀가했다. 어느 날, 나는 굳게 마음먹고 그가 귀가하기를 기다렸다.

"알렉시, 자네가 기뻐할 소식 하나 전해주겠네. 우리 수발들 사람이 필요해서 사람을 한 명 고용했으니 그런 줄 알게. 그래도 자네가 외출할 때는 데리고 나가지 말게나."

알렉시는 악의라고는 전혀 없는 커다란 두 눈으로 나를 바라보았다.

"그렇다면 저를 자르신다는 말씀이시군요."

"내가 하지 않은 말까지 하지 말게나."

"안 그래도 드릴 말씀이……."

"뭔데 그러나?"

"제가 어르신께 별로 쓸모가 없다는 사실은 저도 잘 알고 있습니다요."

"자네가 잘 알고 있다니 내가 굳이 아니라고 말하진 않겠네."

"그래서 결심이 섰습니다."

"결심까지 했다니 많은 것을 했네그려."

"아무리 봐도 제가 해야 할 일은 군인인 것 같습니다."

"그럼 루이 필리프가 뒤팡에게 했듯 나도 자네에게 말하겠네. 나도 자네처럼 생각하네만 내 입으로 말하기가 좀 그랬다네."

"그렇다면 어르신, 제가 언제쯤 떠나길 바라십니까?"

"날짜는 자네가 정하게!"

"기찻삯이라도 좀 주실 수 있는 날이면 전 언제든."

"자, 여기 50프랑일세."

"파리행 열차표가 얼마지요, 어르신?"

"25프랑일세, 설마 특급실에 오를 생각은 아니겠지?"

"아, 아닙니다요. 그렇다면 25프랑이 남겠군요."

"아니, 그보다 훨씬 많이 남을 걸세."

"얼마가 남는데요?"

"450프랑이 남는다네. 거기다 25프랑까지 합치면 총 475프랑일세."

"이해가 안 되는뎁쇼."

"자네가 내 수발을 든 지 15개월째 아닌가? 15 곱하기 30프랑 하면 450프랑이 되지."

"아니……?"

알렉시는 검은 피부 안으로 얼굴까지 붉히면서 말을 이었다.

"전 무급으로 일하고 있는 줄 알았는뎁쇼."

"그렇다면 자네가 잘못 알았던 걸세. 저축이라도 좀 하라고 그런 거지. 475프랑을 맡기면 그 이자로 매달 23프랑 65상팀의 월급이 나오는 거라네."

"그렇다면 어르신이 제게 475프랑을 주실 건가요?"

"물론이지."

"그럴 순 없지요."

"뭐가 그럴 수 없단 말인가?"

"제가 수발을 잘 들었건 못 들었건 원래 그렇게 하기로 한 게 아니지 않습니까요. 그러니 475프랑을 제게 주실 의무는 없습니다요."

"그래도 그렇게 하겠네. 벨기에 법이 얼마나 엄한 줄 아나? 자네가 거절하면 내가 강요하는 수밖에 없다네."

"에구, 제가 어르신을 상대로 소송까지 걸 수는 없지요. 더욱이 어르신도 소송을 싫어하시잖습니까!"

"그래. 그러니 그냥 양보하고 475프랑을 받게나!"

"그렇다면 이렇게 합의를 보면 어떨는지요?"

"그럼세. 나도 기꺼이 합의 보겠네."

"그 돈을 지금 주시면 제가 금방 다 써버리고 말 겁니다."

"그럴지도."

"대신 어르신이 카도 선생님에게서 받는 출판비의 50프랑을 9개월 동안 제가 받을 수 있도록 너그럽게 허락해주시면……."

"그래. 그러도록 함세."

"그렇게 되면 저는 거의 8개월 동안은 왕자처럼 생활할 수 있을 테고, 마지막 아홉 번째 달에 남은 75프랑을 가지고 입대하면 됩니다요."

"오! 자네가 정치 경제에 이토록 밝은지 내가 미처 몰랐구먼."

나는 알렉시에게 기찻삯 25프랑과 카도에게 보내는 위임장을 전했다. 알렉시는 떠나도 된다는 내 허락을 받고 파리로 향했다. 그 8개월 동안 파리 대로에서 흑인 왕자로 불리는 그를 마주친 사람들이 있었다. 그리고 아홉 번째 달이 되자 결심한 대로 군대에 입대했다. 이번에야말로 자신의 천직을 찾았기를 바라보자. 떠나고 나서 2년 후에 내게 날아온 편지의 내용처럼.

어르신이자 친애하는 주인님

우선 어르신이 건강하신지 안부부터 여쭙습니다. 아울러 저 또한 제 생활이 만족스럽다는 소식 전해드립니다. 저는 군대에서 아주 많이 발전했습니다. 얼마 전에 조수 자리를 땄습니다. 이 계급을 얻으면 이제 진짜 동료 취급을 받는다는 걸 덧붙여 알려드립니다. 이렇게들 말하지요. "나도 이젠 네 동료야"라고.

어르신께 저의 존중하는 마음과 감사함을 전합니다.

알렉시

알렉시는 이제 동료를 동료로 대할 수 있게 되었다. 그 말이 트리말키오[노예에서 벼락부자가 된 고대 로마 페트로니우스의 소설 속 인물]의 향연이나 몽테크리스토의 만찬을 동료에게 제공한다는 뜻은 아니겠지만 여하튼 동료를 동료로 대할 수 있으리라. 장담하건대 내가 아는 사람 중에서 가장 마음 좋고 가장 솔직한 알렉시는 이제 동료의 우애와 상관의 신의를 받으며 즐거워할 것이다. 알렉시가 발전하는 데 장애 요인이 있다면 읽을 줄도 쓸 줄도 모른다는 점인데, 황제가 그런 이들을 위해 새로운 자리를 만들었고 그 자리에서 문학은 필요치 않았다. 그런 이들에게 국기 보관을 맡겼다. 즉 담당 사령관의 막대기 역할이다.

친애하는 독자 여러분, 이것이 알렉시의 이야기였소이다. 이제 마쳤으니 다시 그 두 번째 촌놈의 웬숭이로 되돌아가도록 합시다그려.

데가르상 아가씨의 애인

산골 소년이 내게 두 번째 원숭이를 팔려고 했던 이야기를 기억하는가. 나한테 원숭이가 필요하리라고 해서 내가 그러려면 원숭이들을 돌볼 하인이 있어야 할 판이라고 했던. 바로 그때 미셸이 술루크가 그 일을 하면 된다고 했고, 술루크라는 이름이 알렉시를 상기시켜 내가 이제껏 알렉시 이야기를 늘어놓게 되었다. 자, 여기서 원래 하던 이야기로 되돌아가자.

"그렇다면 자네 원숭이를 얼마에 팔 생각인가?"

"쩐번 웬숭이 가격을 어르신이 잘 알고 있찌않아유?"

"지난번에는 40프랑에 햄스터 한 마리하고 하얀 생쥐 두 마리를 쳐주었지."

"구러타면 이거또 40푸랑, 햄수터 한 마리, 허연 쌩쥐 두 마리유."

그러자 옆에 있던 지로가 말했다.

"사줍시다!"

그 옆에서 알렉상드르도 거들었다.

"이 불쌍한 원숭이를 사주세요, 아버지."

"자, 자, 보시게들. 40프랑이 결코 적은 돈은 아니지 않소! 게

다가 햄스터 한 마리와 하얀 생쥐 두 마리를 아무 데서나 구할 수 있는 것도 아니고."

내 말에 알렉상드르가 끼어들었다.

"자, 여러분. 제가 언젠가는 밝혀드리겠습니다. 우리 아버지가 세상에서 둘도 없는 구두쇠라는 것을."

그러면서 다짐이라도 하듯 덧붙였다.

"꼭 보여드리겠습니다."

지로는 한술 더 떴다.

"에구 불쌍해라. 이 깜찍한 놈 좀 보세요들!"

원숭이를 두 팔로 안아 두 볼을 꼭 집는 지로를 보며 미셸이 말했다.

"어르신, 그러고 보니 이웃사람과 완전히 판에 박은 듯이 닮았는뎁쇼."

"이야, 정말 그러네."

모두들 함성을 질렀다. 지로가 다시 말을 이었다.

"나는 얘 초상화라도 그려서 베르사유에 가져다줘야겠습니다요. 뒤마 씨, 사야 할 것 같소이다. 개 초상화를 그리면 내 작업이 그만큼 빨라지지 않겠소."

"그러세요. 사세요!"

"우리 구두쇠 아버지가 과연 어떻게 결정하실지."

그때 마케가 끼어들었다.

"친애하는 뒤마, 내가 알렉상드르의 의견에 동의해서가 아니라 그냥 자네 집에 '최후의 레마누아'를 선물하는 영광을 내게 주면 안 되겠소이까?"

"브라보! 마케 씨, 브라보! 본보기를 보여주세요."

다른 사람들이 소리치며 환영해서 나는 마지못해 승낙했다.

"친애하는 마케, 자네가 제공하는 것은 무엇이든 여기선 환영하오."

"와! 보세요들! 모른 척하며 받아들이시잖아요!"

알렉상드르가 소리쳤다.

"당연히 받아들이지 그럼. 이 보오, 마지막으로 웬숭이에게 인사나 하게. 눈물이라도 쏟고 싶으면 지금 쏟고."

"40푸랑하고 햄수터 한 마리하고 허연 쌩쥐 두 마리는유?"

"그와 관련해선 여기 모인 사람들이 자네에게 대답할 걸세."

그러자 산골 소년이 지로에게 두 팔을 내밀면서 말했다.

"내 웬숭이 돌려쭈시오."

"아버지, 보이시지요. 젊은이는 확실한 걸 원하지 않습니까?"

마케가 호주머니에서 두 개의 금 동전을 끄집어내며 말했다.

"옜다, 우선 중요한 것부터 주마."

"햄수터하고 쌩쥐는유?"

"아, 그건 돈으로 쳐줄 수 있을 뿐이구나. 햄스터 한 마리와 흰 생쥐 두 마리가 얼마쯤 하느냐?"

"10푸랑 할 겁니다유."

그때 미셸이 끼어들었다.

"예끼! 조용히 하지 못하겠나, 햄스터는 한 마리에 1프랑, 흰 생쥐는 한 마리에 25상팀이니 다 합해서 그냥 3프랑 50상팀으로 쳐주마. 마케 어른, 그냥 5프랑 주면 됩니다요. 만일 불평이라도 하면 제가 손을 보겠습니다요."

"정웬사 아쩌씨, 말도 안 댑니다유."

"자, 옜다. 5프랑."

마케가 5프랑을 내밀자 미셸이 말했다.

"자, 원숭이랑 코나 문대며 마지막 인사라도 해라."

시골 소년은 두 팔을 벌리며 원숭이를 안고 있는 지로에게로 다가갔다. 그런데 원숭이는 전 주인에게 반갑게 안기기는커녕 오히려 인상을 찌푸리고 끔찍한 소리를 지르며 지로의 턱수염에 매달리려 했다. 그러자 알렉상드르가 말했다.

"이로써 주인의 은혜도 모르는 배은망덕한 원숭이까지 우리에게 동참했군요. 마케 씨, 빨리 돈을 줘야 마무리되겠습니다."

마케는 5프랑을 건넸고 시골 소년은 돈을 챙겨 천천히 사라져갔다. 최후의 레마누아는 반기는 낌새였다. 전 주인이 완전히 사라지자 원숭이는 춤까지 췄다. 모르긴 해도 원숭이 캉캉이지 싶다. 그걸 보며 지로가 외쳤다.

"저것 좀 보시오. 저것 좀 보시라고요!"

"우리도 보고 있다오!"

"아니, 개 말고 철창 안에 있는 데가르상 아가씨요."

아닌 게 아니라 암컷은 새로 등장한 원숭이의 목동 차림새에

눌리지 않으려고 철창 안에서 안간힘을 쓰고 있었다.

"서로 끌리는 존재들끼리 나눌 수 있는 행복을 우리가 늦추지 마십시다."

마케가 맞장구쳤다. 그로써 최후의 레마누아를 묶은 쇠줄이 풀리고 철창도 열려 그 안으로 들어갔다. 두 존재가 서로 서둘러 다가가는 모습을 보아하니 플라톤이 언급한 길 잃은 영혼들의 체계를 또 한 번 실감했다. 그러고 보면 아무것도 믿지 않는 이들에게 뭔가를 믿게 하는 게 그리 나쁜 일만은 아닌 듯하다.

물병 따는 데가르상 아가씨

유랑자 차림새인 포티쉬가 있는데도 복장 없이 원숭이 본연 차림인 데가르상 아가씨와 목동 차림인 최후의 레마누아는 그야말로 가관도 아닌 신혼 생활을 보냈다. 포티쉬는 그 새로운 결합에 아주 암울한 태도를 보였다. 만일 칼이라도 있다면 최후의 레마누아가 흘린 피로 이마 땀을 훔치고 부부 집에 침범한 인물에 놀라서 자기방어를 했다는 조건으로 법률 324항의 덕을 볼 수 있었을 텐데. 하지만 포티쉬에게는 무기가 없었기에 최후의 레마누아가 보여주는 괴로운 장면에 적의를 표하는 정도에 머물렀다. 주위 상황에 그냥 눈 감는 무책임한 남편이라서가 아니라 오히려 반대로 슬픔을 속으로만 앓았음을 그로부터 18개월 후 포티쉬는 죽음으로 우리에게 보여주었다.

그러는 사이 알렉시가 쟁반 위에 잔 서너 개와 샤블리 포도주 한 병 그리고 탄산수 한 병을 들고 나타나자 알렉상드르가 말했다.

"제게 기막힌 생각이 있습니다."

"뭔데?"

"데가르상 아가씨에게 물병을 따게 하는 겁니다."

알렉상드르는 말을 끝내기가 무섭게 물병을 가져가 마치 대포대에 대포를 놓듯 창살에 기울여 놓았다. 원숭이처럼 호기심 많다는 말이 있지 않은가. 알렉상드르가 창살 쪽에서 팔과 머리를 떼기가 무섭게 세 마리의 원숭이가 물병 주위로 모여들어 잔뜩 호기심을 갖고 바라봤다. 메커니즘을 제일 먼저 이해한 것은 암놈인 데가르상 아가씨였다. 병마개를 지탱하는 줄 네 개를 발견하고는 손가락으로 그 줄을 어떻게든 해보려고 안간힘을 썼다. 하지만 뜻대로 되지 않자 이빨로 시도했다. 이번엔 상황이 달랐다. 그렇게 하기를 몇 초 지나 줄 하나가 끊겼다. 이제 줄 세 개만 남았다. 곧 다시 시도했다.

두 마리의 동반자는 암놈의 뒤편에서 좌우로 갈라 앉아 잔뜩 호기심 어린 표정으로 그 모습을 쳐다봤다. 이윽고 두 번째 줄도 끊기며 나머지 두 줄이 양쪽으로 흔들렸다. 그러자 포티쉬랑 최후의 레마누아는 순식간에 다가앉더니—여하튼 보기에는 그렇게 보였다— 함께 물병을 잡고는 박자를 맞춰 물병을 반쯤 돌렸다. 그 탓에 나머지 줄 두 개가 공중으로 흩날렸다. 그 순간, 암놈이 망설이지 않고 세 번째 줄을 공격했다. 세 번째 줄이 끊어지자 이내 네 번째 줄을 공격했다. 완성의 시간이 다가올수록 주위는 더욱더 긴장했다. 그 역할을 실행하는 배우만큼이나 관객도 관심을 잔뜩 보였다. 짐승도 사람도 모두 숨을 죽였다.

바로 그때, 폭음 비슷한 소리가 울렸다. 데가르상 아가씨는 병마개에 부딪혀 자빠진 채 물세례를 받았고 두 마리 수컷 원숭이는 깜짝 놀라서 천장까지 폴짝 뛰어오르며 날카로운 함성을 질렀다. 원숭이들의 온갖 재주에다 인간의 흥까지 보태져 코미디도 그런 코미디가 없었다. 알렉상드르가 약간 흥분해서 말했다.

"와! 내가 마실 물을 포기해서라도 데가르상 아가씨의 재주를 한 번 더 봤으면 좋겠는데……."

데가르상 아가씨는 일어나서 몸을 흔들어 물을 털더니 천장 위에 매달린 두 마리의 원숭이에게 합류했다. 셋 다 국자처럼 대롱대롱 매달려 날카로운 함성을 질렀다.

"작은 뒤마는 데가르상 아가씨가 또다시 그러리라고 보나 보네그려."

미심쩍은 듯 지로가 말했다. 거기에 마케가 태연하게 한마디 보탰다.

"보시오들, 호기심은 두려움보다 훨씬 강한 법이라오."

그러자 미셸이 거들었다.

"탄산수 수천 병을 가져다줘보세요. 계속 저런 식으로 병을 딸 테니. 완전 고집불통이랍니다."

"그렇게 보시오, 미셸?"

"원숭이 고장에서 원숭이를 어떻게 잡는지 모르십니까요?"

"아니, 모르는데."

"아니, 어르신이 그걸 모르십니까?"

마치 나의 무지함을 가엾게 여기기라도 하듯 나를 바라보며 미셸이 말했다.

"그렇다면 얼마나 고집 센지 얘기해주시게."

"원숭이가 터키산 밀에 죽고 못 산다는 것은 아십니까?"

"그래서요?"

"원숭이 손만 들어갈 정도로 위쪽이 좁은 병 안에다 밀을 담아두지요."

"그러고는요?"

"투명한 병 안에 밀이 보이겠지요."

"빨리요. 미셸!"

"그러면 원숭이가 손을 거기에 집어넣어 밀을 한 움큼 쥐지요. 바로 그때 사냥꾼이 나타납니다. 그런데 이놈이 어찌나 고집불통인지, 이 원숭이 놈이 글쎄……."

"그 말은 벌써 하지 않았소!"

"하도 고집불통이다 보니 움켜쥔 밀을 놓을 생각을 안 해요. 게다가 빈손을 집어넣어 밀을 한 움큼 쥐었으니 손이 빠져나올 수도 없겠지요. 그때 사냥꾼이 잡으면 그대로 잡히는 겁니다요."

"아, 그렇다면 미셸. 혹여 우리 원숭이들이 도망이라도 가면 어떻게 잡아야 하는지 걱정할 필요가 없겠구먼."

"네, 걱정할 필요 없습니다요. 그렇게 하면 됩니다요."

그러면서 미셸이 알렉시를 불렀다.

"알렉시, 여기 탄산수 한 병 더!"

사실대로 말하면 우리는 다시 한번 실험을 해보았다. 그리고 세 번째도. 상황은 미셸이 말한 대로 처음과 똑같았다. 알렉상드르가 계속하자고 했지만, 코가 부풀고 잇몸에 피가 흐르고 두 눈은 완전히 공중에 떠다닐 만큼 몰골이 말이 아닌 데가르상 아가씨 때문에 그만두게 했다.

"데가르상 아가씨를 걱정해서가 아니라 아버지 물이 아까워서 그런 거지요. 여러분, 제가 뭐라 했습니까. 보기에는 귀하게 보이시는 양반이건만 천하에 둘도 없는 구두쇠라 하지 않았습니까."

원숭이들의 반란

이야기가 여러 샛길로 빠졌던 것을 송구스럽게 생각하며, 이제 미주프 2세의 이야기로 되돌아오자. 새벽 3시까지 작업을 했던 어느 날, 아침 8시가 되도록 자고 있는데 방문이 조용히 열리는 소리가 들렸다. 문은 아주 조용히 열렸고 아주 깊이 잠들어 있었는데도 문이 열리는 바로 그 순간 나는 깜빡 눈이 뜨였다. 문이 다 열리기도 전에 두 눈을 떴고, 이미 해가 밝은 터라 조금 열린 문 사이로 미셸의 모습이 보였다. 미셸은 아주 당황스러워하며 말했다.

"에구, 어르신. 문제가 생겼습니다요."

"무슨 문제요, 미셸?"

"이 원숭이 놈들이 글쎄 어떻게 했는지 몰라도 창살을 하나 둘 셋 망가뜨려서 커다란 구멍을 만들어 빠져나왔습니다요."

"미셸, 우리가 예상한 일이지 않소. 이제 병 세 개와 터키산 밀만 준비하면 되는 거 아니오 ?"

"어이구, 그렇게 웃으시지만 나중에 상황을 직접 보시면 못 웃으실 겁니다요."

"아니, 미셸 또 무슨 일이 있는 게요?"

"어르신, 새장도 열렸고……."

"미셸, 새들이 달아났으면 우리에겐 애석한 일이지만 새들에겐 오히려 잘된 일 아니오."

"게다가 여섯 쌍의 비둘기, 열네 마리의 메추리, 그 외 모든 작은 새들, 개똥지빠귀, 찌르레기, 콩새, 딱새 등이 모두 먹혀버렸습니다요."

"아니 미셸, 원숭이들이 새들을 잡아먹지는 않잖소?"

"물론 아니지요. 그걸 먹은 건 다른 무슈입니다…… 미주프 씨 말입니다요."

"그래요? 아이고, 볼만하겠구먼."

"네, 가관입니다요. 전쟁터가 따로 없습니다."

나는 침대에서 뛰어내려 바지를 입으면서 밖으로 나갈 채비를 했다.

"잠깐만요. 이놈들이 도대체 어떤 상태인지 한번 보고요."

정원 쪽으로 나 있는 창가로 다가가서 밖을 쳐다보았다. 포티쉬는 단풍나무 가지에 꼬리를 걸치고는 평온하게 흔들거리고 있었다. 데가르상 아가씨는 여전히 철창 안에서 사방팔방으로 즐겁게 폴짝거리고 있었다. 한편 최후의 레마누아는 온실문 위에서 체조를 하고 있었다.

"미셸, 그냥 저러고들 있으니 잡으면 되겠구려. 나는 최후의 레마누아를, 자넨 데가르상 아가씨를! 우리 포티쉬는 혼자 남으면 스스로 순순히 들어올 테고."

“아! 어르신이 몰라서 하시는 말입니다. 포티쉬야말로 위선자이옵니다. 다른 놈과 협작합니다요.”

“뭐라고요, 데가르상 아가씨의 애인하고?”

“네, 네, 네.”

“아! 서글프구먼. 난 인간들이나 그러는 줄 알았더니.”

“저놈들을 단순한 원숭이로 보시면 안 됩니다. 벌써 인간세계를 맛본 놈들인지라.”

“음. 그렇군. 산골 사람들의…….”

“어르신은 그 산골 지방에서 일어난 정사 얘기를 못 들으셨습니까?”

"아니. 못 들었는데."

"바로 우리와 똑같은 상황입니다요. 남편이 읍으로 외출하는 척하고는 바로 그날 집에 와보니 마누라가 글쎄!"

"미셸 어쩌겠는가, 위고나 내 작품들이 영향을 미쳤다고 하잖소. 그러니 원숭이들에게까지 영향을 미쳤는지도. 여하튼 원숭이부터 잡고 봅시다."

"네, 그 말이 맞습니다요."

"자, 같이 가보세."

우리는 현장으로 갔다. 범죄자들에게 다가가려면 조심할 필요가 있는 법. 미셸과 나는 사냥꾼답게 신중하게 다가갔다. 두 마리의 원숭이로부터 보초 역할을 떠맡았는지 포티쉬가 그들에게 사인을 보냈지만 이미 때는 늦었다. 나는 온실 문을, 미셸은 닭장 문을 거뜬히 장악했다. 나는 온실로 들어가서 문을 잠갔다. 문이 잠기자 최후의 레마누아는 도망가기를 포기하는 대신 방어 자세를 취했다. 구석으로 가서 옆쪽과 뒤쪽이 든든하다고 느낀 듯 턱을 위협적으로 움직여 보였다. 나로 말하면 세 가지의 거창한 무술인 펜싱, 복싱, 킥복싱을 해온 터라 원숭이를 대적하는 일 따위로 겁이 나지는 않았다. 최후의 레마누아에게로 한 발짝 한 발짝 다가가 몇 가지 공격적인 동작을 해 보였다.

포티쉬는 곧바로 정원 구석으로 달려가서는 온실 창을 통해 나와 최후의 레마누아 사이에 무슨 일이 일어나는지 보려고 몸을 이리저리 움직였다. 동족을 향해서는 좀 특이하게 목을 움직이면서 용기를 북돋웠고, 주인인 나를 향해서는 잔뜩 찡그린 표정에 입으로 뭔가를 뱉는 시늉을 계속했다. 이러는 동안 암놈이 끔찍한 소리를 질렀다. 미셸이 그 소리를 만든 원흉으로 암놈을 포획한 것이었다. 최후의 레마누아는 그 소리가 신경 쓰였는지 몸을 추슬러서는 활 모양으로 팽팽히 세웠다.

본능적인 움직임으로 으라차차! 내 두 손이 원숭이의 갈비뼈 쪽을 잡고는 벽으로 내동댕이쳤다. 하도 세게 던지는 바람에 원숭이는 한동안 움직이지 못했다. 나는 그 틈을 타서 목을 거머쥐었다. 5분 전만 해도 울긋불긋하게 달아올라서 날뛰던 놈이 이제는 드뷔로의 가면처럼 창백했다.

"미셸, 데가르상 아가씨를 잘 잡았소?"

"네, 어르신은 최후의 레마누아를 잘 잡았습니까?"

"아무렴!"

"브라보!"

우리가 각자 한 마리씩 잡고 나오자 포티쉬는 정원에 있는 나무 위로 도망가서 엘렉트라 공주의 통곡에 버금가는 소리를 질러댔다.

500프랑어치 식사

원숭이 집은 수리공이 와서 고쳤다. 데가르상 아가씨와 최후의 레마누아는 벌 받을 만큼 받은 뒤 그 안으로 들어갔다. 그게 본보기가 된 듯 포티쉬는 후회하는 기색이었다. 믿기 어려운 것은 노예와 죄수에게나 통하는 뻔한 본보기가 원숭이에게도 먹힌다는 점이다. 포티쉬는 나무에서 내려와 다소 수줍은 걸음걸이로 미셸에게 다가가더니 투정하는 투로 작게 소리 내며 동료들에게로 데려가 달라는 시늉을 했다. 그러자 미셸이 말했다.

"보십시오! 얼마나 뻔뻔스러운지."

그게 뻔뻔스러운 행동일까, 갸륵한 행동일까. 나는 후자라고 생각했고 미셸은 전자라고 여겼다. 살리스버리 백작 부인을 다시 만나려고 존 왕이 영국 쪽과 손을 잡았듯이, 또 레굴루스가 자신이 한 말을 실천하기 위해 카르타쥬로 돌아갔듯이 포티쉬에게 딱히 다른 도리가 있었겠는가? 포티쉬는 참회의 태도를 보임으로써 결국 용서받았다. 미셸이 목덜미를 잡아 철창 안으로 포티쉬를 집어넣었다. 최후의 레마누아와 데가르상 아가씨가 자신에게 눈길조차 주지 않는 바로 그 장소로. 원숭이 암놈도 일단 마음이 돌아서면 인간 여성만큼이나 잔인했다.

이제 미주프가 남았다. 미주프는 닭장 안에서 잊힌 채 태연자약하게 새와 가금류를 마구 잡아먹고 있었다. 그러니까 V 자작이라도 된 것처럼 500프랑어치 식사를 거나하게 한 셈이다. 왜 이런 비교를 하는지 독자 여러분은 궁금할 텐데. 음…… 그러니까 오라스의 V 백작 남동생인 V 자작 이야기로, V 자작은 프랑스에서 둘째가라면 서러운 미식가였다. 아니, 프랑스뿐 아니라 유럽에서도. 아니, 전 세계에서도. 어느 날, 그는 예술가들과 일반인들이 섞인 한 모임에서 우연히 이런 말을 꺼냈다.

"한 사람이 500프랑어치 저녁 식사를 혼자서 다 먹을 수 있답니다."

그러자 두세 사람이 반문했다.

"어떻게 그게 가능합니까?"

"물론 먹는다는 것에는 마신다는 것도 포함되지요."

"그래도요?"

"제가 말하는 '한 사람'이 그냥 '아무나'는 아니지 않겠습니까? 미식가인 몽롱이나 쿠르샹의 제자쯤은 되겠지요. 그러니까 제 말은 몽롱이나 쿠르샹의 제자쯤 되는 미식가라면 500프랑어치 저녁 식사를 거뜬히 해치울 수 있다는 말이지요."

"바로 자작님 같은?"

"네, 그렇죠. 바로 나 같은."

"그럼 내기라도 할까요?"

"좋소, 내기합시다."

거기 있던 한 사람이 제안했다.

"제가 500프랑 걸겠소이다."

"그렇다면 저는 먹는 쪽으로."

"자, 다시 분명히 해봅시다."

"간단합니다. 제가 '파리 카페'에서 저녁 식사를 하는데 메뉴는 제 임의대로 정해서 500프랑어치를 먹겠습니다."

"하나도 남기지 않는다는 조건으로요?"

"물론 뼈다귀는 남겨야겠지요."

"그거야."

"언제로 정할까요?"

"괜찮으시면 바로 내일로 합시다."

"점심은 안 드실 작정인가요?"

"뭐, 평소처럼 점심을 먹어야죠."

"자, 그럼 내일 저녁 7시에 파리 카페에서 봅시다."

그날, 자작은 평소처럼 세련된 식당에서 저녁 식사를 했다. 위가 빈 상태에서 받을 영향을 피하고자 식사를 마친 후에야 다음 날 먹을 저녁 메뉴를 정했고, 다 정하자 파리 카페의 지배인을 불렀다. 한겨울이었건만 자작의 메뉴에는 과일과 채소가 가득했고 사냥철이 지났건만 사냥 고기가 포함돼 있었다. 그래서 준비하는 데 일주일이 필요했기에 내기는 일주일 후로 연기되었다.

내기 당일, 자작이 앉을 식탁 좌우에는 심판관들이 자리했다. 식사 시간은 오후 7시부터 9시까지였고 식사하는 동안 말을 하느냐 마느냐는 자작의 선택에 맡겼다. 예정 시간에 도착한 자작은 심판관들에게 인사하고는 자신의 자리로 가서 앉았다. 메뉴는 내기 상대에게는 비밀로 부치고 식탁에 놓일 때야 볼 수 있게 했다. 자작이 자리에 앉자 이내 오스탕드산 굴 열두 개와 요하니스버그 백포도주 작은 병이 놓였다. 입맛이 당긴 자작은 오스탕드산 굴 열두 개와 백포도주 작은 병 하나를 더 주문했다. 그다음 나온 요리는 종달새집 수프였다. 수프를 그릇에 부어서는 마치 물을 마시듯 금세 후루룩 먹어치웠다.

"여러분, 제가 오늘 몸 상태가 아주 좋으니 제 기록을 경신하고 싶습니다그려."

"얼마든지 하시지요. 오늘의 주인공은 자작님이니까요."

"사과 비프스테이크를 좋아하니 하나 시키렵니다. 여기 사과 비프스테이크 하나요!"

종업원이 놀란 표정으로 자작을 쳐다봤다.

"내 말 못 들었소?"

"들었습니다만 정해진 메뉴대로 나가는 게 아니었던가요?"

"그렇긴 한데 이건 예외요. 내가 따로 음식값을 지불하리다."

심판관들도 어리둥절해하며 마주 봤다. 비프스테이크가 나오자 자작은 마지막 조각까지 깨끗이 먹어치웠다.

"자, 그럼 이제는 생선을 가지고 오시오."

그래서 생선이 나왔다.

"제네바 호수의 페라라는 물고기입니다. 거기에서만 사는 물고기인데 특별히 부탁해 가져왔답니다. 오늘 아침 식사할 때만 해도 팔팔하게 살아 있던 놈입니다. 제네바에서 파리까지 호숫물에 담아 운반했지요. 기막히게 맛있으니 여러분도 다음에 한 번 드셔보시기 바랍니다."

5분쯤 지났을까. 식탁 위에는 생선 뼈 외에는 아무것도 남아 있지 않았다.

"자, 이제 트뤼프가 들어간 꿩 요리요!."

그래서 꿩 요리가 나왔다.

"보르도 포도주도 한 병 더 가져다주시구려. 고급으로다가."

포도주 한 병이 추가됐고, 꿩 요리는 10분 만에 작살났다. 그때 종업원이 말했다.

"어르신, 살미스 소스 오르톨랑[멧새로 만든 프랑스 요리] 앞에 꿩 요리를 드신 게 좀 무리가 아니었을까 싶습니다."

"맙소사! 내가 미처 정확한 순서를 정해주지 않았네그려. 그렇다면 이제 살미스 소스 오르톨랑을 가져오시구려."

그래서 오르톨랑이 나왔다. 열 마리였는데 자작은 포크 열 번으로 순식간에 해치우며 말했다.

"자, 이제 남은 메뉴는 간단합니다. 아스파라거스, 완두콩, 파인애플, 딸기 그리고 콩스탕스 포도주 작은 병, 인도에서 온 제세르 포도주 작은 병. 마지막엔 물론 커피와 리큐어."

그 모든 것이 순서대로 나왔다. 과일과 채소가 차례차례 깨끗이 사라졌고 포도주와 리큐어도 마지막 한 방울까지 다 비워졌다. 식사는 1시간 14분 만에 끝났다. 자작이 말했다.

“자, 여러분 모든 것이 순조롭게 진행되었습니까?”

심판관들이 그렇다고 인정했다.

“그렇다면 여기 메뉴판을 가져다주시오!”

당시만 해도 계산서라고 하지 않고 메뉴판이라고 불렀다. 자작은 가져온 메뉴판을 흘깃 훑어보고는 심판관들에게 건넸다. 메뉴는 이랬다.

오스탕드산 굴 24개 — 30프랑

종달새집 수프 — 150프랑

사과 비프스테이크 — 2프랑

꿩 요리 — 40프랑

살미스 소스 오르톨랑 — 50프랑

아스파라거스 — 15프랑

완두콩 — 12프랑

파인애플 — 24프랑

딸기 — 20프랑

요하니스버그 백포도주 한 병 — 24프랑

보르도 포도주 두 병 — 50프랑

콩스탕스 포도주 작은 병 — 40프랑

인도산 제세르 포도주 작은 병 — 50프랑

커피, 리큐어 — 1프랑 50상팀

합계 — 508프랑 50상팀

계산서를 확인해보니 정확했다. 저쪽에 앉아 여전히 식사하는 내기 상대에게도 메뉴판을 가져갔다. 그는 5분 만에 자작을 치하하고는 호주머니에서 1천 프랑짜리 지폐 여섯 장을 내놓았다. 그게 바로 내기 금액이었다. 그러자 자작이 응수했다.

"아, 그리 급할 것 없소이다. 2차를 해보지 않으시겠소?"

"2차까지 보여주시겠다는 말씀이오?"

"물론이지요."

"언제요?"

"바로 지금이요. 물론 댁이 괜찮으시다면."

내기에서 진 자는 잠깐 생각에 잠겼다가 이내 대답했다.

"이제껏 지켜본바 불가능하신 게 없겠습니다."

미주프 소송

비둘기, 메추리, 개똥지빠귀, 찌르레기, 콩새, 딱새 등 갖은 새와 가금류를 맛있게 먹어치운 미주프를 잠시 제쳐두었는데 다시 미주프로 되돌아가자.

미주프를 잡는 일은 그리 어렵지 않았다. 그냥 닭장 문을 걸어 잠그면 되었다. 이제 남은 일은 공정한 심판이었다. 도대체 미주프를 어떻게 처벌할 것이냐의 문제. 미셸은 그냥 한 방에 날려버리자고 했지만 너무 잔인해 보여 반대했다. 대신 일요일까지 기다렸다가 우리 집을 찾는 사람들과 함께 재판을 해보자고 건의했다. 매주 들르는 지인들 말고도 특별 소집장을 보냈고, 소집장에 대한 답장을 받은 끝에 다가오는 일요일에 재판을 열기로 결정했다. 심판 날까지 미주프는 범죄 현장에 가두기로 했다. 미셸은 미주프가 망설임 없이 해치운 마지막 시체까지 치운 뒤 미주프에게 최소한의 먹이만 제공하고는 정원사의 자리로 되돌아갔다.

이윽고 일요일. 주마다 집에 모이는 이들과 특별 소집장을 받은 이들이 한자리에 모였다. 재판을 열기에 충분한 숫자였다. 미셸이 검사 역을, 노장 생로랑이 국선 변호사 역을 맡았다. 배심원 입장은 확실히 별로였다. 더욱이 검사의 발언 후 유죄가 확실시되는 분위기다 보니 더욱 그랬다. 그런데 선고 내용을 심각하게 여긴 능란한 변호사가 미주프의 결백, 원숭이의 잔꾀, 사족동물의 비고의성, 두손 두발 달린 동물 행동 특성 등을 설명하며 뛰어난 변론을 펼쳤다.

"동물은 인간에게 가까워지면서 나쁜 영향을 받았지요. 미주프 스스로 그런 나쁜 범죄를 저지를 생각은 꿈에도 하지 않았을 것입니다. 자고 있다가 시끄러운 소리에 눈을 떠보니 바로 눈앞에 그런 장면이 펼쳐져 있었지, 그런 범죄를 미리 계획하지는 않았습니다. 그런 와중에 반쯤 잠이 깬 채 다리를 뻗치고 그르렁대면서 깃발 속에 묘사되는 사자의 혀를 닮은 자신의 혀로 잠이 덜 깨서 여전히 분홍빛으로 달아오른 얼굴을 이리저리 핥았겠지요. 그러고는 귀를 흔들며 주위에 귀를 기울였겠지요. 미주프는 자신 앞에 펼쳐진 유혹을 우선은 거절—변호사에 따르면 자신의 고객이 우선은 거절했다고 하니—했습니다. 하지만 아직 어리고 철이 없는 데다 그동안 요리사가 응석을 받아주는 바람에 입맛이 우유나 국물보다는 자연스럽게 고기 맛을 알게 됐던 것입니다. 원래 잔인하거나 포식가라서가 아니라 훈련이 안 돼 있어 막무가내다보니까요. 게다가 범죄가 일어날 당시는 잠이 완전히 깨지 않은 몽롱한 상태였음을 참작해야 합니다. 반면 진짜 범인은 원숭이들입니다."

그러면서 변호사는 범인을 두 팔로 안고는 범인의 두 발을 우

P. R. g^t

리 쪽으로 내밀었다. 그런 발로 잠긴 닭장 문을 여는 게 가능한지 전문가에게 확인해볼 필요가 있다고 덧붙이면서. 결국 미셸의 『자연의 역사 사전』을 빌려 고양이 부분을 펼쳐 읽었다.

"집고양이, 호랑이 무늬 고양이…… 미주프는 하얀색인 만큼 호랑이 무늬 고양이는 아닐 테고. '더욱 흥미로운 것은 바로 그 색깔이 고양이 성격을 상징한다.' 이 부분이군요"

변호사는 책을 탁 치면서 말했다.

"고양이! 멋진 복장을 한 저자 뷔퐁 씨가 고양이와 관련해 이렇게 쓰고 있습니다. 배심원 여러분. '고양이는 원래 가정용으로 맞지 않다. 단지 그보다 더 흉측해서 피하고 싶은 다른 동물들 때문에 필요해서 키운다. 여하튼 특히 어릴 때는 온순하지만 동시에 사납고도 교활한데, 이런 속성을 있는 그대로 드러내지 않는다. 나이가 들어도 그런 점은 여전하다. 여기에 인간이 시키는 교육은 단지 그런 점들을 감추는 기능을 할 뿐이다'라고요."

이 내용을 읽고 나서 변호사는 뭐라고 했을까?

"미주프, 가여운 미주프가 방금 언급한 뷔퐁 씨의 내용을 반박하려고 다른 유명한 동물학자의 도장이 찍힌 가짜 증명서라도 가지고 이곳에 왔습니까? 물론 아닙니다. 요리사 아주머니가 자청해서 아쿠아예 씨 댁에서 데려온 것입니다. 창고에 수많은 물건 사이에 숨어 있던 고양이를 주인을 즐겁게 하자는 의도로 그냥 창고에서 발견했다고 하면서 말입니다. 그게 작은 새나 잡아먹으라는 의도를 억지로 심어준 행동이었겠습니까? 게

다가 메추리는 결국 인간이 먹는데, 그런 참변을 당했으니 이젠 요리사가 메추리에게 접근만 해도 피하려 하지 않겠습니까? 그러라고 요리사가 미주프를 사주했겠습니까? 자기 일을 어렵게 만들자고 고의로? 자, 여러분. 여러분의 공정함에 호소합니다. 인간이 지은 죄에 대한 핑계를 댈 때는 새로운 단어를 만듭니다. 그러니까 두 발을 가지고 털이 없는 동물에게는 자유의지를 높이 사며 광기라는 변명을 합니다. 바로 그런 새로운 표현으로 돌도 없이 끔찍한 죄인을 구해내기도 하지요. 그렇다면 이 흥미로운 미주프에게 닥친 불행은 왜 본능의 이름이나 이방인의 제안에 이끌렸다는 상황을 참작하지 않는 것입니까? 배심원 여러분! 제 고객이 마지못한 상황 때문에 저지른 불가피한 행동이었다는 점을 감안해주시길 부디 요청하는 바입니다."

예상 밖 변론에 배심원들은 열광의 함성을 질렀다. 대단한 변호사가 한 훌륭한 변론의 여파가 채 가시기도 전에 우리는 투표를 실시했다. 여러 새를 살생하는 데 가담한 것은 유죄지만 불가피한 상황을 참작하여 미주프는 단지 '원숭이 5년형'에 처했다. 다시 말해 원숭이들과 같은 철창에서 5년간 함께 지내야 했다. 마케, 아탈라 보셴, 드 피엔느가 우리 집에 온 날, 마당에서 기웃거렸던 이유도 여기에 있다. 그들은 재판 얘기를 루스코니에게서 전해 듣고 다양한 반응을 보이며 범죄 현장을 구경했다.

돈 루스코니

약간 허술하지만 평소 내 식대로 이야기 속에 쥐도 새도 모르게 새로운 인물 한 명을 집어넣었다. 내가 처음으로 발음한 이름은 돈 루스코니. 우리 집에서나 내 주위에서나 그렇게 불렀다. 시인 베르길리우스나 소르델로처럼 돈 루스코니도 이탈리아 만토바에서 태어났다. 그렇다고 내가 루스코니의 일대기라도 펼쳐놓으리라고 기대하지 마시길. 더욱이 루스코니의 일대기는 책으로 몇 권이라도 나올 정도라 일화 따윌 늘어놓는 여기서 다루기에는 턱도 없다.

그의 삶에는 세 가지 주요 사건이 있었다. 엘바섬에서 나폴레옹과 커피를 함께 마신 일. 1822년 역사학자인 카렐과 함께 콜마르에서 역적 모임에 가담한 일. 그리고 낭트에서 베리 공작 부인[Marie Caroline de Bourbon Siciles 1798~1870 샤를 10세의 며느리로 샤를 10세가 추방되자 자기 아들을 왕위에 앉히려고 애썼다]의 모자를 든 한 무슈의 손을 잡은 일. 이 모자로 말할 것 같으면 베리 공작 부인의 추억을 간직한 채 당시 그녀를 모시던 수호병 가족이 여전히 보관하고 있다. 그렇다면 엘바섬에서 나폴레옹과 커피를 마시고 콜마르에서 카렐과 역적 모임을 하고 낭트에서 베리 공작 부인까지 만난 사람이 어쩌다가 나의 집에서 원숭이 이야기나

하고 있는 것일까? 그건 바로 오디세이와 일리아드에 버금가는 이야기다.

루스코니는 1812년에 이탈리아 폰타넬리 장군 부대에 합류했다. 1814년에 상황이 불리해지자 밀라노로 후퇴했는데, 그곳에서 이제껏 왕관을 그렇게나 선사했으니 자신도 하나쯤 받겠다며 나폴레옹 황제가 온다는 소식을 접했다. 동맹이 모두 망가진 것은 아니었기에 그 왕관은 바로 엘바의 왕관을 의미했다. 그 무렵 황제를 위해 몸 바치기로 결심한 루스코니는 엘바섬 황제 소속 검찰인 반티니의 소개로 포르토페라이오항에 있는 특별 경찰서에 자리를 하나 얻었다.

어느 날, 경비대 군인들과 지역 지주들 사이에 싸움이 벌어졌다. 서장은 그에 대한 보고서를 이탈리아어로 작성해 캉브론 장군에게 전달했다. 캉브론 장군은 이탈리아어를 전혀 할 줄 몰랐다. 엘바섬에 오래 있을 생각이 없다 보니 배울 생각도 없었다. 그래서 보고서를 번역하기 위해 루스코니를 데려오라고 시켰다. 다음 차례로 드루오 장군이 그 보고서를 가져오라고 했을 때, 루스코니는 중요하지도 않은 제2사단 자리에 있었다. 드루오 장군도 캉브론 장군만큼이나 이탈리아어의 '이'자도 모르던 터라, 보고서와 함께 통역자도 보내라고 했다. 캉브론 장군은 보고서와 함께 루스코니를 드루오 장군에게 보냈다. 마침 점심 식사 때라 드루오 장군은 식탁에 앉으면서 루스코니를 식사에 초대했다. 식사를 끝내고 디저트를 들 즈음 루스코니는 보고서를 번역했다. 그런데 맨 위쪽에 보고서를 번역하면 안 된다고 쓰여 있었다. 두 사람이 식사를 마친 후 커피를 마시고 있을 즈음 나폴레옹 황제가 등장했다. 보고서를 살펴보려고 온 참이었다. 드루오 장군이 말했다.

"각하, 그런데 이탈리아어로 쓰여 있습니다."

"내가 코르시카 사람이잖소!"

나폴레옹은 보고서를 스스로 읽으면서 말했다.

"커피 향이 좋소이다."

"감히 제가 커피 한잔 권해드려도 될는지요, 각하!"

"물론이지요. 드루오. 대신 나는 뜨거운 게 좋소이다."

루스코니는 잽싸게 은으로 된 커피 주전자를 불 위에 얹었다. 보고서를 읽고 나서 나폴레옹은 뜨거운 커피를 마시며 흡족해했다. 이어서 드루오 장군과 루스코니에게도 커피를 권했다. 그들이 마신 건 식은 커피였지만 어쨌든 그들은 나폴레옹과 함께 커피를 마셨다. 이것이 루스코니의 기억 속에 깊숙이 저장된 나폴레옹과의 일화다.

그 뒤 루스코니는 황제를 따라 프랑스로 왔지만, 워털루 전투 후 새 삶을 모색해야만 했다. 인적 조사에 대한 지식이 있던 그는 콜마르에서 전투가 휩쓸고 간 뒤처리를 하며 생활했다. 그런데 전투 후 남겨진 프랑스는 그의 마음속에 간직한 프랑스가 아니었다. 그러던 차에 정권 전복을 계획하는 카렐을 알게 되어 그 모임에 가담했다. 옛날에 우리 아버지를 도왔던 데르몽꾸르 장군이 모임의 우두머리였다. 1822년 1월 1일에 들고일어날 계획이었으나 1821년 12월 28일에 들통나고 말았다. 카렐과 데르몽꾸르 장군에 대한 영장이 발부되었고, 루스코니는 늘 가던 카페에서 도미노 게임을 하다가 그 영장을 접했다. 공식 직인까지 찍어 공인이 들고 온 영장이라 믿을 수밖에 없었다. 루스코니는 집으로 급하게 달려갔다. 모임의 자금을 담당하던 그는 500루이를 호주머니에 챙겨 넣고는 카렐의 집으로 향했다. 카렐은 집에 없었다. 내친김에 데르몽꾸르 장군 집까지 달려갔지만 그도 집에 없었다.

당시 카렐은 스물세 살, 데르몽꾸르 장군은 쉰 살이었다. 그들은 동일한 이유로 각자 다른 데로 피신해 있었다. "당사자를 못 찾을 때는 그들의 여자를 찾으면 된다"고 자칼이 말하지 않았던가! 하지만 두 사람의 여자 찾는 일 말고도 할 일이 많던 루스코니는 우선 자신의 여자부터 안전한 곳으로 피신시킨 뒤 두 사람한테 메모를 남기고 콜마르 길옆 숲속에 숨었다. 그 길은 원래 도망가기로 되어 있던 길이었다. 제일 먼저 지나간 사람은 카렐로 아침 6시쯤이었다. 루스코니는 카렐을 불러세웠다. 카렐은 누군가 영장 소식을 미리 알려줘서 도망치는 중이라고 했다. 루스코니가 물었다.

"혹시 돈이 필요하십니까?"

"돈이 있소?"

"500루이 있습니다."

"그렇다면 50루이만 주시오!"

루스코니가 50루이를 건네자 카렐은 돈을 챙겨 들고 말굽 소리를 내며 사라졌다. 카렐이 사라지고 얼마 되지 않아 또 다른 말굽 소리가 들렸다. 데르몽꾸르 장군이었다. 루스코니가 450루이가 있다고 말하자 장군이 대답했다.

"450루이라면 대환영이라네. 반역죄로 프랑스에서 쫓겨나 언제 돌아올지 모르는 신세니 말일세."

데르몽꾸르 장군은 돈통과 함께 루스코니를 자신의 말 뒤에 타게 했다. 그러고는 예상한 낡은 브리사쉬 다리 쪽이 아니라 자기 가족 별장 쪽으로 말을 달렸다. 거기에 도착한 다음 날, 들리는 소식이라고는 섬에 가서 하게 될 물새 사냥 얘기뿐이었다. 사냥꾼이 쉰 명, 실력 있다는 사람은 모두 다 와 있다고 했다. 행여 누군가 총이라도 들고 포획하러 온다고 해도 충분히 대항할 만한 인력과 실력이었다. 게다가 보통 사냥할 때처럼 총만 신지 않고 원하면 금 사냥을 할 수 있도록 필요한 장비도 실었다.

드디어 출발했다. 스무 척 작은 배들이었지만 그야말로 무장 함선의 행렬이었다. 그러다 배 한 척이 약간 방향을 틀었다. 모르긴 해도 급류 때문일 터. 급류는 그 배에 탄 사냥꾼 두 명을 라인강 저쪽으로 실어갔다. 다시 말해 남의 나라로 떠내려갔다. 사냥꾼 두 사람은 데르몽꾸르 장군과 그의 충신 루스코니였다. 데르몽꾸르 장군은 암암리에 동의를 받아 즉시 프랑스로 돌아왔지만, 이탈리아인이던 루스코니는 복귀 시간이 좀 더 걸린 끝에 프랑스로 돌아왔다.

1830년에 7월혁명[나폴레옹 1세 실각 후 복고된 부르봉 왕조를 무너뜨리고 오를레앙 가문의 루이 필리프 1세가 즉위했다]이 터졌다. 데르몽꾸르 장군은 활동을 재개하면서 루스코니를 비서로 임명했다. 이어 1832년에 루아르 내부 진영의 지휘관이 되자 루스코니를 낭트로 데려갔다. 1832년 11월 10일 아침 9시, 루스코니는 여자들 집에서 헌병들과 조용히 잡담을 나누고 있었다. 벽난로에 신문을 태워 발을 데우는데 어디서 나는지 모르겠는 목소리가 들려왔다.

"이 막이를 걷으시오. 우리 숨 막히오!"

헌병들이 깜짝 놀라 앉아 있던 안락의자에서 펄쩍 뛰었다. 루스코니도 세 발짝쯤 뒤로 물러섰다. 동시에 벽난로 옆 막이를 누군가 두드렸다. 같은 목소리가 다시 들려왔다.

"빨리, 빨리요. 즉사한다니까요!"

그제서야 소리의 출처를 안 루스코니와 헌병들은 무거운 막이를 힘들게 걷었다. 막이는 이미 불에 달아오른 상태였다. 그러고는 안에 있는 사람들이 편하게 나올 수 있도록 바닥을 빗자루로 쓸었다. 안에 있는 사람들은 다음과 같은 순서대로 인사했다. 우선 친애하고 존경하는—사실 친애해서나 존경해서는 아니고 그냥 막이에서 제일 가까이 있던 사람이라서— 베리 공작 부인 전하. 루스코니는 공작 부인에게 평소의 기사도 정신을 발휘해 우아하게 손을 내밀었다. 다음은 케르사비엑 아가씨 차례였는데 쉽지 않았다. 너무 뚱뚱해 빼내기가 힘들었다. 있는 힘을 다해 겨우 빠져나온 케르사비엑 아가씨는 공작 부인 옆에 나란히 자리했다. 그다음이 메나르의 한 무슈였다. 그 무슈는 잡아주지 않아도 거뜬히 혼자서 나왔다. 키가 크고 아주 날씬했다. 유별난 코만 빼고 말이다. 그런데 손에 들고 있던 모자가 방해였다. 모자에 뭔가 대단한 것이 담겨 있는지 엄청나게 중요하게 다루었다.

그 모자에 담긴 내용물은 역사의 비밀이다. 역사도 아직 폭로하지 않았으니 방정맞게 떠들지 말기로 하자. 여기서 이야기할 내용은 루스코니가 나폴레옹과 함께 커피를 마셨고, 카렐과 반역을 기도했고, 대단한 내용물이 담긴 모자를 든 무슈의 손을 잡은 일이니까.

자, 그럼 이렇게 높은 사람만 상대하던 루스코니가 어쩌다가 내게 떨어졌을까? 우리에게 남은 이야기인데, 그리 길지 않으니 한번 들어보라. 루스코니는 베리 공작 부인과 손에 든 모자로, 모리스 뒤발 경찰청장과 머리에 쓴 모자로 이야기를 나눈 뒤 상사인 데르몽꾸르 장군의 은퇴 소식을 접했다. 은퇴하면 비서가 필요 없고 비서가 필요 없으니 루스코니와도 이별이었다. 데르몽꾸르 장군은 그와 헤어지며 내게 가져다주라고 편지 한 통을 주었다. 편지에는 루스코니가 여생을 편하게 살아가도록 잘 부탁한다는 내용이 적혀 있었다. 마치 비에네의 작품 『아르보가스트』에서처럼.

"아무런 대가 없이 서비스를 할 사람이니 그의 남은 생이 부디 평안하기만을…….”

그래서 나는 그에게 편안한 자리를 마련해주었다. 1834년께 우리 집에 들어와서 지금도 여전히 있으니 23년이 되었다. 매일 루스코니를 대하는 것이 즐겁다. 물론 외국 여행할 때는 볼 수 없지만 말이다.

그렇다면 그분은 뒤마 씨 댁에서 무슨 일을 담당하나요?

사실 대답하기가 좀 곤란하다. ‘모든 것’이라고 할 수도 있고 ‘아무것도’라고 할 수도 있다. 이런 상태를 위해 내가 특별히 단어 하나를 만들었다. ‘루스콘하다’인데, 한 사람이 행할 수 있는 모든 서비스가 이 동사 영역에 전부 포함된다.

드디어 양의 본색이 드러나다

우리 집에서 루스코니는 온갖 서비스를 제공하며 생활했다. 지금 이 순간, 그의 서비스는 손님들에게 원숭이들의 행각을 설명하는 것. 원래 허풍이 세다 보니 그의 이야기는 한껏 속도감을 더했다. 그러는 동안 나는 하얀 면바지와 광목 셔츠를 입은 채 색창이 있는 사무실에서 이미 말했듯 『서자 드몰레옹』을 쓰고 있었다. 쓰면서 달리아를 땅에서 파헤치는 양을 계속 쳐다봤다고도 앞서 말했다. 내 달리아는 아니고 미셸의 달리아다. 나는 일단 향기가 나지 않는 꽃은 무시하기에 그게 꽃인지도 분간하지 못했다.

글을 쓰던 나는 달리아를 땅에서 파헤치는 양을 쳐다보며 생각했다. '너, 두고 봐라. 지금 치루는 내 전투만 끝내면 너를 손봐주마.' 내가 작품 속에서 치루던 전투는 모어인을 대항해 싸우는 개의 전투였다. 그 개 모델이 양이었다고 앞서 말했다. 내가 쓰던 이야기의 분위기는 이랬다.

50보 정도 걸었을까, 움직이지 않는 뭔가가 어둠 속에서 허옇게 나타났다. 그것의 정체를 전혀 모르는 채 그쪽으로 곧바로 전진하는 돈 프레데릭. 알고 보니 군복을 입은 제2보초였다. 보초는 들고 있던 창을 낮추면서 강한 아랍 억양이 섞인 스페인어로 말했다.

"이리로 못 지나간다!"

돈 프레데릭이 페르낭에게 물었다.

"누구냐?"

"모르겠는데요!"

"네가 저기 세워 놓은 자 아니냐?"

"아닙니다. 모어인이잖습니까?"

그러자 돈 프레데릭이 아랍어로 말했다.

"우리를 지나가게 해주시오."

모어인은 고개를 흔들더니 돈 프레데릭의 가슴에다 도끼 모양 창을 갖다 대며 마치 내려치려는 시늉을 했다.

"이게 무슨 짓이냐? 대장이자 왕자인 내가 죄인이라도 된단 말이더냐? 수비병! 수비병!"

그러자 페르낭은 호주머니에 있던 호루라기를 꺼내 불었다.

이게 바로 양이 뻔뻔스럽게 달리아를 땅에서 파헤치는 동안 내가 쓰던 장면이다. "그래, 두고 보자. 내 전투를 끝내고 나면 널 손봐 줄 테니까." 그런 기약을 양에게 하며 나는 계속 글을 써 내려갔다.

뒤쪽으로 50보 정도 떨어져 있던 수비병들, 스페인 수비병들에 앞서서 돈 프레데릭의 개가 도움을 청하는 주인의 목소리를 알아차리고는 잽싸게 달려왔다. 온 털을 쭈뼛이 세우면서 마치 호랑이인 양 모어인을 그대로 덮쳤다. 목 부분이 겹으로 접힌 외투 안 목을 거칠게 무는 바람에 보초는 비명을 지르며 자빠졌다.

거기서 펜을 놓았다.

"자, 이제 내 전투와 문장이 끝났으니 두고 봐라. 양아!"

밖으로 나가서 아무에게도 말하지 않고 천천히 양에게로 다가갔다. 나는 거친 발길질을 할 요량이었다. 신발의 뾰족한 부분으로 양을 자빠트리려고 했다. 신발 뒷굽으로 말이다. 내가 대면한 부분도 양의 뒷모습이었다. 한 방에 날려버릴 수 있도록 힘껏 발길질했다. 한껏 내려친 터라 꽤나 아팠을 테다. 양은 움츠렸고 낮은 소리로 깨갱거리면서 눈물이 그윽한 두 눈으로 나를 바라보다가 두세 발자국 뒤로 물러나는가 싶더니 곧이어 내 목을 향해 달려들었다. 다행히 나는 모든 가능성을 예견하고 있던 터라, 방어 자세를 취할 여유가 있었다. 다시 말해 나를 덮치려던 순간에 내가 두 팔로 양을 밀어낼 수 있었다.

그러다 내 두 팔 중 오른팔은 양의 입안으로 들어갔고 왼팔은 양의 목으로 향했다. 연이어 거의 이빨 뽑는 고통에 비견할 만한 고통을 느꼈다. 이빨 뽑는 고통은 1초면 끝나지만 내가 느낀 고통은 5분 정도 지속되었다. 양이 내 손을 물어버린 것이다. 동시에 나는 왼손으로 양의 목을 세게 졸랐다. 내가 살아날 수 있는 유일한 방법은 양의 후두를 더욱더 졸라서 숨을 못 쉬게 하는 것임을 깨닫고 그렇게 했다. 내 손은 크기는 작지만 다행히도 탄탄해서 일단 뭔가를 잡으면 꽉 잡을 수 있었다. 돈 빼고는 말이다.

손으로 양의 목을 아주 강하게 조르자 양이 불편한 내색을 하기 시작했다. 내 뜻대로 되고 있다는 의미였다. 그래서 더욱더 강하게 졸랐다. 양도 더 세게 으르렁댔다. 내가 있는 힘을 다해 계속 조르자 조금씩 양의 이빨이 느슨해졌고 1초 후 입이 벌어졌다. 마침내 양은 두 눈을 굴리더니 내가 목을 조르는 손을 놓지 않은 상태에서 바닥에 쓰러졌다. 내 오른손은 상처로 엉망이 돼 있었다. 나는 덥석 주저앉으며 알렉상드르를 불렀다. 알렉상드르가 달려왔을 때 나는 피투성이였다. 다친 손 말고도 개가 가슴을 할퀴는 바람에 거기서도 피가 흘렀다. 알렉상드르가 그 장면만 언뜻 보고는 싸움이 계속되는 줄 알고 거실로 가서 아랍 칼을 들고나왔다. 하지만 내가 막았다.

"그러지 말아라. 그놈이 광견병에 걸리지 않았는지 두고 봐야 하니까. 그놈이 먹고 마시는지 지켜봐야겠다. 입마개를 채워서 마구간으로 데리고 가거라."

미셸이 입마개를 가져왔을 때야 나는 목 조른 손을 놓았고 양은 기절했다. 사람들이 네 발을 들어 양을 마구간으로 데려가자마자 나는 거실로 들어왔다. 이제 앉아 아플 일만 남았다.

정신을 차려보니 사람들로 둘러싸여 있었다. 나는 먼저 팔부터 살펴봤다. 손등이 뼈까지 드러날 정도로 갈라지고 손마디 두 군데가 찍혀 있었다. 새끼손가락은 끝부분이 거의 떨어져 나가기 직전이었다. 정신이 들면서 이제 자신을 돌보리라고 독자 여러분은 생각할 텐데, 아니다.

"양은 제정신이 들었소?"

사람들이 마구간으로 양을 보러 갔다 오더니 양도 정신은 차렸지만 나처럼 그냥 멍청히 앉아 있는 상태라고 알려줬다.

"다행이오. 그렇다면 이제 군의관을 불러오시오."

"왜 하필 군의관입니까?"

알렉상드르가 물었다.

"그럴만한 이유가 다 있다."

상황이 상황인 만큼 알렉상드르는 군소리하지 않고 군의관을 데리러 갔다. 10분쯤 후에 군의관이 나타났다.

"일단 상처를 태워서 소독부터 해야겠습니다."

"그냥 두시오."

"그냥 두다니요?"

"나는 광견병은 무섭지 않지만 파상풍은 두렵다오."

"개가 광견병에 걸리지 않았다고 확신하십니까?"

"그렇소, 확신하오. 내가 먼저 건드려서 이렇게 되었으니 잘못은 내게 있소이다."

일단 잘못은 자백했으니 남은 것은 지금 상황에 맞는 처방이었다. 나는 의사에게 말했다.

"자, 아직 견딜 만하니 보당스나 앙브루아즈 파레 같은 의사가 하는 식으로 그냥 찬물로 치료해주시구려."

"저는 왜 부르셨습니까요? 어떻게 치료해야 하는지를 다 알고 계시면서."

"그렇지 않소이다. 다 떨어져 나간 살과 뼈를 제자리에 갖다 붙여달라고 군의관님을 불렀습니다."

의사는 내 손을 잡고 휘어진 집게손가락, 가운뎃손가락, 약손가락을 바로 편 뒤 새끼손가락을 나란히 세워 바늘로 여기저기 기웠다. 이어 엄지손가락을 가져와서 깁스를 했다. 그러고는 어디에 보조기구를 설치할지 물었다. 자주색 수도꼭지가 달린 도자기 분수대가 있던 터라, 수도꼭지에 빨대를 달고 분수에 얼음을 넣어 벽에 걸었다. 붕대 감긴 팔을 매달 수 있는 보조 침대도 만들었다. 보조 침대에 누워 수도꼭지를 틀어놓으면 되었다.

3일 밤낮을 그렇게 지내면서 나는 양이 음식을 섭취하는지 살폈다. 양은 아무것도 입에 대지 않았다. 물 한 모금조차 마시지 않았다. 첫날은 별로 신경 쓰지 않았다. 둘째 날은 걱정되기 시작했고 셋째 날은 바짝 긴장까지 했다. 구할 수 있는 온갖 고기로 만든 수프를 밥그릇에 가득 부어놔도 소용이 없었다. 그러다 셋째 날에 반나절이 좀 지나 잠시 침대를 벗어나 양을 보러 던—시간이 흐를수록 더 자주 양을 보러 가던 차였다— 바로 그때, 양이 코를 수프 속에 박고 있는 반가운 모습을 접했다. 정상적인 개라면 식사 후 물을 마시는 법. 양도 수프를 먹어치운 뒤 물이 담긴 양철통으로 다가갔다. 양이 혀를 물에 채 갖다 대기 전에 나는 소리쳤다.

"미셸!"

"부르셨는지요?"

"그렇다네, 이제 양을 샬라멜 씨 댁에 돌려주게나. 확인할 것은 다 확인했으니."

내가 자리를 비켜준 창문으로 미셸이 목을 빼며 물었다.

"무엇을 확인하려고 하셨는데요?"

"양이 음식을 섭취하는지 확인하려고 했는데, 이제 먹고 마시니 되었다네."

"아, 혹시 광견병…… 의심을 하셨던 게군요?"

"음, 음, 미셸……."

"아! 어르신이 광견병을 두려워하셨다면 광견병에 잘 듣는 기막힌 처방이 제게 있는뎁쇼. 닭똥을 우유에다 넣고 잘 섞이도록 두었다가 말 오줌 반 잔을 더해……."

"미셸, 그게 내부적 처방이요? 외부적 처방이요?"

"무슨 말씀이신지요?"

"내 말은 그걸 마시는지 아니면 바르는지?"

"아, 마십니다요. 하지만 어르신, 다 끝난 게 아니고 아직 보태야 할 것들이 반이나 남았습니다요."

"미셸, 그걸로 충분하오. 광견병은 아니니 말이요. 처방 자체를 반박해서가 아니라오."

"하지만 광견병…… 확신하기 위해서라도 어르신……."

"미셸, 양을 도로 옛 주인에게 데려다주시게."

"자, 이리와. 이놈!"

미셸이 양을 데리고 옛 주인에게 갔다. 내 목에 달려들고 나서 처음으로 하는 외출이었는데, 양은 평소 태도로 따라갔다. 15분쯤 지났을까, 미셸이 돌아왔다.

"꽤 시간이 걸렸구먼."

"네, 그런 것 같습니다. 샬라멜 씨가 양을 돌려 받으려 하지 않으셨습니다요."

"왜 돌려 받으려 하지 않던 게요?"

"양이 이전 주인도 물었던 것 같습니다."

"아! 미셸, 다음번에 샬라멜 씨를 만나면 한 번이 아니라 두 번 고맙다고 전해주시오."

미셸이 샬라멜 씨에게 한 번이든 두 번이든 인사할지는 모르겠지만, 양을 돌려주려 했다고 샬라멜 씨가 나를 괘씸하게 여길 것은 분명했다.

이 3일 동안 나는 심심한 줄도 모르고 시간을 보냈다. 광견병에 대한 두려움이 모든 것을 이겨냈던 셈이다. 광견병 의심이 사라지자 이제야 『서자 드몰레옹』이 머릿속에 떠올랐다. 문제는 깁스한 손으로 작업하는 게 몹시 불편하다는 점이었다. 하지만 나는 절망하지 않고 머리에 스치는 온갖 방법을 동원했다. 가운뎃손가락과 약손가락 사이에 막대 같은 펜을 끼워 손과 손목의 움직임으로 글을 썼다. 내가 양에게 발길질해서 소동이 일어나는 바람에 잠시 멈춘 장면에서 다시 시작했다. 그런데 짐작하겠지만 이런 식의 새로운 글쓰기는 내 글에 큰 변화를 야기했다.

이러는 사이, 이웃인 귀당이 나를 보러 왔다. 내게 다가오는 모습이 꽤 조심스러워 보였다. 광견병에 걸린 개한테 물려 나도 광견병에 걸렸을지 모른다는 소문이 벌써 파다한 터였다. 나는 귀당을 안심시키며 새롭게 만든 글쓰기 시스템을 보여주었다. 귀당은 감격하며 바라보고 나서 그냥 하는 말처럼 덤덤한 어투로 말했다.

"제가 파리에서도 손꼽히는 서명 수집가인 거 아십니까? 그런데 뒤마 씨의 서명은 하나도 없다는 것도요?"

"정말이요?"

"네, 하나도."

"음, 그렇다면 이제 하나쯤 가질 때가 되었다고 생각하시는 게군요?"

"오! 어떻게?"

"친애하는 귀당, 내가 하나 드리겠소이다. 대단한 것으로다가. 아무도 똑같은 서명을 가질 수 없는 것으로다가."

"어떻게요?"

"『서자 드몰레옹』 첫 권, 그러니까 두 개의 다른 글씨체, 멀쩡한 손과 아픈 손으로 쓴 이 책을 드릴 테니까 글씨체가 왜 바뀌었는지 사람들에게 설명 좀 해주시구려. 결국 서명에다 이야기까지 보태지는 셈이잖소!"

"이크! 제가 함부로, 송구스럽습니다."

"송구스러워하지 마시게. 대신 내게 그림 한 장 주면 될 것 아니겠소?"

"그렇게 하겠습니다."

"매일 내 소식을 들으러 하인을 오게 하면 책이 완성되는 날에 그 하인한테 책을 들려 보내리다."

"아! 그렇다면 제가 직접 오겠습니다."

귀당은 날마다 우리 집에 들렀다. 그리고 3일 지나서 책을 가지고 갔다. 이제 개 한 마리가 귀당의 손을 물고 난 뒤 내가 찾아가 이렇게 말하는 일만 남았다.

"아, 친애하는 친구. 자네, 그거 아시오? 나한테 자네의 그림이 한 장도 없다는 거 말이오?"

첫 토끼 사냥

사냥철이 되었다. 바트랑, 미셸 그리고 내가 간절히 사냥철을 기다리던 시절이었다. 9월 1일, 그날은 우리가 프리차드에 대한 최종 의견을 내놓기로 한 날이었다.

나는 어린 시절부터 늘 같은 장소에서 사냥을 개시했다. 브라수아르 마을의 용감한 농사꾼 모케 씨네 땅에서. 내가 자형과 드비올렌 씨와 함께 처음으로 토끼를 사냥한 곳도 그곳이었다. 첫 토끼 잡기는 아주 대단한 일이었다. 내가 문학에서 처음 성공했을 때도 그때만큼 가슴이 벅차지는 않았다. 브라수아르에서 매번 사냥 개시를 할 적마다 옛 영광의 자리를 다시 보았고, 그 순간 옆에 누군가 있으면 뿌듯해하며 이렇게 말했다.

"제가 처음으로 토끼를 죽인 곳이 바로 여기랍니다."

독자 여러분, 내가 어떻게 첫 토끼를 죽였는지 이야기해볼까요? 그 이야기는 나를 40년이나 회춘시킬지도. 게다가 무릎관절이 안 좋아 의사 선생이 지시한 대로 다리를 의자 위에 얹어놓고 있어야 하는 지금 상태에서는 더욱. 무슨 말이냐 하면 내가 작년에 잡은 토끼가 어쩌면 내가 마지막으로 잡은 토끼가 될지도 모른다는 말이다.

열세 살 때였다. 손잡이에 융단이 덮인 멋진 총을 들고 있었다. 그건 바로 내 손에 주어지기 전에는 여자의 총이었음을 의미했다. 자형과 드비올렌 씨가 나를 브라수아르로 데려오면서 우리 어머니에게서 받은 총이었다. 나는 사냥 장소에 떳떳하게 사냥꾼 자격으로 도착했고, 종달새 일곱 마리와 자고새 한 마리가 내 몫이었다. 저녁 식사—시골 농장의 저녁 식사가 얼마나 긴지 여러분도 잘 알고 있을 터— 내내 사람들이 나를 놀려대자 모케 씨가 일어서며 내게 나지막이 말했다.

"그냥 내버려두게나. 내가 자네에게 좋은 사냥 자리를 마련해 줄 테니. 그런데도 내일 저녁 사람들이 다시 자네를 놀린다면 그때는 내 탓하지 말게."

그 밤이 어떻게 지나갔는지! 매번 종소리가 들리는 듯했다. 매시간 매초를 헤아렸다. 드디어 6시, 일어나 옷을 입고 아래로 내려가서 다른 사람들을 기다렸다. 밖은 여전히 캄캄했고 다들 쿨쿨 자고 있었다. 7시가 되자 창문이 열리기 시작했다. 결국 8시가 되어서야 사냥꾼들이 하나둘 모여들었다. 사냥을 도와주는 보조들까지 합해 총 30여 명이 줄을 지어 농장 문으로 이동했다.

문을 지나자 사냥이 시작되었다. 모케 씨가 나를 농장에서 100보쯤 떨어진 모래 계곡 같은 곳으로 데려갔다. 아이들이 놀다가 만든 움푹 파인 공간이었다. 내가 움직이지만 않는다면 토끼가 제 발로 와서 내 발을 데워줄 거라고 모케 씨가 그곳을 가리키며 말했다. 나는 알겠다는 시늉을 하며 들어갔다. 멋진 장면은 아니었다. 춥기까지 했다. 사람들은 사냥을 시작한 참이었다. 사냥 보조들의 첫 번째 고함에 토끼 두세 마리가 일어나서 어디로 가야 할지를 살피더니 전날 학교에서 라틴어 시간에 배운 『고대 영웅전』 속 세 명의 퀴리아스 사람들처럼 내가 있는 쪽으로 곧바로 달려왔다.

먼저 내 눈을 의심했다. 저게 토끼가 맞나? 마치 당나귀만 했다. 토끼라는 확신이 생겼을 때, 토끼들은 마치 약속이라도 한 것처럼 내 쪽으로 향하는 중이었다. 순간 먹구름이 지나가듯 눈앞이 희미해져 기절할 판이었다. 얼떨결에 눈을 감았던 것 같다. 눈을 다시 떴을 때도 토끼들은 계속 같은 방향으로 오고 있었다. 토끼들이 다가올수록 가슴은 더욱더 콩닥거렸다. 기온이 영하 5, 6도 정도였건만 이마 위로 땀이 흘렀다. 맨 앞쪽에 있던 놈이 곧장 내게로 달려왔다. 출발 때부터 나는 그놈을 주시했다. 20보, 10보, 5보 가까이 오도록 내버려두다가 총을 겨눌 생각이었다.

하지만 그렇게 집요하게 버티고 있을 힘이 없었다. 그래서 30보쯤에서 나는 그 토끼의 정면을 향해 총을 쏘았다. 토끼는 뒤집히면서 거의 환상적인 모양새를 해 보였다. 총에 맞은 게 틀림없었다. 나는 서 있던 구멍에서 재규어처럼 폴짝 뛰며 소리를 질렀다.

"거기 있어요? 잡혔어요? 제 거예요. 멍멍아! 보조 아저씨들!

아저씨들! 아! 저놈! 거기 멈춰! 멈추지 못해!"

토끼는 나를 기다리기보다는, 아니 내가 가하려는 처벌을 기다리기보다는 도망치려 했다. 내 고함을 들은 토끼가 갈팡질팡하며 내게서 점점 멀어져갔다. 한편 나머지 두 마리 중 한 마리는 팔딱이며 사냥 보조들이 있는 쪽으로 잽싸게 달아났다. 다른 한 마리는 내 옆으로 지나갔는데, 총알이 장전돼 있지 않은 터라 총을 토끼에게 냅다 던졌다. 추적 포기가 아니라 순간적인 사고였다. 이어 토끼를 덮쳤다. 토끼는 곧바로 네 발짝쯤 가다가 오른쪽으로 튀었다 왼쪽으로 튀었다 했다. 오락가락 도저히 종잡을 수 없는 동작이었다. 내 예측을 완전히 무시하면서 잡으려는 순간 마치 아무 일도 없는 듯 나를 피해 한 10보쯤 앞서갔다. 그러다 불현듯 방향을 틀어 다시 내 쪽으로 달려오더니 내 다리 사이를 지나갔다. 마치 누가 이기는지 한번 해보자는 듯.

흥분한 나는 그냥 소리를 친 게 아니라 고래고래 고함을 질렀다. 돌을 집어 들어 토끼를 향해 마구 던졌다. 적중했다 싶을 때 나는 그대로 땅에다 몸을 던졌다. 나와 땅바닥 사이에 토끼가 고스란히 자리하기를 바라면서. 비처럼 흐르는 땀 너머, 저쪽에 마치 구름 사이로 보이는 것처럼 사냥꾼들이 희미하게 모습을 드러냈다. 웃는 사람이 있는가 하면 화내는 사람도 있었다. 웃는 사람은 내 행동이 처참해 보여서고, 화내는 사람은 토끼를 잡는다고 시끌벅적한 내 소리에 다른 토끼가 도망가서다.

결국 나는 천고 만고 끝에 토끼 다리 한쪽을 잡았다. 이어 두 다리와 몸통을 잡았다. 이제 역할이 바뀌어 내가 조용했고 토끼가 절망적인 소리를 질렀다. 헤라클레스가 안타이오스를 잡았듯, 토끼를 잡아 가슴에 품고는 원래 자리로 되돌아왔다. 오는 길에 아까 던진 총을 주워 챙겼다. 구멍으로 되돌아와서 토끼를 자세히 살펴봤다. 쭉 훑어보니 정확히 무슨 일이 일어났는지 보였다. 다른 상처는 하나도 없고 두 눈만 작살나 있었다. 토끼를 바닥에 뒤집어 눕혀 다른 토끼에게 본보기가 되도록 했다. 이 유명한 한 방을 이후 사람들은 '토끼 한 방'이라고 불렀다. 나는 두근거리는 가슴과 떨리는 손으로 다시 총을 장전했다.

내가 첫 번째 토끼를 잡은 시점까지 얘기했으니 이쯤에서 얘

기를 멈춰야겠지만, 미완성 이야기라 좀 더 보태련다. 총을 장전했고 손은 떨렸고 가슴은 두근거렸다고 했다. 장전된 총알이 꽤 세 보였다. 동시에 좀 더 멀리 쏠 수 있겠다는 확신이 생겼다. 총을 장전하기가 무섭게 또 토끼 한 마리가 나를 향해 오는 것이 보였다. 나는 이제 머리 쪽을 겨냥하는 수준은 벗어나 있었다. 보아하니 이놈은 내 쪽에서 25보 떨어진 곳을 지나갈 것 같았다. 예상한 대로 토끼는 움직였다. 나는 초보자인 내가 할 수 있는 힘껏 찬찬히 토끼를 겨누다가 총을 발사했다. 이제 토끼 두 마리를 잡았다고 확신하면서.

하지만 총알은 분명히 폭발했건만 발사되지 않았다. 나는 다시 장전하고 기다렸다. 모케 씨는 그 자리를 잘 알았고 과장하지도 않았다. 앞서 왔던 토끼를 따라 세 번째 토끼가 나타났다. 바로 앞 토끼처럼 20보 떨어져 앞을 지나갔다. 나는 앞 토끼처럼 찬찬히 겨냥해 쐈지만 앞 토끼처럼 총탄만 터져버렸다. 잔뜩 화가 치밀었다. 정말이지 눈물이 날 정도로 화가 났다.

곧이어 네 번째 토끼가 나타났다. 이놈도 앞선 놈들처럼 움직였다. 이놈은 오히려 우쭐대는 모양새였기에 내 총은 신경을 곤두세웠다. 내 앞 15보 정도쯤에서 쐈는데, 세 번째 토끼처럼 역시 총알만 타고 발사되지 않았다. 아까 무사히 지나간 토끼가 나머지 토끼들에게 이리로 가면 안전하다고 일러준 게 틀림없었다. 나는 진짜로 울어버렸다. 진짜 사냥꾼이었다면 바로 그 자리에서 네 마리 토끼를 거뜬히 잡았을 텐데. 그게 마지막 토끼였다. 모케 씨가 내게로 다가오길래 주체할 수 없는 목소리로 소리를 질렀다.

"모케 씨, 총알은 터졌는데 세 번이나. 토끼 세 마리나 놓쳐버렸다고요!"

그러면서 총을 그에게 내밀었다.

"놓친 건가? 타버린 건가?"

"탄 거에요. 총 모터가 대체 어떤 식으로 만들어졌길래……."

모케 씨는 고개를 갸웃거리며 자신의 사냥 가방에서 총 닦는 막대를 꺼내 내 총에 끼웠다. 총 안에서 총탄껍질, 다음은 탄가루가 나왔다. 그리고 흙도 나왔다. 내가 토끼를 향해 총을 던졌을 때, 총 안으로 흙이 들어갔던 모양이다. 그런 상태에서는 백 발을 쏘아봐야 백 마리 다 놓칠 뿐이다. 아, 인간의 나약함이여! 그 흙만 없었어도 내 가방에 토끼 세 마리는 거뜬히 담았을 테고, 그날 사냥의 챔피언이 되었을 텐데! 그 땅에 얽힌 어린 시절 추억과 감흥 때문에 나는 어른이 되어서도 여전히 사냥에 열광하고 전날 잠까지 설쳐가며 사냥을 개시한다.

알프레드와 메도르

이번 사냥에는 아들, 마케, 조카 그리고 우리를 보조할 사람과 함께 브라수아르를 찾았다. 아들은 여러분이 이미 알고 있다. 마케도. 그런데 조카는 모를 터. 조카는 당시 5피트 8인치 정도로 키가 훤칠하고 길쭉한 청년이었다. 모르긴 해도 고대 히브리어의 낙타[세 번째 알파벳인 'ג']처럼 가뿐하게 바늘구멍도 통과하지 싶다. 사람은 제각기 나름대로 특정 동물과 닮은 점이 있다. 그런 점에서 조카는 장다리물새와 유사하다 하겠다. 세례명은 알프레드다.

알프레드는 사냥할 때면 그의 개 '메도르'와 한 쌍이 되었다. 아, 메도르! 메도르는 정말 제단까지 만들어줘도 아깝지 않을 개다. 메도르는 알프레드에게 잘 어울렸고, 알프레드도 메도르에게 잘 어울렸다. 메도르를 잃었을 적에 알프레드는 더 이상 알프레드가 아니었을 정도로. 알프레드로 말할 것 같으면 일명 총질 잘하는 부류에 속했다. 쏘면 3/4은 맞췄으니까. 그런데 메도르! 메도르는 절대 실수하는 법이 없었다. 절대로. 사냥 함정에 속지도 않았다.

아침 5시, 우리는 최대한 일찍 사냥을 개시했다. 알프레드는 처음엔 일행과 나란히 일렬로 섰지만 대중심리를 북돋기 위한 예의였을 뿐 숲, 갈림길, 수풀이 나오기라도 하면 제일 먼저 사라지는 사람이었다. 아니나 다를까 얼마 안 돼 메도르와 함께 알프레드는 사라졌다. 메도르가 20보 정도 앞장선 채. 점심을 먹는다고 잠시 쉬는데 알프레드가 다시 보였다. 길게 늘어뜨린 다리, 일정한 걸음걸이. 1미터짜리 살아 있는 컴퍼스나 다름없었다. 메도르는 묵묵히 알프레드 옆에서 나란히 걸어갔다. 우리가 와서 같이 식사하자는 손짓을 했건만 알프레드는 멀리서 빵과 약주 한 병을 내보이며 고개를 저었다. 우리가 먹는 음식이 진짜 사냥에는 어울리지 않는 사치라는 표정을 지으며 또다시 사라져갔다.

저녁 5시, 사람들이 하나둘씩 귀가했다. 확인해보니 알프레드 빼고는 다 모여 있었다. 저녁 7시, 식사를 마친 뒤 새소리나 들으며 바람을 쐬려고 농장 문 앞으로 나갔다. 우리 가운데 눈이 제일 밝은 이가 소리를 질렀다. 붉은 노을기가 아직 가시지 않은 지평선 저쪽으로 알프레드가 보였다. 알프레드는 여느 때와 같은 걸음걸이였다. 그런데 아침엔 20보 주인을 앞서가던, 점심땐 주인과 나란히 걷던 메도르는 주인보다 20보 뒤처져서 따라왔다. 밤을 맞아 사냥꾼도 개도 모두 농장으로 되돌아왔다.

알프레드는 자고새 서른다섯 마리, 메추리 열 마리, 굴토끼 서너 마리, 산토끼 두세 마리에다 왕메추리 한 쌍까지 잡아 왔다. 그 모두를 별다른 감흥 없이 자신의 사냥 가방에 담아 왔

다. 사냥 가방 세 개는 채울 만한 양이었지만, 알프레드의 가방은 여전히 얼추 반이 비어 있었다. 알프레드는 존경스러울 정도로 가방을 차곡차곡 정리할 줄 알았다. 그는 가방에서 잡은 동물을 하나씩 끄집어내 가지런히 탁자 위에 올렸다. 작은 것에서 시작해서 큰 것으로 끝났다. 15분쯤 걸리는 작업이었다. 몇 마리인지 헤아려보았더니 총 오륙십 마리쯤 되었다.

그러고 나서 알프레드는 변함없는 어조로 "아! 이젠 좀 씻어야겠습니다"라고 말하며 아무것도 먹지 않은 채 자기 방으로 향했다. 모르긴 해도 줄무늬가 있는 양말과 광이 나는 실내화를 신고 면으로 된 윗도리와 바지를 입고 부드럽고 긴 손가락으로 넥타이를 자신의 긴 목에 맞출 게다. 이어 머리털이 거의 없어 굳이 필요 없는 빗질을 얼마 남지 않은 긴 머리털에 대고 할 텐데, 아마도 위생적인 측면을 고려해서리라. 우리는 알프레드의 사냥감을 살펴보았다. 그중 1/4 정도는 상처조차 나 있지 않았다. 메도르가 한 사냥이었다. 주인의 토끼나 메추리 하나도 취하지 않는 메도르 같은 개는 없었다.

이튿날, 주인들과 개들이 다시 사냥을 시작했다. 다들 전날보다는 훨씬 피곤한 기색이었지만 알프레드와 메도르만은 전날과 똑같은 기량이었다. 메도르는 이제 저물어가는 나이였고 프리차드는 한창때였다. 그날 이 둘은 운동선수처럼 겨루게 될 판이었다. 그게 달리기라면 십중팔구 프리차드가 이기리라. 농장을 빠져나오기가 무섭게 프리차드는 구덩이 반대편으로 올라가 짧은 털을 공중에 날리며 겨자색 두 눈으로 주변을 살폈다. 그러고는 갑자기 토끼풀이 무성한 쪽으로 달려갔다. 휘파람도 불고 이름도 불렀지만 아무런 소용이 없었다. 말레르브[François de Malherbe 1555~1628 프랑스 궁정 시인으로 아주 엄하게 낭만시를 반대했다]의 시체처럼 프리차드는 완전히 두 귀를 막은 채 우리가 목이 메어 부르도록 내버려두었다. 그러다 토끼풀밭 한쪽에서 갑자기 멈췄다. 그 장면을 바라보며 아주 의심쩍다는 어조로 알프레드가 말했다.

"저 보세요, 멈춰 선 것 같은데요!"

"안 멈출 이유도 없지."

내가 덧붙였다.

"맙소사!"

알렉상드르가 담배 한 개비를 접다가 다급한 마음에 담배 접기를 포기했다.

"급할 것 없다. 담배 피우거라, 피워!"

알렉상드르는 접던 담배를 마저 접어서 침을 발라 완성하고는 담배에 불을 붙었다. 프리차드는 돌처럼 움직이지 않고 있었다. 알프레드가 궁금한지 말했다.

"가서 봅시다. 무슨 일인지."

우리는 토끼풀이 무성한 곳으로 향했다. 400보 정도 떨어진 곳이었다. 발치까지 갔는데 프리차드는 여전히 부동자세였다.

"개 앞으로 가봐. 알렉상드르!"

알렉상드르가 앞으로 갔지만 꿈쩍도 하지 않았다.

"아버지, 아버지 개가 사팔뜨기 눈을 하고 있는데요!"

"사팔뜨기 눈?"

"네, 혹시 옆동네에 불이라도 안 났는지 한쪽 눈으로 쳐다보는데요."

"개한텐 신경 끄고 너는 네 발치나 보도록 해라. 도망가기 전에, 조심……."

작은 산토끼가 지나가는 바람에 나는 말을 채 끝맺지도 못했다. 알렉상드르가 총을 쐈고 토끼는 이내 가죽이 되어버렸다. 그러는 중에도 프리차드는 계속 부동자세로 있었다. 대신 사팔뜨기는 멈췄다. 옆동네에 불이 났는지 살피던 눈이 이제 나머지 한쪽 눈과 합류했다. 알프레드가 프리차드의 꼬리 쪽을 발로 건드리며 말했다.

"멍청이, 이제 잡았으니 됐잖아!"

프리차드는 '아이고, 그러는 네가 되레 멍청이야'라는 표정으로 잠시 알프레드를 쳐다보고는 그대로 부동자세를 유지했다.

"어, 이놈 봐라!"

나는 알프레드에게 설명했다.

"토끼 두 마리를 한꺼번에 잡고 있는 게 안 보이느냐? 하나는 알렉상드르 다리 아래로 달아났고, 또 하나는 마케 다리 옆으로 달아날……."

이번에도 나는 말을 끝맺지 못했다. 두 번째 토끼가 내 지시라도 기다렸다는 듯이 움직였기 때문이다. 마케는 첫 방은 놓치고 두 번째 총질로 토끼를 잡았다.

"메도르! 이리 와!"

알프레드는 컴퍼스처럼 땅을 찍으며 걸어갔다.

"알프레드가 작업을 시작했으니 이제 저녁때나 지나야 다시 보겠군."

내가 말하자 알렉상드르가 대답했다.

"빈자리가 그렇게 섭섭하시면 다시는 빈자리를 안 만들도록 차라리 알프레드가 돌아오지 않기를 바라십시다요."

그러고는 자신의 토끼를 사냥 가방에 집어넣었다. 마케도 마찬가지였다.

"네 명이서 개 두 마리가 딱 제격인데, 우리처럼 세 명이 개 한 마리로……."

내 말에 이내 마케가 받아쳤다.

"프리차드가 두 마리 격이지 않습니까."

"아! 그런데 이놈 또 어디 갔지?"

주위를 살펴봤지만 프리차드가 안 보였다. 바로 그때 알프레드가 쏜 총소리에 모든 주의가 쏠렸다. 알프레드가 조금 전에 사라져간 전나무 뒤편에서 총소리에 이어 고함이 들려왔다.

"가서 찾아와! 메도르! 찾아와!"

그러자 알렉상드르가 한마디 했다.

"알프레드가 사냥을 시작한 모양이네."

알렉상드르와 마케가 장전하는 동안 알프레드의 고함은 계속됐을 뿐 아니라 두 배로 소리가 커졌다. 내가 알렉상드르에게 말했다.

"저것 좀 봐. 좀 보라니까!"

알렉상드르는 내가 가리킨 쪽을 쳐다봤다.

"아! 프리차드가 자고새 한 마리를 잡았군요."

"잡은 게 아니라 훔친 거야."

"누구 것을요?"

"알프레드 것이지 누구 것이겠느냐! 메도르더러 찾아오라던 바로 그것!"

그때 알프레드가 있는 쪽에서 다시 총소리가 들려왔다. 내가 알렉상드르에게 소리쳤다.

"프리차드 좀 봐!"

"이크, 사냥이 아니라 구경거리 보러 간다고 미리 귀띔이라도 해주셨으면 총이 아니라 망원경을 들고 왔을 거 아닙니까?"

사실 그랬다. 프리차드는 자고새를 밭골 사이에 놓고는 방금 총소리가 난 쪽으로 잽싸게 달려가더니 10초 후 자고새를 또 한 마리 물고 나타났다. 알프레드는 계속 소리를 질렀다.

"메도르, 가지고 와! 어서!"

어리둥절해하며 마케가 물었다.

"도대체 무슨 일이 일어나고 있는지 설명 좀 해주시오들."

"간단하오. 저쪽 내리막길에 있는 작은 숲으로 자고새가 날아갔는데 알프레드가 총을 쏘아 죽였다오. 자고새는 곧바로 숲

쪽에 떨어졌으니 알프레드는 아무 의심 없이 총을 다시 장전하며 소리를 지른 게고. '메도르, 가서 찾아와'라고 말이지요. 알프레드는 메도르를 잘 알고 있으니 걱정하지 않은 게고. 그런데 알프레드가 프리차드의 본성을 미처 모르다 보니. 프리차드가 도둑이고 해적이라는 것을 말이오. 프리차드는 숲에 있다가 메도르가 도착하기 전에 자고새를 물고는 마치 자신이 사냥이라도 한 양 내게 재빨리 가져왔다오. 자고새도 메도르도 안 보이니 알프레드는 걱정이 돼 숲 안으로 다시 들어간 게고. 그때 두 번째 자고새가 보여 총을 쏴서 죽였고 또 숲에 떨어졌지요. 이번에도 프리차드가 그 방향을 딱 알아채고는 첫 번째 자고새를 놔둔 뒤 잽싸게 가서 두 번째 놈을 물고 온 것이오. 그러니까 내 말은 두 마리 다 물고 왔다는 거지요!"

"어떻게 그럴 수가!"

"첫 번째 새를 둔 장소로 두 번째 새까지 가지고 온 게지요. 두 마리 다 물고 갈 수 있다고 충분히 자부했을 테니. 보셨다시피, 아니 못 보셨다시피 두 마리 모두를…… 저것 좀 보시오들, 알렉상드르! 마케!"

"뭔데요?"

"자고새 두 마리를 입에 물었건만 메추리 한 마리를 보더니 또 멈추었네!"

"입에 잔뜩 뭘 물고 어떻게 메추리 냄새까지 맡은 거지?"

"냄새를 맡은 게 아니라 본 거지. 자, 내 총 좀 가지고 있어."

"총도 없이 뭐로 잡으시려고요?"

"총으로 쏘지 않고 내 모자로 잡을 거라네."

나는 프리차드에게로 다가갔다. 녀석의 시선을 따라가면 메추리가 어디 있는지 알 수 있었다. 2초 후 메추리는 내 모자 속으로 고스란히 들어갔다. 그러자 알렉상드르가 말했다.

"자, 자, 사냥보다 더 재미있습니다요. 하지만 사냥은 아닙니다요."

그때 메도르와 알프레드가 보였다. 메도르는 프리차드의 흔적을 쫓고 있었고 알프레드는 메도르의 흔적을 쫓고 있었다. 내가 알프레드에게 물었다.

"무슨 일이냐?"

"무슨 일이냐고요? 물어주시니 감사합니다. 자고새 두 마리를 잡았는데 한 마리도 안 보입니다. 이상한 일입니다!"

"너보다 훨씬 더 이상한 일이 내게 일어났구나. 아직 총 한 방 쏘지 않았건만 벌써 자고새 두 마리와 메추리 한 마리를 잡았으니 말이다."

내가 죽은 자고새 두 마리와 아직 살아 있는 메추리 한 마리를 보여주자 알프레드는 프리차드를 향해 온갖 비난을 퍼부었다. 비난을 듣고도 남을 짓을 한 프리차드였다.

"프리차드가 어디 갔지?"

당연히 들어야 할 추궁을 듣기는커녕 프리차드는 또 사냥하러 가버렸다. 프리차드와 함께 사냥하는 게 피곤해진 우리는 가끔 나타나는 프리차드의 서비스만 받을 뿐 우리끼리 사냥했다. 다시 말해 나란히 함께 서서 개 없이 사냥했다. 눈이 아주 좋은 알렉상드르가 한참이나 떨어진 계곡에서 프리차드를 발견했다. 그곳은 우리의 사냥 영역이 아니었다. 프리차드의 막무가내를 무시할 수 없는 상황이었다. 그때 날아가는 자고새가 보였고 나는 한 방 쏘았다. 그게 그날의 첫 총질이었다. 자고새는 뒷부분에 상처를 입어 비틀거렸다. 보아하니 그러다가 이삭 줍는 아이 쪽으로 떨어질 듯했다. 프리차드가 없으니 물어 오라고 소리지를 수 없어 나는 직접 자고새가 떨어질 곳으로 나섰다. 가는 길에 작은 산토끼가 지나가길래 총을 쏘았고, 그 탓에 자고새를 향한 주의력이 약간 흐트러졌다. 토끼를 가방에 넣고 났을 땐 정확히 어디로 떨어졌는지 방향을 잡을 수 없었다.

다행히 이삭 줍는 아이가 표적 역할을 했다. 다가가보니 아이는 앉아서 뭔가를 먹고 있었다.

"애야, 너 혹시 자고새 한 마리 못 보았느냐?"

"자고새 한 마리요?"

"그래."

"자고새는 많이 봤는데요."

"아니, 아니, 많이 말고 한 마리."

"한 마리씩 있는 것도 많이 봤는데요."

"상처 난 놈 말이다."

"상처 난 놈이요?"

"그래."

"아! 모르겠는데요."

"자, 엉뚱한 소리 하지 말고. 내 말은 내가 아까 총 쏘았을 때 떨어진 자고새를 못 봤느냐는 말이다."

"그걸 쏜 사람이 아저씨예요?"

"그래, 나였다."

"떨어지는 건 못 봤는데요."

나는 아이를 한번 쳐다보고는 다시 자고새를 찾아 나섰다. 알렉상드르가 나를 도왔다. 그때였다.

"어! 프리차드가 왔는데요!"

"어디?"

"아까 개 옆으로 가는데요. 자기 식사를 훔쳤다고 따지기라도 할 기센데……."

"설마 아이의 마른 빵을? 프리차드를 몰라서 하는 소리다."

"한번 보세요!"

나는 프리차드를 보다가 번쩍 생각이 떠올랐다.

"아하! 바로 그랬군. 이것이야말로 대박이군!"

"왜요? 프리차드가 이젠 아이까지 멈추게 하나요?"

"아니, 내 자고새를 멈추게 했어. 아직 죽지 않고 아이의 호주머니에 있으니."

"그럴 수가! 만일 그게 사실이라면 내가 프리차드를 장미처럼 떠받들겠습니다요."

“자, 10푼 들고 쟤한테로 가보거라! 당황해 어쩔 줄 몰라 하니. 가서 말하거라. ‘너, 우리 아버지 자고새랑 이 돈이랑 바꿀래. 아니면 우리 아버지 자고새랑 내 발길질이랑 바꿀래?’라고.”

그 사이 아이는 몸을 일으킨 뒤 서둘러 들판 쪽으로 달려갔다. 서두르는 사냥감을 본 프리차드는 아이의 호주머니 높이쯤에 코를 갖다 댄 채 집요하게 쫓아갔다. 아이가 소리쳤다.

“아저씨! 개를 부르세요. 물려고 해요.”

그러곤 더 빨리 달리기 시작했다.

“프리차드. 가지고 와, 가지고 와!”

그 말에 프리차드는 잽싸게 튀어 아이의 호주머니 쪽을 물었다. 나는 알렉상드르에게 말했다.

"자, 이제 네가 아이에게 말할 시간이 충분하구나."

알렉상드르가 그쪽으로 가서 아이의 호주머니에서 자고새를 끄집어냈다. 이 새로운 만남에서 프리차드가 유일하게 관심 있던 것이 자고새였던 만큼 호주머니에서 자고새가 나오기가 무섭게 물었던 옷자락을 놓았다. 프리차드의 혁혁한 발자취를 더 멀리까지 좇을 필요는 없어 보였다. 대단한 행동, 게다가 예상 밖 행동을 프리차드가 보여준 하루를 마치고 우리는 머리가 뻐근한 상태로 농장으로 돌아왔다. 알프레드와 메도르도 특별한 사냥을 한 날은 아니었다. 내가 프리차드를 관찰하며 파악한바 프리차드 같은 개는 사냥꾼에게 정말 복이라는 것. 다만 여러 사람과 같이하는 사냥이 아니라 혼자 하는 사냥이어야 한다. 그러니까 고독한 수도승에게 어울리는 개였다.

데보랑의 아찔한 질주

다음 날, 우리는 전날 모케 씨네 이웃인 뒤몽 씨의 영토에 속하는 토끼풀밭에서 자고새를 멈추게 한 프리차드 덕분에 뒤몽 씨하고 이야기를 나누었다. 사냥할 때 이웃을 침범하지 않는다는 항목에 따른다면, 혹여 뒤몽 씨가 모케 씨의 친척이더라도 잘못은 십중팔구 이쪽에 있었다. 뒤몽 씨의 영토로 들어가면 안 된다는 결론을 내리며 일을 마무리 지은 우리는 콩피에뉴로 돌아가기 위해 사냥을 멈췄다.

모케 씨 집에 올 때, 우리는 우아즈[콩피에뉴가 속한 프랑스 북쪽 지역] 경찰청에서 조심하라는 경고와 함께 작은 마차 한 대와 말을 빌렸다. 그래서 조심하느라 여행 내내 잠을 설쳤을 뿐만 아니라 말이라고는 하지만 당나귀만 한 그 말에게 끌려다니느라 꽤 고생했다. 사람처럼 말도 몸집이 작은 놈은 논쟁을 좋아하는지 그 말은 여행 내내 대화하기를 멈추지 않았다. 게다가 내가 그의 대화 상대였다. 원래 피 터지는 논쟁을 이끌며 변론을 해오던 습성이 있는 내가 아닌가! 말에게도 나는 강적이었을 테니 그 말은 자신이 틀렸고 내가 옳음을 인정할 수밖에 없었다. 아무하고나 소통하는 현명한 언어 실력 덕분에 나는 아무런 사고 없이 동반자 세 명을 목적지까지 무사히 데려왔다.

모케 씨 집에 들르지 않고 콩피에뉴로 곧장 떠나기로 결정한 우리는 사냥 보조 한 명을 모케 씨 집으로 보냈다. '데보랑'으로 하여금 마차를 끌게 해서 콩피에뉴 길에서 만나자는 약속과 함께. 그 뛰어난 말의 이름이 데보랑이었다. 워낙 공간을 휘젓고 다녀서 붙인 이름이다. 이 계획에 반대를 표시한 사람은 알프레드뿐이었다. 그도 그럴 것이 사냥하던 도중에 단장도 하지 못한 채 가는 탓에 우아즈 지역의 아름다운 여성들에게 내비칠 자신의 모습이 별로일 테니까. 우리는 알프레드의 멋에 대한 불평 따위는 무시해버렸다. 우리에게 그 정도의 위엄은 있었다.

12시께 마차와 보조가 데보랑을 고생시키며 오는 모습이 보였다. 평소처럼 농장에서 다른 말과 함께 귀리만 적당히 먹었을 데보랑은 마치 전보라도 보내는 양 머리를 치켜들고 귀를 한껏 세우며 히힝거렸다. 보아하니 올 때보다 더 힘들면 힘들었지 덜하진 않을 것 같았다. 데보랑이 도착했을 때도 우리는 한창 사냥 중이었기에 마차에 오르는 순간까지 뒤따르도록 했다. 여기까지 여행한다고 들뜬 데보랑을 진정시키는 방법이기도 했다. 오느라 수고 많았으니 풍성한 들판을 누비며 배나 채우라고 말이다. 장점은 그것뿐이 아니었다. 사냥 개시를 한 지 며칠 안 된 만큼 매번 잡은 사냥감을 짊어지고 마차에 실어 나르노라면 다리는 물론이고 어깨 긴장감도 느슨해지지 않을 테니까. 하지만 불행히도 우리의 계산은 빗나가고 말았다. 대지의 먹이는 데보랑의 들뜬 기분을 누그러뜨렸지만 총소리는 신경을 건드렸는지 총소리가 들릴 때마다 마부는 정신이 없었다.

오후 2시, 흩어져서 사냥하던 사람들이 모두 모였다. 알프레드도 도착했다. 혹여 오지 않을 경우, 40리나 걸어 이동해야 함을 그도 잘 알았다. 40리든 80리든 장거리 걷기에는 단련되어 있지 않은 알프레드였다. 마차는 숲 입구에서 기다리고 있었다. 우리는 다음 순서대로 마차에 올랐다. 뒤에 마케와 알프레드, 앞에 알렉상드르와 나. 나이 먹은 메도르는 단순히 개라기보다는 주인의 위상에 가까웠기에 우리 다리 사이를 소리 없이 지나 알프레드에게로 갔다. 메도르는 아무도 눈치채지 못하게 움직이려는 겸손밖에 없는 게 분명했다. 그런데도 다들 메도르의 거동을 알아차릴 수밖에 없던 것은 오히려 그 지나친 겸손 때문이었다.

반면 프리차드는 알프레드의 불평을 잔뜩 세례받았다. 잘난 척하는 개로 취급된 뒤 사냥 개시 때는 거리 예술가가 끌고 다니는 개처럼 그럴싸한 외투까지 입혀야겠다는 위협까지 받았다. 같이 마차에 탈 수 있건 말건 프리차드는 짧은 털을 흩날리며 걱정하는 기색도, 그렇다고 전날 자신이 범한 행태를 반성하는 기색도 없이 콩피에뉴 거리를 달렸다.

내가 마차 고삐를 잡으려고 하자 알렉상드르가 자신이 나보다 히폴리투스[그리스신화 속 영웅으로 말을 몰다 죽었다] 나이에 더 가깝다면서 고삐를 잡겠다고 나섰다. 별로 수긍이 가진 않았지만 그다지 신경 안 쓰는 성격이다 보니 쉬이 고삐를 넘겼다. 게다가 아들은 우리 가운데 자신이 가장 젊으니 운전을 잘못해 죽기라도 하면 자기가 제일 손해라고도 했다. 이유 자체는 별로여도 내용은 나름 그럴싸했다. 평소 별로인 것에 동조하던 나인 만큼 어중간하게 별로인 것에 동조하기는 어렵지 않았다.

이윽고 우리는 출발했다. 땅 상태와 데보랑 상태로 짚어본 예측은 완전히 빗나갔다. 데보랑은 만나는 장애물을 피하는 게 아니라 매번 그 장애물 때문에 자극을 받았다. 그러다 좀 달릴 만한 길이라도 나오면 바람같이 쌩쌩 달렸다. 고삐를 잡았다 놓았다를 반복하며 알렉상드르가 외쳤다.

"오! 아!"

오르막길이었다. 한 100보쯤 가서야 데보랑은 자신의 잘못을 깨닫고는 잠잠해졌다. 이제 기가 죽었거니 했는데 단지 속임수였다. 데보랑은 우리에게 복수하려고 일단 그럴싸한 모습을 보여줬을 뿐이었다. 그 기회를 찾는 데 그리 오래 걸리지 않았다. 사냥 이야기를 나누는 와중에 갑자기 내리막길이 나타났다. 왼쪽에 원형극장 모양새로 쭉 펼쳐지는 숲이, 오른쪽에 50피트 깊이 정도 되는 계곡이 보였다. 그걸 알리며 조심하라는 푯말이 10보마다 꽂혀 있었지만 그 푯말 사이에서 생겨나는 말과 사람의 거친 행동을 막지는 못했다. 왼쪽 길가에는 10보 남짓 간격으로 돌이 쌓여 있었다. 마치 원뿔 기둥들이 솟아난 듯했다.

데보랑은 오른쪽, 왼쪽 그리고 앞쪽으로 번갈아 가며 눈길을 돌렸다. 앞쪽에는 내리막길, 왼쪽에는 돌무더기, 오른쪽에는 계곡. 데보랑이 복수하기 위해 찾던 절호의 기회였다. 데보랑은 망설임 없이 점프했다. 알렉상드르가 고삐를 거칠게 당겨도 데보랑은 속도를 늦추기는커녕 더 기세당당했다. 우리가 눈치 못 채다니! 게다가 나는 마차 앞자리에 앉아 있었다. 나는 거의 기어드는 소리로 알렉상드르에게 말했다.

"기가 차는군!"

"뭐가요?"

"데보랑이 이긴 것 같으니 말이다."

"진짜 그러네요."

"고삐를 늦춰!"

"그렇게 안 돼요."

"안 된다니?"

"데보랑이 완전히 앙심을 품었다고요."

"그래?"

시속 100킬로미터의 속도로 마차가 달리자 알프레드와 마케가 의아해하며 물었다.

"무슨 일인가요?"

"아무 일도 아니올시다. 그냥 데보랑이 홍이 난 것뿐이라오."

나는 이 말을 던지는 동시에 아주 빠르고 과격하게 왼손으로 고삐를 감아 왼쪽으로 틀었다. 압력을 느낀 데보랑은 입속 고삐를 놓고는 방향을 왼쪽으로 틀더니 돌이 쌓인 곳으로 향했다.

방향을 바꾼 데보랑은 방금 전 자신이 향하던 땅이 자신의 다리 아래로 흘러내리는 모습을 보고는 겁을 잔뜩 먹었다. 우리 목을 비틀려던 희망은 이제 도로아미타불이 되었다. 하지만 데보랑은 적어도 손해배상은 받겠다는 기세로 우리 다리라도 부수려는지 뒷발질을 해댔다. 하도 능란한 동작이라 뒷다리 하나가 의자 위까지 올라왔다. 보아하니 뜻하지 않은 상황에서 완전히 미쳐버린 것 같았다. 어차피 죽어도 우리와 같이 죽을 테니 데보랑에게 자살 행각은 심각한 문제가 아니었다. 결과적으로 어떻게 저지할 새도 없이 예기치 않은 폭력적인 방법으로 데보랑은 오른쪽으로 반쯤 돌아 길로 접어들더니 다시 계곡 쪽으로 달렸다. 이번에는 우리 대화가 아주 짧았다.

"아, 끝장이구나!"

"네, 아버지."

다른 사람들은 어떤 태도를 취했는지 모르겠지만 나는 두 눈을 감고 기다렸다. 불현듯 마구 흔들리다가 마차에서 대로 쪽으로 튕겨 나온 느낌이 들었다. 충격은 대단했다. 알렉상드르의 몸은 내 몸 위로 가지런히 포개진 덕에 머리끝에서 발끝까지 안전했다. 1초 후 알렉상드르가 몸을 일으켰고 또 1초 후 내가 몸을 일으켰다.

"너 괜찮니?"

"네, 아버진요?"

"응, 괜찮다."

"뒤마 집안이 안전하다는 사실은 확인되었으니 다른 사람들을 한번 보자."

주위를 둘러보았다. 알프레드는 보이지 않았고, 마케는 거의 기절한 상태로 끙끙거리고 있었다. 알렉상드르가 마케에게 달려가 부축했다.

"괜찮으세요?"

"척추만 무사하다면야 팔 한쪽 부러지는 것쯤 대수겠소."

"맙소사! 웃을 일이 아니군요."

그러더니 마케는 완전히 창백해져서 기절했다. 알렉상드르가 그를 끌어 땅이 도톰하게 솟은 곳에 기대어 놓았다. 나는 허벅지 위쪽을 살펴봤다. 서둘러 괜찮다고는 말했지만 사냥총 부리 위로 떨어진 참이었다. 충격과 내 무게, 거기에 알렉상드르 무게까지 더해져 총부리 쪽이 완전히 납작해져 있었다. 다행히 뼈는 무사한 걸 보니 내 허벅지 뼈의 산화칼슘과 석회가 총의 철분에 대항해 승리를 거둔 모양이었다. 대신 허벅지에 굉장한 흔적을 남겼다. 보랏빛 멍이었다. 식육점 문을 장식할 때 쓰는 색깔을 연상시켰다. 알프레드가 이쪽으로 화살처럼 날씬하고 갈대처럼 가벼운 몸으로 걸어오는 게 보였다. 그는 어떤 장애물에도 방해받지 않은 채 한 30보 정도 튕겨 나갔던 참이었다. 메도르가 한 10보 뒤처져서 따라왔다. 알렉상드르가 말했다.

"안 그래도 찾고 있었는데. 알프레드, 자네 드디어 콩피에뉴로 돌아왔네그려."

나도 큰 소리로 물었다.

"넌 어떠냐?"

"바지가 위에서 아래로 쭉 찢어졌습니다."

"바지 안쪽은?"

"후우!"

"넌 오히려 뼈가 살을 보호했구나. 어, 마케 씨가 정신을 차리나 보다."

정신이 든 마케에게 통에 조금 남은 약주를 마시게 했더니 약간 흔들거리면서 다리를 일으켜 세우고 천천히 조금씩 중심을 잡았다. 이제는 데보랑, 마차 그리고 어쩌다가 사고가 났는지 살펴볼 차례였다. 달리는 마차 바퀴가 장벽을 만나 세게 부딪히면서 길 쪽으로 우리를 내팽개친 것이었다. 데보랑은 계곡 위 허공에 멈춰 선 상태였다. 마차 무게로 버티며 문자 그대로 허공에서 헤엄치는 격이었다. 계곡 쪽으로 다가가 보니 현기증이 났다. 계곡 깊이가 50, 60피트쯤 됐다. 게다가 엉겅퀴와 가시나무가 빽빽했다. 하늘이 도왔지! 바퀴가 장해물에 걸려 멈추지 않았다면 말과 마차와 우리는 모두 산산조각이 났을 터였다. 데보랑을 뒤쪽으로 당기려고 안간힘을 썼지만 소용이 없자 알렉상드르가 말했다.

"맙소사! 데보랑은 제 자리를 정한 것 같으니 일단 우리나 챙깁시다. 마케 씨, 필요하신 거 있습니까?"

"휴식!"

"자, 여기에 팔을 기대세요. 아버지는요?"

"약주 남은 거."

"뭐라고요? 약주 남은 거? 아버지가 약주를 드셨던가요!"

"진정해라. 허벅지 때문이다."

"아하, 그렇군요! 자 여기 원하시는 거! 알프레드 자네는?"

"음, 나는 이 틈에 잠시 단장을 해야겠네."

알프레드는 호주머니에서 빗을 꺼내 모케 씨 농장 방에서 했던 대로 머리를 가지런하게 빗었다. 빗질을 마치자 말했다.

"자, 이제 내 바지를 이 땅의 요정에게 제물로 바쳐야겠네. 제단 장식은 생략하고 검소하게."

우리 중 누군가 바지를 원하진 않는지 힐끗 바라보더니 다들 잠잠하자 찢어진 바지를 벗어 계곡으로 던졌다. 우리가 잠잠했던 이유는 우선 바지가 탐낼 상태가 아니었고 그다음은 알프레드의 다리에 주의가 쏠렸기 때문이다. 이제껏 우리는 바지를 입은 알프레드만 보았지 그의 다리를 있는 그대로 본 적이 없었다. 알렉상드르가 말했다.

"알프레드, 정치인 탈레랑 씨가 자네와 비슷한 다리를 가졌던 한 대장에게 뭐라고 한 줄 아나?"

"뭐라고 했는데?"

"이렇게 말했다네. '대장, 당신은 프랑스에서 제일 용감한 사람이요.' 대장이 왜냐고 묻자 '그런 다리로 걸을 만큼 용감한 사람은 당신뿐일 테니까요!'라고 대답했다네. 모르긴 해도 자넨 그 대장보다 더 용감하면 용감했지 덜하진 않을 걸세."

"흥미로운 농담일세!"

"내가 지어낸 게 아니니 내 탓하지 말게나."

"이크, 이럴 수가!"

갑자기 알프레드가 절망적인 어조로 소리쳤다.

"왜?"

"나 같은 바보가 있나!"

"그런 말 하지 말게, 우리가 그걸 믿기라도 하면 어쩌려고."

"내 바지 안 보조 가방 안에 열쇠가 있었답니다."

"바지 안이 보조 가방 안에 들어 있었다고?"

"아니요. 방금 땅의 요정에게 제물로 바친 바지 안에요."

"걱정 말게나, 거기로 내려가도 자네에게 유리할 테니. 요정이 나르시스로 대해줄 걸세. 행복한 줄 알게!"

"하지만 엉겅퀴와 가시나무는 어쩌고요?"

"위험을 감수하지 않는 자는 아무것도 얻을 수 없는 법!"

이러는 동안 시골 사람들이 지나갔다. 그날은 마침 그 지역에서 도보수행 하는 날이었다. 그들은 우리를 도우려고 하면서도 호기심 어린 눈초리로 바라봤다. 사실 우리에게는 뭔가 미심쩍은 구석이 없잖아 있었다. 창백한 얼굴로 기대 앉은 마케의 상태는 충분히 이해될 테고, 넥타이를 느슨하게 풀고 냇물에 손수건을 적셔 이마를 닦는 알렉상드르의 행동도 이해될 테며, 멍이 든 허벅지를 약주로 달래는 내 행동도 이해될 테다. 하지만 종아리를 드러낸 채 계곡 쪽을 거니는 스코틀랜드풍 남자의 행동은 이해하기 어려웠을 테니까. 게다가 알프레드는 격한 눈빛과 위협적인 몸짓으로 씩씩대며 움직이고 있었다. 그러다 갑자기 반갑게 소리쳤다.

"이제야 살았네!"

메도르에게 계곡을 가리키면서 말했다.

"메도르! 가서 찾아와! 찾아와!"

메도르가 계곡으로 내려가더니 5분쯤 후 주인의 바지를 물고 나타났다. 하지만 불행히도 오는 도중 열쇠가 어딘가에서 떨어졌는지 바지 호주머니가 완전히 비어 있었다. 그 상황에서 열쇠를 다시 찾을 희망이 있는지 없는지는 여러분도 잘 알리라. 결국 알프레드는 스코틀랜드풍 반바지 차림으로 우아즈 경찰청까지 갈 수밖에 없었다. 다행히도 마을에 도착했을 때는 벌써 컴컴했다. 우리는 사람을 시켜 마차와 데보랑을 찾아오게 했다. 둘 다 원래 있던 자리에 그대로 있었다.

내 돈 4만 프랑과
정부 돈 1만 프랑으로 데려온 독수리

우리가 콩피에뉴에서 신나게 곡예를 하는 동안 유럽 병정과 현지 하인의 호위를 받으며 남자 두 명이 긴 알제리 여행을 끝내고 있었다. 알제리의 블리다를 순회하고 난 직후였다. 그중 한 명이 말했다.

"거참 이상하지 않소, 우리가 이제껏 방문한 그토록 멋진 장소들이 알려지지 않았다니 말이오. 어떻게 좀 유명하게 만들 방법이 없겠소?"

그 말을 듣던 다른 한 사람이 잠깐 생각하다가 대안이 떠올랐는지 말했다.

"장관님, 외람된 말씀이지만 제가 만일 장관님의 입장이라면 뒤마 씨를 이쪽으로 불러 알제리에 관한 책 두세 권 집필하게 만들겠습니다. 뒤마 씨가 요즘 인기라서 여행책이라도 300만 명 정도의 독자는 획득하지 싶거든요. 그렇게 되면 5, 6만 명쯤은 알제리에 관심을 보이지 않겠습니까?"

"음, 일리 있는 생각이군요. 나도 고려해보겠소."

그렇게 이 두 사람 덕분에 나는 알제리의 블리다와 연을 맺게 되었다. 그 두 사람이란 문교부 장관인 살방디 씨와 나와 친하기도 한 여행 작가 그자비에 마르미에였다. 살방디 씨는 곰곰이 생각하고 나서 9월 어느 화창한 아침, 내게 저녁 식사 초대장을 보냈다. 나는 갑작스러운 제안에 놀란 상태로 약속 장소에 도착했다. 우리는 개인적 친분이 없었다. 오를레앙 공작[페르디낭 필리프Ferdinand Philippe 1810~1842 루이 필리프 1세의 맏아들]이 빅토르 위고와 나에게 각각 십자가 명예훈장과 기사도 명예훈장을 수여하는 일을 그에게 일임했을 때 봤을 뿐이다. 당시 훈장 수여가 스캔들이 되지 않도록 그 자리에 한 명의 용감한 젊은이까지 불렀다. 훈장 받을 일이 없던 그 젊은이를 포함시켜 살방디 씨는 위고와 나의 훈장 수여를 감당하려고 했다.

살방디 씨는 젊은 시절에 소설을 쓴 적도 있다. 제목이 『돈 알론조 혹은 스페인』인데 정확히 언제 적 스페인 이야기인지는 모르겠다. 내게 굳이 알아봐야겠다는 열정까지 심어주지는 않은 터라. 살방디 씨가 도대체 왜 나를 보려고 하지? 내게 명예훈장을 주려는 것도 아닐 텐데. 게다가 훈장 수여는 장관 선에서 정해지는 것이 아니다. 살방디 씨의 저녁 식사 초대를 받아들이긴 했지만, 예사로운 일은 아니라 나름 걱정이 되었다. 살방디 씨는 하얀 이를 한껏 드러낸 채 아주 흡족한 표정으로 나를 맞았다. 식사 후 커피를 마시고 나자 팔짱까지 끼고 사택 정원으로 이끌었다.

"친애하는 극작가님, 우리 좀 도와주셔야겠습니다."

"한낱 극작가로서 장관님을 돕다니요? 물론 도와드리기야 하겠지만 드문 일인 만큼…… 도대체 무슨 일이십니까?"

"이번 겨울에 예정된 계획이라도 있으십니까?"

"저요? 계획이 있느냐고요? 저는 나뭇가지 위의 새처럼 살아 간답니다. 바람이 안 불면 그냥 머물고 바람이 불면 나래를 펴서 바람 따라 움직이면서요."

"그 바람이 혹여 알제리까지 이끈다면 너무 힘드시진 않으시겠습니까?"

"물론 아니지요. 저로 말씀드리면 늘 아프리카에 가고 싶은 욕구가 있는 터라. 사실 1830년 7월 26일 오후 5시에 가기로 되어 있었지요. 신문에 공식으로 크게 실렸던 소식이기도 하고요. 그런데 그날 저녁 여행 가방 대신 총을 들었고 3일 후에는 마르세유가 아닌 루브르로 들어갔습죠."

"여전히 가고 싶으시면 그 여행을 제가 후원해드리겠습니다."

"아! 그런데 애석하게도 그 사이 세월이 흘러버렸지요. 그때는 16년 전이라 살라망크의 고등학생처럼 팔팔해서 손에는 쇠로 된 막대기를 짚고 등에는 철가방을 짊어지고도 두 발로 뛰었지요. 이제는 한 부대라도 동원해야 할 정도로 혼자서는 아무것도 못 한답니다. 여행도 마찬가지입니다요."

"그렇다면 이 임무를 수행하시도록 제가 1만 프랑을 보태겠습니다."

"아니, 그 정도로 제가 알제리에 가기를 원하십니까?"

"그래서 이렇게 제안하고 있지 않습니까?"

"그게 장관님을 기쁘게 하는 일인가요?"

"물론입니다."

"음, 그렇다면 주시는 1만 프랑에다 제가 4만 프랑 보태서 그 여행을 하지요."

그 말에 장관이 의아해하며 나를 쳐다봤다.

"제가 식물 채집가처럼 여행하리라고 보지는 않으시겠지요. 저는 그 여행에 지인 서너 명도 초대할 생각입니다. 알제리에 프랑스를 대표하는 명분으로 저를 보내시는 것 같으니 프랑스의 자부심을 한껏 행사해야 하지 않겠습니까?"

살방디 씨는 처음에는 내가 농담한다고 여기다가 차츰 내 말의 진정성을 깨달았다.

"그뿐 아닙니다. 어차피 알제리에 간다면 정부가 제게 해줄 수 있는 모든 편의를 다 누려야겠습니다."

"아하, 뒤마 씨 알고 보니 아주 까다로우시군요."

"저는 그냥 장관님의 명을 받고 장관님 없이 가야 하는 사람으로서 내걸 수 있는 조건을 다는 만큼만 까다로울 뿐입니다. 그게 걸리십니까? 저는 그냥 제가 하고 싶은 방식대로 여행하고 싶은 겁니다."

"그렇다면 임무를 맡으시겠습니까?"

"방금 장관님께서 제게 바람을 넣은 통에 이젠 가고 싶어 죽을 지경이 되었습니다."

"아니, 내가 원하는 바는 그런 식이 아니라 임무를 띠고 가시라는 말이오. 방금 내가 말을 잘랐을 때 무슨 얘길 하시려 했소? 십자가 명예훈장이라도 드리리까?"

"감사합니다만 그럴 욕심은 추호도 없습니다. 제가 그토록 아끼던 우리 가여우신 오를레앙 공작님 덕에 기사도 명예훈장을 받긴 했지만……. 다시 공작님이 저더러 십자가 명예훈장까지 받으라고 하시면 뭐 마지못해 받긴 하겠지만. 애석하게도 그분은 이제는 안 계시니, 그분이 제게 남겨준 위상 그대로 남겠습니다."

"아니, 그렇다면 도대체 뭘 원하시오?"

"알제리 해변을 저와 저의 동료들이 쭉 돌아볼 수 있도록 나라 건물을 하나 빌려주셨으면 합니다. 그 건물을 지키기 위해서는 아니고 저의 환상을 위해서요."

"아니! 왕자에게나 해줄 법한 일을 해달라는 말씀입니까?"

"사실 누구한테나 해주는 일을 해주실 바에야 제게 부탁하지 마십시오. 통신부에 제가 한 자 쓰면 될 테니까요. 그러면 건물에다 알제리 여행은 물론이고 지중해 전 지역도 갈 수 있을 테니까요."

"건물을 빌려드린다고 칩시다. 그렇다고 그게 뒤마 씨가 절약하는 일이라고 생각한다면 오산입니다."

"절약이요? 제가 그렇게 생각했다고 여기십니까? 문교부 장관님이신데, 송구스럽지만 한말씀 드리면 생각이 좀 잘못 교육돼 있으시군요."

"자, 그렇다면 언제 출발하시겠소?"

"원하시는 대로요. 소설 두세 권 끝낼 게 남았지만 한 보름이면 될 테고. 철도청 쿠폰 몇 장 팔 게 있지만 그건 한 시간이면 충분합니다."

"보름 후면 준비가 되겠소?"

"좋습니다."

"그렇다면 뒤마 씨의 그 '역사 극장'은요?"

"제 부재중에 완공될 겁니다."

나는 문교부 장관과 인사하고 헤어졌다. 다음 날, 뱅센에서 몽팡시에 공작[Montpensier 1824~1890 루이 필리프 1세의 막내아들]과 저녁을 같이할 기회가 있었다. 문교부 장관이 알제리를 유명하게 만들고자 나를 아프리카로 보내는 그 독특한 아이디어를 이야기했다.

"아주 기막힌 생각을 그분이 하셨구려. 만일 스페인을 지나가신다면 더욱더."

"공작님, 제가 무슨 일로 스페인에 가겠습니까?"

"바로 나의 결혼식이지 뭐겠소. 내가 10월 11일, 12일 결혼한다는 거 모르셨소?"

"대단한 영광이옵고 감사합니다마는 전하가 뭐라고 하시겠습니까? 전하께선 공작님처럼 제게 우정을 주지 않으시는데요."

"전하는 나중에나 아시게 될 것이오. 뒤마 씨가 알제리에 갈 명목을 만들었다면 마드리드에 갈 명목도 찾을 수 있지 않겠소. 그리고 결혼하는 사람도 나고, 초대하는 사람도 나요."

"그렇다면 초대를 감사히 여기고 기꺼이 응하겠습니다."

그때가 9월 20일이나 25일이었고 결혼식은 10월 11일과 12일 예정이었다. 주춤거리고 있을 시간이 없었다. 결혼식 2, 3일 전에 마드리드에 도착하려면 말이다. 나는 여행에 필요한 자금을 모으기 시작했다. 리옹 철도청의 쿠폰 5만 프랑어치가 내게 있었다. 그걸 다시 팔아도 당시는 그 가치를 1/5 정도밖에 잃지 않아서 조건이 그리 나쁘지 않았다. 나는 5만 프랑어치 쿠폰으로 4만 프랑을 만들려고 안간힘을 썼다. 정부 후원금 1만 프랑은 알제리 임무로 주어졌으니 알제리에서만 쓰려고 현장 지휘장인 뷔고 씨에게 보내라고 했다. 일단 이 두 가지 준비가 끝나자 제일 중요한 것은 끝난 셈이었다. 남은 것은 여행 동반자들이었다. 나는 아들과 화가인 루이 불랑제에게 편지를 썼다.

> 나, 내일 저녁 스페인과 알제리로 떠나는데 같이 가겠나?
>
> 만일 그렇다면 가방 하나만 준비하면 되네. 단, 작은 걸로.
>
> 알렉스 뒤마

똑같은 내용의 편지를 반말만 고쳐서 마케에게도 보냈다. 세 사람은 가겠다고 회답을 보내왔다. 이제 남은 것은 수발들 사람을 찾는 일이었다. 혼자서 우편물과 짐을 담당할 수 있고 최대한 우리 네 사람이 굶어 죽지 않도록 관리까지 할 수 있는 사람으로다가.

내가 왜 굳이 찾아야 한다고 했느냐면 당시 내 하인 중에는 그런 역할을 할 만한 사람이 없었다. 알렉시는 너무 어렸고, 마부는 좀 특이했고, 미셸로 말할 것 같으면 나와 함께한 12년 동안 한 번도 내 수발을 들고 있다고 여기지 않았다. 미셸은 그냥 자기 자신의 수발을 들었다. 게다가 동물을 너무 좋아한 나머지 내가 동물을 좋아한다고 오히려 믿게 만들어 동물 수를 점점 더 늘려갔다. 그런 이유로 나는 정확한 태생도 모르는 암탉 열둘 혹은 열다섯 마리, 뛰어난 종의 수탉 대여섯 마리, 개 두 마리—앞에서도 봤지만 그중 한 마리는 나를 잡아먹으려고까지 했다—, 원숭이 세 마리 그리고 여러분이 여전히 기억하는지 모르겠는데 내 온갖 새를 먹어버린 고양이 한 마리와 같이 지냈다. 따라서 미셸은 동물들과 함께 남아야만 했다. 혹여 내가 미셸을 데리고 간다면 그 동물 모두 데리고 가야 할 판이었다.

이러는 중에 우연히 도움을 받았다. 은총이라는 식의 단어는 내 취향이 아니다. 그건 머리에 왕관 쓴 사람들에게나 어울린다. 113프랑의 외상을 남겨놓은 레스토랑의 지배인 셔베 씨가 내가 세계여행을 떠난다는 소식을 듣고는 떠나기 전에 외상값을 계산해달라며 찾아왔다. 어느 날 아침, 계산서를 손에 들고 직접 우리 집까지 말이다. 계산하고 나서 혹시 우리하고 스페인과 알제리로 같이 여행할 수 있는 괜찮은 하인이 없을지 그에게 물어보았다.

"아! 마침 잘 됐습니다. 안 그래도 진주 한 명을 알고 있는

데…… 흑인입니다."

"그렇다면 흑진주겠구먼?"

"네, 진짜 진주랍니다."

"이보게, 셔베. 내게는 이미 열 살 먹은 흑인이 한 명 있는데 게을러터져서 혼자 스무 살 먹은 청년 두 명꼴이라네. 그런데 벌써 스무 살이나 먹은 청년이라면."

"네, 그렇습니다. 바로 그 나이입니다."

"그렇다면 마흔 살 먹은 두 명의 게으른 흑인이나 마찬가지 아니오."

"아닙니다. 완전 흑인은 아닙니다."

"그게 무슨 소리요? 그을리기라도 했단 말이오?"

"아니, 그게 아니고 아랍인입니다."

"아랍인이라면 알제리에 제격이구먼. 음, 알렉시가 크레올을 하듯 그가 아랍어를 한다면 말이오."

"알렉시가 크레올을 어떻게 하는지 저는 모르겠는데, 지난번에 알제리인 기병 사관 한 명이 왔을 때 보니 호흡이 척척 맞던데요. 폴과 그 사람 말입니다."

"이름이 폴이오?"

"네, 우리는 그렇게 부릅니다. 프랑스 이름이지요. 그런데 자기 나라 이름도 있습니다. 아랍 이름으로 뜻이 벤주앙의 물이라고 하더군요."

"셔베 자네만 믿으면 되겠소?"

"네, 물론이지요."

"그렇다면 그를 내게 좀 보내주시게."

"아이고 어르신, 아주 만족하실 겁니다! 청소도 잘하고 레몬과 석류 사이의 딱 보기 좋은 얼굴빛에다 모국어 빼고도 네 개 언어를 구사하고 잘 걷고 말까지 잘 탑니다. 그런데 딱 한 가지 단점이 있습니다요…… 그건 맡기는 물건을 죄다 잃어버리는…… 하지만 아무것도 안 맡기면 되지 않겠습니까요."

"알았네, 셔베. 고마우이."

그리고 네 시간쯤 지나서 '벤주앙의 물'이 도착하는 게 보였다. 셔베의 말이 틀리지 않았다. 그는 콩고나 모잠비크 흑인의 두꺼운 입술, 납작한 코, 써늘한 이마의 소유자가 아니었다. 아비시니아[현재 에티오피아] 쪽 아랍인으로 그 종족의 우아함을 고스란히 간직하고 있었다. 셔베가 말했듯 피부색이 화가 들라크루아가 화폭에 담으며 행복해하던 색이었다. 그의 언어 지식을 가늠해보려고 이탈리아어, 영어, 스페인어로 몇 가지 질문을 던졌더니 충분히 정확하게 대답했다. 프랑스어도 잘해서 셔베가 말한 대로 모국어 빼고도 네 개 언어를 구사함을 나도 인정했다.

벤주앙의 물이라는 이름의 향긋한 방울이 타나 호수와 청나일강을 지나 어떻게 이런 이름을 가지게 되었는지 그가 말해준 적이 없어서 여러분에게 이야기해줄 수는 없다. 단지 우리가 파악한 바로는 어느 영국 신사 여행자가 그의 어두운 어린 시절과 연관이 있다. 이 신사는 인도를 여행하고 아덴만으로 오던 길에 나소강을 거슬러 올라갈 생각을 했고, 엠프라를 지나 곤다르에 도착했다. 그곳이 벤주앙의 물이 사는 마을이었다.

그때 그는 대여섯 살이었다. 신사는 아이가 쓸모 있겠다 싶어서 그의 아버지에게 럼주 한 병값을 주고 샀다. 그는 주인을 따라나섰다. 어린 나이에 부모를 떠났기에 2, 3일간은 울먹거렸지만 아이다 보니 다양한 물건을 위안으로 삼았고 일주일 후 라하드강에 도착했을 즈음에는 거의 진정되었다. 영국 신사는 라하드강을 따라 내려가 청나일강이 흘러 백나일강과 합류하는 곳까지 갔다. 보름 후 카르툼에 도착했고 두 달 후 카이로에 도착했다. 그 뒤 6년 동안 영국 신사와 함께 지낸 그는 이탈리아를 돌아다니며 이탈리아어를, 스페인에서는 스페인어를 배웠다. 영국에서는 영어도 좀 익혔는데 결국 프랑스에 정착하는 바람에 프랑스어를 가장 많이 익혔다.

타나 호수의 아이는 유랑생활에 잘 적응했다. 그의 조상 파스퇴르왕[기원전 17~15세기께 동양에서 이주하여 이집트를 지배한 민족인 '힉소스'를 프랑스에서 번역한 이름으로 지도자왕이라는 뜻]이 그랬듯이. 그는 아주 고상해 보여서 나는 당시, 아니 지금도 그가 이집트 점령자들의 후손이라고 생각한다. "좋은 동반자일수록 빨리 떠난다"는 다고베르트 왕의 속담에도 불구하고 그는 영국 신사 곁을 결코 떠나지 않았다. 오히려 영국 신사가 그를 떠났다. 이 영국 신사로 말할 것 같으면 굉장한 여행가로 안 가본 데가 없었다. 유럽, 아시아, 아프리카, 아메리카, 대양까지. 이 세상의 모든 곳을 보았으니 이제 다른 곳을 보겠다고 작정을 한 모양이었다.

매일 아침 7시면 영국 신사는 벤주앙의 물을 부르는 벨을 울렸다. 그런데 어느 날 아침, 기척이 전혀 없었다. 8시가 되어도 잠잠하길래 그가 방으로 가보니 영국 신사는 벨 줄로 목을 매단 채였다. 왜 벨이 울리지 않았는지 그때야 알았다.

영국 신사는 관대했던지라 목을 매기 전에 벤주앙의 물에게 유물을 남기는 배려까지 했다. 그런데 벤주앙의 물은 절약하는 성격이 아니었다. 적도 태생이어선지 햇빛에 반짝이는 모든 것을 좋아했다. 일단 빛이 나는 것이면 그게 구리, 금, 유리, 에메랄드, 금속, 루비, 가공유리, 다이아몬드, 무엇이든지 간에 사족을 못 썼다. 그래서 받은 유물로 반짝거리는 것을 죄다 샀고 럼주도 사서 마셨다. 럼주를 아주 좋아했으니까. 셔베는 내가 스스로 알게 되리라 보고 이 사실을 일부러 말하지 않은 것 같다. 그런가 하면 그의 식욕은 내가 보기엔 '식'자를 붙이기도 뭣한 너무나 보잘것없는 수준이었다. 여하튼 마지막 유물을 다 날리고 나자 그는 새로운 환경을 찾아야겠다고 생각했다.

벤주앙의 물은 하얀 이빨, 서글서글한 눈빛과 미소뿐 아니라 잘 생기기까지 해서 이내 새로운 주인을 찾았다. 새 주인은 프랑스 대령으로 그를 알제리로 데리고 갔다. 알제리는 그에게 거의 고향이나 마찬가지였다. 알제리 사람들은 그의 모국어로 말했다. 아니, 더 정확히 말하면 그가 알제리 사람의 모국어를 그들보다 훨씬 더 순수하고 우아하게 말했다. 아랍어는 자신의 원초적인 데서 우러나오는 것이었으니까. 알제리에서 5년 동안 지낸 그는 하느님의 가르침에 감동 받아 피에르라는 이름으로 세례를 받기로 결심했다. 세 번이나 스승을 부인한 성인 피에르 같은 자신의 성향을 마치 예견이라도 한듯이. 그러나 불행하게도 그는 그 세례명이 주인의 이름과 같다는 사실을 잠시 잊고 있었다. 프랑스 대령은 하인이 자신과 같은 이름을 가지는 일에 반대하며 세례명을 피에르 대신 폴로 바꾸었다. 생 피에르에서 생 폴, 그러니까 열쇠를 든 제자에서 이제 칼을 든 제자로 바뀌니 좋지 않냐면서.

알제리 생활 5년 후 프랑스 대령은 퇴직 명령을 받았다. 퇴직을 미루려고 무리해서 프랑스까지 가서 힘써 봤지만 소용없었다. 완전히 찬밥 신세가 되어버린 대령은 애석하지만 더는 폴을 데리고 있을 수 없노라고 선언했다. 대령과 영국 신사 간에는 비교도 안 되는 차이점이 있었다. 대령은 유물은 고사하고 여전히 살아 있다 보니 죽을 때까지 한 푼이 궁한 터라 별다른 배려 없이 33프랑 50상팀만을 그의 손에 쥐여주었다. 다행히 섬세한 식도락가였던 대령과 생활하면서 폴도 나름 많은 것을 익혔고 그 덕에 셔베를 알게 되었다. 셔베는 내게 폴이 뛰어난 하인이라고 소개했다. 단점이 단 하나, 맡기는 모든 것을 잃어버린다는 토를 달아서 말이다.

폴이 럼주에 남다른 애착이 있다는 사실을 셔베가 나한테 말하지 않았다고 저 앞 어디에선가 썼다. 그리고 나 스스로 그 사실을 알게 되리라고 셔베가 생각한 것 같다고도. 그런데 셔베는 내 관찰력을 좀 과대평가했던 듯하다. 하얀 눈동자가 누렇게 바뀐 채 내 앞을 지나가다가 장롱에 기대는 그의 모습을 가끔 보거나 대령 밑에 있을 때 배웠을 손가락으로 팬티 위쪽을 무작위로 눌러대는 군인 같은 행동을 보거나 영어, 불어, 스페인어, 이탈리아어를 마구 섞어 말하는 소리를 듣긴 했다. 하지만 내 일에 파묻혀 있다 보니 대수롭지 않게 여기며 폴에게 만족했다. 대신 셔베의 주의대로 폴에게 아무것도 맡기지 않았다. 그런데 어쩐 일인지 지하창고 열쇠는 그의 평소 습관답지 않게 잃어버리는 일이 절대로 없었다.

여하튼 나는 폴의 치명적 습성을 전혀 눈치채지 못하고 있었다. 뜻밖의 일이 일어나서 드러날 때까지는 말이다. 일주일 예정으로 떠났던 사냥 여행에서 하루 만에 되돌아온 적이 있다. 평소 하던 대로 집에 들어서자마자 폴을 불렀다. 대답이 없었다. 이어 미셸을 불렀다. 미셸은 정원 구석에서 다른 일을 하고 있었다. 그다음 미셸의 아내 오귀스틴을 불렀다. 오귀스틴은 시장에 가고 없었다.

답답한 사람이 움직여야지 싶어 폴의 방으로 가보기로 했다. 혹여 이전 주인처럼 목을 매달지나 않았을까 두려워하면서. 언뜻 보고는 안심했다. 몸이 수직 상태는 아니었으니까. 작업복을 입은 채로 침대에 누워 있었다. 가날의 방식으로 처리되어 박제라도 된 듯 부동 상태로 꼿꼿이. 이름을 불렀지만 기척이 없었다. 흔들어도 봤지만 소용이 없었다. 아를르캉을 일으켜 세우는 피에로[아를르캉, 피에로는 이탈리아 희극의 등장인물들]가 되어 폴의 어깨를 잡아 일으켜 세웠다. 그런데도 아무런 요동이 없었다. 폴의 몸통은 그대로 그의 다리 위로 고부라졌다. 나는 어떻게라도 바로 세워야 했기에 그를 벽에다 기대어 놓았다. 그러는 사이 폴이 약간 기척을 내며 말을 하려고 했다. 눈을 뜨긴 했는데 흰자만 보였다. 마침내 입술이 좀 움직여지자 거의 이해가 가지 않는 어조와 아주 기분 나쁜 어투로 말했다.

"왜…… 나를…… 네가…… 세…… 우…… 어……."

그때 방으로 다가오는 누군가의 발소리가 들렸다. 미셸이었다. 정원에서 아까 내가 부른 소리를 듣고 왔길래 물었다.

"아! 폴이 미친 거요?"

"아닙니다. 술 취한 겁니다."

"뭐라고? 술에 취해요?"

"네, 어르신이 등을 돌리기가 무섭게 폴은 술병을 입에 갖다 댄답니다."

"아니, 자넨 그걸 알고도 내게 한마디도?"

"저는 어르신의 정원사로 여기 있지, 고자질이나 하자고 있는 게 아니니까요."

"그렇기는 하지만 이제 폴을 어쩌면 좋단 말이오? 이렇게 내가 종일 지탱하고 있을 수는 없지 않소?"

"아! 술 깨게 하시려고요? 그거야 어렵지 않지요."

미셸에게는 모든 힘든 상황에 대처하는 요법이 있음을 여러

A.HAUGER

분도 기억하리라.

“어떻게 술 깨게 할 수 있소? 이크, 폴! 좀 지탱하게나.”

“물 한 잔에다 알칼리 여덟아홉 방울을 타서 마시게 하면 됩니다. 그럼 재채기를 하면서 술이 깰 겁니다요.”

“알칼리가 있소?”

“아니요. 암모니아가 있습니다.”

“그거나 그거나. 물 한 잔에 암모니아를…… 너무 많이 넣지는 말고. 가져오시게!”

5분 후 미셸이 처방을 들고 왔다. 종이 자르는 칼로 폴의 이를 벌리게 해서 잔의 한쪽을 거기에 대고 내용물이 들어가도록 조심스럽게 부었다. 하지만 물이 두 줄로 흘렀다. 하나는 목구멍으로, 다른 하나는 넥타이로. 넥타이가 확실히 목구멍보다는 물을 많이 흡수했다. 미셸이 예견한 대로 폴은 과격하게 재채기를 했다. 재채기 때문에 나는 폴을 내팽개치고 뒷걸음질 쳤다. 폴은 좀 흔들거리다가 다시 재채기를 했다. 큰 눈을 뜨고는 단 한마디로 자신의 모든 생각을 표현했다.

“웩!”

“이 친구야! 이제 술은 깼을 테니 한잠 자게. 깨어나거든 봉급 계산서를 들고 오게나. 난 술꾼은 싫네.”

그러자 폴이 아주 신경질적으로 버럭 소리를 질렀다. 신경질이 암모니아로 강화된 것인지 모르겠는데, 내가 조언한 대로 자거나 봉급 받을 준비를 하기보다는 머리를 뒤로 젖히고 팔을 굽

히더니 신기 오른 사람처럼 얼굴을 잔뜩 찌푸렸다. 신경 발작이었다. 발작 중간중간, 아니 발작하는 내내 소리를 질렀다.

"싫습니다. 안 갈랍니다. 싫습니다요. 난 내가 있는 곳에 만족한단 말입니다. 첫 번째 주인은 목을 매서 떠났고 두 번째는 퇴직해서 떠났지만, 뒤마 씨는 퇴직한 것도 목을 매단 것도 아니지 않습니까? 그러니 뒤마 씨하고 있겠습니다."

내게 보이는 애착에 감동해 나는 그를 계속 있게 했다. 술을 더는 마시지 않겠다는—폴은 정중히 거절했다— 다짐 대신 최대한 덜 마시겠다는 다짐과 함께. 그리고 나를 위해 지하창고 열쇠를 돌려받았다. 열쇠를 뺏기자 폴은 애석해했다. 그렇게 모든 것이 정상적으로 돌아갔다. 내가 폴에게 너그러워진 또 다른 이유는 스페인으로 떠나기 며칠 전 솔시에 사는 친구 한 명이 저녁을 먹으러 왔다가 폴과 아랍어로 대화하고는 그가 보압딜 왕이나 말렉 아델처럼 아랍어를 유창하게 한다고 귀띔해서다.

이윽고 스페인으로 떠나는 날이 되자 알렉상드르, 마케, 불랑제 그리고 나는 검은 그림자 즉 폴을 데리고 출발했다. 내가 역사적인 기록을 남기기 위해 참여한다는 소문을 남긴 몽팡시에 공작의 결혼식이 열린 스페인 여행이나 아프리카 여행을 여기서 늘어놓을 생각은 없다. 후자로 말할 것 같으면 카스텔란 씨, 레옹 씨, 말빌 씨, 라크로스 씨 덕분에 나중에 국회에서 상당히 떠들게 된다. 내가 여기서 얘기하고 싶은 순수하고도 단순한 소재는 아프리카 여행에서 나의 동물 수집에 보태진 새로운 짐승에 관해서다.

콘스탄틴에 있을 때였다. 나는 손에 총을 들고 짐승 사체 위를 맴도는 독수리들을 바라보고 있었다. 벌써 총을 두세 발 겨냥했지만 하나도 적중하지 못한 상황에서 누군가의 목소리가 뒤쪽에서 들렸다.

"살아 있는 놈으로 한 마리 원하시면 한 마리 구해드리겠습니다요. 비싸지도 않습니다."

뒤를 돌아보니 파리의 서민가 어디서나 볼 수 있는 전형적인 파리 서민형 아이, 베니 무프타르였다. 여하튼 자신이 소개한 이름이 그랬는데, 벌써 두세 번 우리에게 가이드를 해주었고 매번 내 자유로운 성향을 만족시켰다.

"멋진 놈으로?"

"그럼요. 멋집니다."

"몇 살인데?"

"아직 젖니 상태입니다."

"그럼 몇 살이라는 거냐?"

"18개월 좀 더 되었습죠. 독수리는 150년까지 사는 건 아시겠죠?"

"그렇게 오래 살기를 굳이 바라지 않네. 그래, 얼마를 받을 생각이냐?"

"열 장?"

여기서 열 장은 10프랑을 뜻하는 속어라고 독자 여러분에게 설명할 필요도 없으리라.

“베니 무프타르, 그렇다면 12프랑 쳐주마. 너한테도 몇 푼 떨어질 테고.”

“그런데 한 가지 말씀드릴 게 있습니다요.”

약간 우려하는 말투였다.

“뭐냐?”

“지독한 습진처럼 엄청 사납습니다. 먹이 주는 사람 아니면 감히 접근도 못합니다요.”

“입마개를 채우면 될 거 아니겠느냐?”

“네, 그런데 입마개를 채울 때도 손을 조심해야 합니다. 그저께 한 카빌 사람의 손가락 하나를 잘랐습니다. 어제는 개의 꼬리를 잘랐고요.”

“알았다, 조심하마.”

다음 날, 나는 기막힌 독수리 한 마리의 주인이 되었다. 베니 무프타르에 따르면 근접하는 모든 것을 삼켜버린다는 단점을 가진 독수리. 곧장 세례명을 지어주었다. ‘주쿠르타’. 주쿠르타는 털 달린 죄수처럼 철저하게 속박된 상태로 배달되었다. 널빤지 조각으로 만들고 천까지 덮은 새장 속에 2, 3피트 길이 쇠줄로 발이 묶인 채로.

출발일이 되자 우리는 올 때처럼 떠날 채비를 했다. 다시 말해 콘스탄틴에서 바로 다음 도착지인 필리프빌까지 짐마차를 타고 떠났다. 짐마차의 좋은 점은 길을 돌아갈 수도 있고 느린

탓에 긴 여정 중간중간 사냥을 좋아하는 이들은 사냥을 즐길 수도 있다는 점이다. 주쿠르타도 이런 부류에 속하고 싶었는지 새장 위 하늘을 유유히 나는 새떼를 독재자의 기색으로 바라보며 새들의 살과 깃털을 죄다 삼켜버리지 못함을 한탄했다. 그러다 새장 위에 손을 얹으며 말이라도 걸어보려는 사람의 손가락을 다치게 했다. 그것 말고는 이렇다 할 다른 사고 없이 필리프빌에 도착했다.

그런데 필리프빌에서 상황이 복잡해졌다. 배를 타는 곳인 스토라까지 한 10리 정도 남겨둔 지점이었는데 마차로 스토라까지 갈 수 없었다. 필리프빌에서 스토라까지 가는 길은 해협을 따라 쭉 이어진다. 오른쪽에는 바다, 왼쪽에는 예쁜 언덕과 작은 수풀이 펼쳐져서 멋있다. 그래서 우리는 그 길을 걸어가기로 결정했다. 주쿠르타는 어떻게 해야 할까? 짐꾼을 쪼아 먹어버릴지도 모르니 새장을 짊어질 수도 없었다. 긴 막대기 중간에 새장을 매달고 그 막대기를 양쪽에서 짊어지게 할까도 했지만 운반비가 50프랑이나 들었다. 소개비까지 합해 12프랑 주고 산 독수리의 운반비로 50프랑을 쓰게 생긴 나는 꾀를 냈다. 주쿠르타의 다리를 묶은 쇠사슬을 10피트 정도 끈으로 이어서 긴 막대기로 후려치면서 걷게 하는 방법이었다. 닭장으로 오리를 몰 듯이 말이다. 가장 힘든 일은 주쿠르타 씨를 새장에서 끄집어내는 일이었다. 널빤지를 손으로 떼어내는 것은 생각조차 할 수 없었다. 널빤지를 떼기도 전에 손가락이 먹힐 테니까.

나는 우선 쇠사슬에 끈부터 연결했다. 그다음 곡괭이로 무장한 두 사람을 새장 옆에 각각 세워 곡괭이를 새장 안에 넣고는 힘껏 자기 쪽으로 당기라고 했다. 양쪽에서 당기는 힘이 같으면 수학적으로는 평형을 이룬다. 물론 두 힘이 같은 물건에 작용할 때에만 그렇다. 더욱이 계속 같은 힘으로 지탱할 때에만. 하지만 힘의 균형이 깨지면 더 강한 힘을 주는 쪽에 항복한다. 그렇게 해서 새장의 널빤지가 하나, 둘, 셋 떨어져 나갔고 새장은 드디어 환해졌다. 처음 주쿠르타는 깃털이 온전함을 보란 듯이 날개를 펴서 날려는 동작을 취했다 하지만 끈 길이만큼밖에 날지 못했다. 장군벌레든 독수리든 다리 한쪽이 끈에 묶여 있으면 그럴 수밖에 없는 법이다.

주쿠르타는 대단히 영리했다. 어떻게든 날아보려고 안간힘을 쓰기보다는 어디서 장애가 생기는지를 살폈다. 그게 바로 나였으니 나를 덮쳤다. 나는 살기 위해서는 도망을 쳐야 했다. 도망치지 않으면 잡아먹힐 판국이었다. 그런데 주쿠르타가 덮치려는 대상도 그만큼 영리했다. 공격을 예상한 나는 폴에게 엄지손가락만 한 굵기에 10피트 길이로 층층나무 막대기 하나를 마련하도록 했다. 내가 그 막대기로 후려치자 주쿠르타는 놀랐는지 계속 파닥거렸다. 다시 세게 쳤더니 동작을 멈췄고 세 번째 공격에 주쿠르타는 방향을 틀었다. 스토라로! 일단 길에 자리 잡고 나자 나는 막대기를 능란하게 다룰 수 있었다. 주쿠르타는 스쳐 가는 사람들의 감탄을 받으며 4, 5킬로미터를 걸었다.

스토라에 도착하자 주쿠르타는 아무런 어려움 없이 벨로스호에 올라탔다. 배 안에서도 묶인 채로 돛 주변에서 잠잠히 기다렸고 새롭게 만든 새장이 도착하자 자진해서 안으로 들어갔다. 누구의 손도 물어뜯기지 않고 새장까지 매달았다. 그 태도를 치하하며 수장이 정기적으로 고깃덩이를 주었다. 배에 탄 지 3일쯤 지났을 때는 내가 앵무새 머리를 쓰다듬듯 자신의 머리를 쓰다듬도록 머리를 내밀기도 했다. 그런데 메디시스 집에 오자 미셸이 "할퀴어봐, 꼬꼬라고 해봐"라면서 뒤늦게 쓸데없는 훈육을 해댔다.

자, 여기까지가 내가 4만 프랑, 정부가 1만 프랑 들여 알제리에서 독수리 한 마리를 어떻게 데려왔는지에 관한 이야기다.

프리차드, 백전백승하다

내가 프랑스로 돌아왔을 때는 마를리 거리에 짓고 있던 새집이 거의 완성되어 있었다. 메디시스 집에 살면서 구상했던 대로 몇 주 안에 벽지 공사를 했는데 7, 8천 프랑이나 들었다. 일단 들어가면 자연과 더불어 생활할 수 있도록 꾸몄다. 얼마 뒤 나는 메디시스 집을 떠나 마를리 거리로 이사했다. 멜랑그 부인이 이름 붙여준 몽테크리스토성에서 살기 위해. 전 세계를 시끄럽게 했던 바로 그 몽테크리스토 말이다.

미셸은 오래전부터 동물들 거처를 준비한다고 온갖 정성을 들였다. 나한테, 심지어 자기 자신에게 애쓰는 것보다 훨씬 더. 현재 몽테크리스토성의 상태가 어떤지는 모르겠지만 당시에는 벽도 구덩이도 칸막이도 그러니까 장소를 폐쇄하는 것은 하나도 없었다. 사람이든 동물이든 누구나 드나들 수 있었다. 들어와서 산책을 하거나 꽃을 꺾거나 과일을 따서 먹어도 침범자나 도둑으로 간주하지 않았다. 한편 동물들, 특히 개들에 대해 말하자면 프리차드는 본성인 너그러움에 스코틀랜드적 무심함과 방관적 성향을 보태 처신했다. 프리차드가 관대함을 실행하는 방식은 아주 단순하고도 그야말로 구식이었다. 프리차드는 반쯤은 위협적이게 반쯤은 친근하게 으르릉대는 개 본연의 자세로 마를리 거리 중간쯤에 앉아 있다가 동족을 만나면 꼬리 밑을 킁킁대는 그들식 인사를 나누었다. 특별한 예식이나 별다른 거리낌도 없었다. 슬쩍 건드려보다가 일단 친근감이 생기면 대화는 다음처럼 이어졌다. 외지 개가 묻는다.

"네 주인 괜찮니?"

"나쁘지 않아."

"잘 먹여주니?"

"하루에 두 번 밀가루 음식에다 점심 저녁으로 뼈다귀가 나오고. 나머지 시간엔 부엌에서 아무거나 훔쳐 먹을 수도 있어."

외지 개는 입맛을 다신다.

"와, 그 정도야? 불평은 안 하겠네!"

"응, 불평하진 않아!"

외지 개가 뭔가 생각에 잠기면 너그러운 프리차드가 선뜻 권한다.

"오늘 저녁밥 나랑 같이 먹을래?

이럴 때 개는 사람이 하듯이 간청 따위의 멍청한 짓은 하지 않고 친절을 있는 그대로 받아들인다. 그리하여 나는 저녁 시간 낯선 개 한 마리가 프리차드를 따라 들어오는 모습을 보고 놀란다. 낯선 개는 내 오른쪽에, 프리차드는 내 왼쪽에 앉는다. 프리차드는 내 무릎 위로 다리 하나를 쭉 뻗는다. 내게 기독교적 인정을 베푸는 일이 최선이라는 메시지라도 전하려는 것처럼. 초대 손님은 낮 시간과 마찬가지로 프리차드와 함께 저녁 시간을 보낸다. 그러다 돌아가기에 너무 늦었다며 잔디 위나 아니면 적당한 장소에서 긴 밤을 지낸다. 아침이 오고 막상 돌아갈 시간이 되면 문을 향해 서너 발자국 떼다가 돌아서며 프리차드에게 묻는다.

"근데 말이야, 내가 이 집에 남으면 너무 표시 날까?"

프리차드가 대답한다.

"뭐, 대충 연기하면 이웃집 개인 줄 알 거야. 그러다 2, 3일 지나면 너한테 신경도 안 쓸 거고. 원래부터 집에 있었다고 생각하겠지. 낮에 아무것도 하지 않는 원숭이의 게으름과 비교하면 더하지도 덜하지도 않아. 창자만 먹어대는 독수리의 식욕에 비교해도 그렇고. 무슨 말인지도 모르면서 종일 떠들어대는 앵무새의 소란스러움에 비교해도 그렇고."

결국 외지 개는 남는다. 첫째 날은 표시 안 나게 조심하다가 둘째 날은 내게 예의를 차리고 셋째 날은 반갑다며 달려들기까지 한다. 그렇게 또 개 한 마리의 식량이 늘어난다. 어느 날, 미셸이 이런 말까지 꺼냈다.

"어르신, 집에 개가 도대체 몇 마리 있는 줄 아십니까?"

"아니, 모르겠소."

"열세 마리입니다요."

"13이라니, 최후의 만찬이 떠올라 좋지 않구먼. 미셸 다 같이 식탁에 앉지 않도록만 조심해주구려. 한 마리가 먼저 죽지 않도록 말일세."

"어르신, 그게 아닙니다."

"그럼 뭐란 말이오?"

"이놈들이 하루에 먹는 식량이 소 한 마리입니다. 소뿔까지 포함해서요."

"개들이 소뿔을 먹는다고 생각하오? 나는 그렇게 생각하지 않는데……."

"그런 식으로 보신다면 더 이상 할 말이 없습니다."

"아닐세, 미셸. 자네가 원하는 식으로 보겠소."

"어르신이 제게 맡겨주시면 회초리를 부여잡고 오늘 아침부터 당장 쫓아버리겠습니다."

"미셸, 원하면 그렇게 하시게나. 그런데 그 모든 개가 여기에 있는 게 이 집의 영광 아니겠나? 여하튼 오늘은 마지막 식사가 될 테니 만찬이라도 선사하시게. 그리고 디저트로 문밖으로 쫓아버리든지."

"어르신, 어떻게 문밖으로 쫓는답니까. 문이 아예 없는데."

"미셸, 우리가 처한 사회적 지위로 보유한 땅이 혹여 하늘이 내리신 짐이라면 그 짐을 감수해야 하지 않겠소. 개들이 집에 있다면 그냥 있게 두시게나! 짐승이 우리를 절대로 망하게 하지 않으리라고 장담까지는 못하지만…… 대신 개들을 위해서라도 그 '13'이라는 숫자만 어떻게 좀 해보시게."

"그렇다면 '12'를 만들기 위해 한 마리만 쫓아내겠습니다."

"아니, '14'가 되도록 한 마리 더 오라고 해보는 게 어떻겠나?"

미셸은 한숨을 내쉬며 중얼거렸다.

"개떼라도 되면……."

개떼라면 특별한 개떼였다. 울프독, 카니슈, 바베트, 그리폰, 바셋, 가짜 토종개, 잡종 킹찰스스패니얼 그리고 머리 쪽에는 털이 있는데 몸에는 털이 없고 꼬리 끝이 리본 같은 터키개. 모두가 세상에 둘도 없는 조화 속에서 함께 생활했다. 팔랑스테르[사회주의적 공동생활체]나 모라비안 형제회[로마 가톨릭교회의 탄압을 피해 독일 드레스덴으로 집단 이주한 개신교도] 같은 집단에 본보기라도 되어야 할 정도였다. 식사 시간에 좌우에서 이를 가는 작은 소리가 나기도 하고

약한 쪽이 늘 지고 마는 사랑 논쟁이 없지는 않지만. 그중에서도 제일 감동적인 조화는 내가 마당에 나가면 만들어졌다. 햇빛 아래서 게으름을 피우든 잔디에서 뒹굴든 옆 개와 사랑을 속삭이든 밥을 먹든 낮잠을 자든 속닥거리든 나만 보면 하나도 빠짐없이 하던 짓을 멈춘 채 꼬리를 흔들고 눈을 반짝이며 다가왔다. 그렇게 개들은 저마다 고마움을 나름대로 표현했다. 내 다리 사이를 미끄러지기도 하고 일명 예쁜 짓이라고 불리는 뒷다리를 친근하게 치켜들기도 하고 내가 뻗은 지팡이 위를 폴짝폴짝 뛰기도 하면서. 러시아 황제나 스페인 여왕을 위한 기존의 거창한 모든 방식은 생략하고 왕 중에서 가장 겸손하고 가장 인기 있는 프러시아의 불쌍한 왕을 위해 백성뿐 아니라 전 세

계 다양한 민족의 개들까지도 고마움을 표현하는 식이다.

결국 '리제트'라는 이름의 작은 사냥개 암컷이 더해져 숫자는 '14'가 되었다. 이 열네 마리 개들을 키우는 데 한 달에 50, 60 프랑 정도 들었다. 동료 대여섯 명에게 저녁 식사 한 끼를 대접하는 데만도 그 세 배가 든다. 게다가 포도주를 찾아 집을 나서야 하니 포도주는 질이 좋을지 몰라도 내 문학에는 별로 도움이 안 되었다.

프리차드는 무리 사이에서 친구를 찾았다. 미셸이 아끼는 개였다. 다리가 짧은 바셋으로 다리가 짧아 거의 배로 걸어 다녔다. 한 5리 가는 데도 거의 한 시간 반 정도 걸렸다. 하지만 미셸은 우리 지방에서 제일 아름다운 목소리를 가졌다며 칭찬했다. '포르튀고'—이 개의 이름이다—의 목소리는 아주 나지막하고 아름다웠다. 사냥감이 지나갈 때는 전혀 들리지 않다가 밤에 내가 늦게까지 일할 때 가끔 기가 막힌 그 목소리가 들렸다. 무덤 속 생 위베르[기독교 성인으로 사냥을 좋아해 '사냥의 성인'이라고도 불린다]가 좋아할 만한 소리였다. '늦은 시각에 포르튀고가 도대체 뭘 하지? 잠든 동료들을 지키려고 보초라도 서나?' 궁금했는데 이 신비는 어느 날 아침에 밝혀졌다. 미셸이 물었다.

"어르신, 식사로 토끼탕을 드시렵니까?"

"바트랑이 토끼라도 보내온 것이오?"

"바트랑을 못 본 지 1년은 더 되었지 싶습니다."

"그렇다면?"

"토끼탕이 맛있으면 되었지, 토끼가 어디서 생겼는지 아실 필요는 없습니다요."

"조심하게, 미셸. 뒤에 호되게 당할지도 모르니."

"어르신, 사냥 계절이 끝난 뒤 총을 만져본 적도 없습니다."

미셸은 어떻게 해도 입을 열지 않을 기세였다. 다만 내가 아는 미셸은 그날이 아니라도 언젠가는 입을 열리라.

"그럽시다, 미셸. 오늘 아침 기꺼이 토끼탕을 먹겠소."

"어르신이 직접 하시겠습니까? 아님 오귀스틴에게 시킬까요?"

"오귀스틴에게 부탁하시오. 난 아직 할 일이 남아서."

폴 대신 미셸이 내 식사를 직접 들고 왔다. 내가 얼마나 잘 먹는지 보기 위해서였다. 나는 건더기와 국물은 물론이고 마지막 뼈까지 쪽쪽 빨아 먹었다.

"어떻습니까? 맛있습니까?"

"기막히게 맛있소!"

"원하시면 매일 드실 수도 있습니다요."

"매일 아침? 진도가 좀 빠른 것 같구려."

"무슨 말인지 잘 알고 드리는 말입니다."

"두고 보십시다. 워낙 맛있는 토끼탕이니. 그런데 『장어고기』라는 제목의 동화가 있는데, '아무것도 남용해서는 안 된다'는 교훈을 전하고 있다오. 아무리 맛있는 토끼탕이라도 말일세. 게다가 토끼를 그렇게나 많이 소비하려면 토끼가 도대체 어디서 나오는지는 알아야 하지 않겠소."

"오늘 저녁에 아시게 될 겁니다. 같이 가보시면 말이지요."

"뭐라고요? 미셸, 어디 가서 훔쳐 오기라도 한단 말이오?"

"아! 아닙니다. 저는 방금 태어난 아기만큼 결백합니다. 방금 말씀드린 대로 오늘 밤에 저랑 같이 가보시면 압니다."

"여기서 먼 데요?"

"대략 100보 정도."

"몇 시쯤에?"

"포르튀고의 첫 번째 소리가 들릴 때."

"알았소, 포르튀고가 짖을 때 내 방 불이 켜져 있다면 자네가 원하는 대로 움직이겠소."

그러곤 약속을 거의 잊어버린 채 나는 평소처럼 작업했다. 달빛이 찬란하게 빛났다. 아마 밤 11시께였지 싶다. 미셸이 내 방으로 들어왔다.

"포르튀고가 아직 짖지 않은 것 같은데 아니던가?"

"네. 그런데 그 순간까지 기다리면 제일 흥미로운 부분을 놓치실 듯해서."

"무엇을 놓친다고요, 미셸?"

"그러니까 전쟁의 조언을……."

"무슨 전쟁의 조언이요?"

"프리차드와 포르튀고 사이의."

"자네 말이 맞소. 뭔지 궁금하구먼. 일단 가봅시다."

나는 미셸을 따라나섰다. 저마다 원하는 대로 널브러진 개들

중간에서 프리차드와 포르튀고가 서로 등을 지고 앉아 있었다. 아주 중대한 문제를 해결이라도 하는 듯했다. 얼마 지나지 않아 문제가 해결됐는지 프리차드와 포르튀고는 서로 갈라졌다. 포르튀고는 문으로 나가더니 몽테크리스토성을 둘러싼 마를리 윗길로 향하다가 사라졌다. 프리차드는 느긋하게 근처에 있는 섬을 따라 나 있는 작은 공사장을 지나 위쪽 공터로 올라갔다. 미셸과 나는 프리차드 뒤를 따라갔다. 우리가 바람 쐬는 중으로 보이는지 전혀 신경도 안 쓰며 프리차드는 공터 꼭대기까지 올라갔다. 거기에는 포도나무가 심어져 마를리 윗길까지 펴져 있었다. 프리차드는 공터의 윤곽을 따라 주변을 아주 주의 깊게 살피고는 무슨 흔적을 찾았는지 마차 바퀴가 남긴 자국 옆에서 배를 땅에 대고 앉아 뭔가를 기다렸다.

거의 같은 때, 포르튀고의 첫 번째 짖는 소리가 한 500보 떨어진 곳에서 들려왔다. 이어질 동작은 분명했다. 저녁에 토끼들은 공터를 나가 먹이를 찾아 움직인다. 프리차드가 토끼 한 마리의 흔적을 찾아내는 사이 포르튀고는 한 바퀴 돌아 토끼를 공격했다. 굴토끼든 산토끼든 언젠가는 원래 자리로 돌아오는 법. 프리차드는 토끼가 돌아오기를 기다렸다. 포르튀고의 소리가 가까워질수록 프리차드의 겨자색 눈빛이 토파즈처럼 빛을 냈다. 그리고 네 발 달린 용수철인 양 네 다리를 접었다가 펄쩍 뛰었다. 연이어 경악하는 절망의 소리가 들리자 미셸이 말했다.

"작업이 끝났군요."

미셸은 프리차드에게로 다가가서 이빨에 낀 멋진 토끼를 빼내 뒷덜미를 쳐서 한 방에 끝냈다. 곧바로 창자를 끄집어내어 프리차드와 포르튀고에게 주었다. 나까지 동반한 미셸의 개입으로 토끼 전체가 아닌 일부분만 먹은 게 억울하긴 하겠지만, 둘은 사이좋은 형제처럼 나누어 먹었다. 미셸이 내가 매일 아침 토끼탕을 먹을 수 있다고 말한 이유가 이것이었다.

그 사이 내가 한가로이 시골 생활을 할 수 없는 일이 파리에서 일어났다. 역사 극장이 개장된 것이다. 지금 이 글이 책도 아니고 소설도 아니고 문학 수업도 아닌 독자 여러분과 나누는 수다인 만큼 내가 이 기구한 극장과 관련된 전설 같은 이야기를 좀 하도록 내버려두길 바란다. 여러분도 기억하는지 모르지만 한때 '프랑스 극장'의 두려운 상대였고 다른 극장들의 표본이었다. 역사 극장은 순수예술의 후원자들이 지원했다. 그러니까 곧 몰락하게 되는 정권의 지지자들 말이다. 그런데 극장이 잘나가던 시점에 기존 정권이 몰락하면서 예술 감독관들이 극장을 포기하고 말았다.

좀 더 상세하게 얘기해보면 이렇다. 1845년인지 1846년인지 정확히 기억은 안 나는데 '암비귀 극장'에서 「삼총사」를 처음으로 공연했고 몽팡시에 공작이 첫 공연을 관람했다. 나의 친우인 파스키에가 공작의 주치의였다. 공작은 5, 6막쯤에서 파스키에한테 나를 극찬해주라고 했다. 새벽 2시, 극이 끝나자 파스키에가 오더니 공작이 2층 관람석에서 나를 기다리고 있다고 했다.

1842년 7월 13일, 만형 오를레앙 공작이 죽었을 때 열일고여덟 살짜리 아이였던 몽팡시에 공작을 직접 만나지는 못한 터였다. 단지 오말 공작과 주앙빌 공작[몽팡시에 공작의 형들 즉 루이 필리프 1세의 아들들] 가문의 내력에 따라 만형이 내게 남다른 우정을 품었음을 공작이 아는 모양이었다.

나는 그 만형에 대한 착잡한 심정을 품고 만나러 갔다. 왕자들은 내가 알던 만형의 어딘가를 다들 조금씩 닮고 있었다. 당시, 아니 지금도 여전히 나는 생생하게 되살아나는 고통 없이는 그들을 대하기가 힘들다. 몽팡시에 공작은 파스키에를 보내며 했던 극찬을 내 앞에서 다시 늘어놓았다. 공작이 내 역사소설의 열광팬이라는 사실은 이미 전해 들은 바 있었다. 말 탄 기사들이 판을 치던 형국인지라 특히 『삼총사』를 좋아한다는 것도.

"애석한 점은 이류 극장에서 작품을 상연했다는 점입니다."

"저하, 자신의 극장이 없는 상태에서는 거두어주겠다는 어디에서든 상연한답니다."

"그렇다면 왜 극장이 없는 것입니까?"

"저하, 이유는 간단합니다. 정부에서 저에게 특권을 주지 않기 때문이지요."

"그렇게 생각하시오?"

"네, 물론입니다."

"내가 좀 끼어든다면?"

"아! 저하! 그러시면 많은 게 달라지겠지만 저하께서 그런 수

고까지야…….”

“왜 그렇게 생각하시오?”

“제게는 저하의 은혜를 입을 만한 아무런 명분이 없습니다.”

“아니 무슨 말이시오? 그 특권은 누구에게 달린 것이오?”

“내무부에 달려 있습니다, 저하.”

“그렇다면 뒤샤텔에게?”

“네, 저하. 근데 뒤샤텔은 저를 탐탁하게 여기지 않습니다.”

“다음 무도회에서 내가 뒤샤텔 부인과 춤추면서 해결해보도록 하겠소.”

궁전에서 무도회가 있었는지 몽팡시에 공작이 뒤샤텔 부인하고 춤을 추었는지 나는 모른다. 얼마 후 파스키에가 나를 찾아와서 튈르리 궁전에서 몽팡시에 공작이 나를 기다리고 있다고 했다. 나는 파스키에와 함께 마차를 타고 공작에게로 갔다. 나를 멀리서 알아보고는 공작이 말했다.

“특권이 주어졌소. 극장 감독 이름만 주시면 되오.”

“오스탕 씨.”

공작은 오스탕이라는 이름을 기입하고는 어디에 극장이 세워지기를 원하는지, 어떤 작품부터 올릴지, 어떤 감흥을 그에게 선사해줄지 물었다. 나는 공작에게 자리는 호텔 풀롱의 옛 자리를 벌써 점찍어놨고, 처음 개시할 작품은 마고 왕비 이야기일 가능성이 크고, 작품 성향은 아주 두꺼운 책으로 완성해 매일 밤 국민이 한 장씩 읽으며 우리 역사를 알게 되리라고 대답했다. 그 특권은 오스탕의 이름으로 서명되었고 호텔 풀롱을 사들여 역사 극장을 지었고 드디어 개장되었다. 내 기억이 맞다면 스페인과 아프리카 여행에서 돌아온 지 한 달만이었다. 내가 공작에게 말한 대로 「마고 왕비La Reine Margot」가 첫 문을 열었다.

역사 극장 개장에 따른 준비와 연습, 준비에 또 준비로 나는 두어 달간 파리에 머물렀다. 그러다 생제르맹으로 향하기 전날 밤에 미셸에게 나의 도착 소식을 미리 알렸다. 미셸은 마를리의 오르막길 아래쪽에서 나를 기다리고 있었다. 그의 목소리가 들리는 거리쯤에 다다르자 미셸이 말했다.

"집에 두 가지 큰일이 있었습니다요."

"무슨 일이?"

"먼저 프리차드가 덫에 뒷발이 끼어 날뛴 모양인데, 글쎄 다른 개들처럼 가만히 있지 않고 다리를 이빨로 잘라버리고는 세 다리만 가지고 집으로 돌아왔지 뭡니까요."

"그래서 그 불쌍한 것이 죽어버렸소?"

"죽다니요, 어르신. 제가 있는데 죽게 됐겠습니까?"

"그래서 어떻게 했소?"

"제가 다친 다리를 정원 칼로 가지런하고 깨끗하게 자른 후 뼈가 드러나지 않도록 기워주었습니다. 이크, 저놈! 어르신을 알아보고 오는군요."

아닌 게 아니라 프리차드가 세 발로 다가왔다. 뛰는 모양으로 봐서는 미셸의 말대로 다리 하나 없는 걸 알아채지 못할 정도였다. 프리차드와 나는 서로 익히 알고 있는 터라 복합적인 감정에 휩싸였다. 불쌍한 마음에 나는 불평을 해댔다.

"어르신, 그냥 사냥의 문제일 뿐입니다. 예전만큼은 멈추게 하지 못할 테지요."

"그렇다면 아까 말한 또 다른 일은 뭐요? 미셸."

"그건 주쿠르타가 더 이상 주쿠르타가 아니라는 것입니다."

"왜요?"

"왜냐하면 이젠 이름이 주쿠르타가 아니라 '디오게네스[그리스 철학자로 검소한 생활을 추구하며 커다란 통 속에서 생활했다]'니까요."

"무슨 이유로?"

"가서 보십시오."

우리는 물푸레나무가 있는 오솔길에 도착했다. 그 오솔길은 몽테크리스토성의 입구로 이어졌다. 오솔길 왼쪽에 독수리가 커다란 통 안에서 아주 그럴싸한 모양새로 편안히 쉬고 있었다. 한쪽 부분을 미셸이 깬 통이었다.

"아하! 무슨 말인 줄 알겠네. 통에 처박혀 있는 동안은……."

"네, 그렇습니다. 통에 저렇게 있는 동안은 주쿠르타가 아니라 디오게네스입니다."

1년 전, 미셸의 자연 역사 지식 앞에서 황홀했던 것처럼 미셸의 의학과 역사 지식 앞에서 나는 감탄을 금할 수가 없었다.

나는 정치 불한당으로,
프리차드는 도둑으로 몰리다

역사 극장이 개장되고 1년이 지났다. 그동안 역사 극장은 작품들을 꾸준히 상연했다. 앞서도 말한 「마고 왕비」, 「연애질과 사랑Intrigue et Amour」, 「지롱드 당원들」 그리고 「몽테크리스토」는 저녁에 두 번이나 올렸다. 「지롱드 당원들」에 곁들인 음악 '나라를 위해 목숨을 바치다'를 여러분은 기억하는지 모르겠다. 그 음악을 처음 들었을 때 나는 오케스트라 지휘자에게 말했다.

"친애하는 바르네, 모르긴 해도 다음번에 또 혁명이 일어난다면 이런 분위기가 아닐까 싶구먼."

아니나 다를까, 1848년 2월혁명의 분위기가 그랬다. 내가 일생 믿어온 원리와 원칙을 기치로 혁명이 일어나는 모습을 보며 1830년 7월혁명 때 만큼이나 1848년 혁명 때도 역동적인 한편 가슴이 찢어졌다. 정치적 재난 덕에 나와 친한 사람들이 새로운 명성과 지위를 얻은 반면 그들이 몰아낸 이들 또한 내 마음 한 구석에 있는 사람들이었다. 그래서 과도기는 군주제와 공화제 중간쯤에 다리를 놓는 기간이었으면 하는 바람이 생겼다. 하지만 혁명의 눈사태는 너무나 급격해서 왕관 쓴 늙은이는 물론이고 그 왕관이 지탱해주던 네 명의 왕자를 모두 싹 쓸어버렸다.

그뿐 아니라 여전히 상중이던 어머니와 도대체 무슨 바람이 이는지 그 바람이 어디로 가며 무슨 목적으로 부는지도 파악하지 못한 멍청한 아이까지도 쓸어버렸다.

당시 프랑스는 이전 프랑스와는 완전히 다른 프랑스였다. 카페·발루아·부르봉 왕조의 왕관을 지켜오던 지난 7세기 동안의 흔적을 자를 대로 자르고 밀어버릴 대로 밀어버렸다. 이젠 아무것도 남지 않았다. 일주일 전만 해도 들판이 곡물로 가득했던 9월 추수와 같이. 나의 모국 프랑스는 아주 큰 함성을 질렀다. 놀랍고 힘겨워서 도대체 어디에 와 있는지도, 그동안 보아오던 것을 볼 수 없다 보니 시선을 어디에 둬야 할지도 모르는 채 가장 영특한 자식들에게 이런 식으로 도움을 청했다.

"자, 이게 바로 우리 백성이 화가 나서 저지른 일이란다. 과도해 보일 수도 있지만 이미 일어난 일은 일어난 거다. 이렇듯 미망인으로 남아버린 내 신세가 끔찍하구나. 빈자리에다 사회, 공익, 윤리, 종교에 힘을 쏟아 뭔가를 이루도록 애쓰거라."

나는 프랑스의 외침을 일선에서 들은 사람이었다. 그 외침을 들은 깨어 있는 사람의 숫자에 기대하며 출마를 결심했다. 그런데 어느 지역에서 출마할지가 관건이었다. 내 출신 지역으로 나가면 제일 간단했다. 엔 지역 말이다. 하지만 1823년 고향을 떠난 후에 거의 돌아가지 않았다. 딱 한 번 갔는데, 총에 맞을 뻔했던 수아송에 출동했을[1830년 7월혁명 때 공화당원 측에 서서 전투에 필요한 화약을 구하기 위해] 때였다. 내 회고록을 읽은 독자라면 무슨 말인지 알 것이다. 1830년이나 1848년이나 나는 같은 명분으로 싸웠다. 그 탓에 엔 지역 유권자 대부분이 원하는 공화제에 비해 내가 좀 더 지나치게 공화적으로 보일 우려가 있어서 엔 지역을 포기했다. 내가 그동안 4, 5년 살아온 센에우아즈[당시 뒤마가 살던 생제르맹이 포함된 파리 외곽 서쪽 지역]가 있기는 했다. 게다가 생제르맹 지역 소속 국립 전투군 대장이라는 명함도 있었다.

그런데 1848년 혁명 3일 동안 나는 730명의 부하에게 혁명 제압 대신 파리로 가서 그 730명의 부모, 형제, 자식, 아내 총 3천여 명을 헤아리는 민중을 돕자고 했다. 나의 행동은 부하들 목숨을 위협한 숙고하지 않은 가벼운 처신으로 간주되었다. 생제르맹에 내가 출마한다는 계획만으로도 난리가 났다. 모임을 열어 혁명 3일간의 내 행동을 들먹이며 나를 전투군에서 사임시켜야 한다고 했다. 여러분도 보다시피 나라의 대표를 했건 공화제에 기치를 들었건 결과적으로는 거의 비슷한 방식으로 이해되고 있었다.

그 사이 언젠가 내가 일을 좀 도와준 적이 있는 집안의 한 젊은이가 바스부르고뉴에 아는 사람들이 좀 있으니 그곳 지역구인 욘 지역에 출마해보는 것이 어떻겠냐고 했다. 당연히 당선된다면서. 당시 나는 아주 순진했다. 사람들은 그걸 내 특유의 사랑이라고 불렀다. 순진했든 내 특유의 사랑이었든 욘 지역에 출마해도 될 만큼 꽤 알려져 있었기에 경쟁자들을 거뜬히 이겨낼 수 있으리라고 덧붙였다. 내가 얼마나 멍청했던지! 지역마다 그 지역 연고자가 있다는 사실을 깜빡했다. 내 연고지는 원칙적으로 엔 지역이었다.

욘 지역에 내가 발을 들여놓기가 무섭게 그 지역의 모든 신문이 하나같이 들고일어났다. 내가 거기 뭐하러 왔는지? 그 지방 출신이라도 되는지? 아니면 부르고뉴 포도주 상인이라도 되는지? 포도밭이라도 있는지? 포도주와 관련한 공부라도 했는지? 포도주전문가협회 회원이라도 되는지? 결국 나는 아무런 연고도 없는 지역에서 그저 정치적인 불한당일 뿐이었다. 아니, 불한당도 못 되었다. 그냥 아무것도 아니었다. 마침 작품 『넬 탑La tour de Nesle』을 쓸 때 도와준 가이야르데 씨가 중도당 후보로 나와 있던 터라 나는 오를레앙 가문 쪽 인사로 치부되었다.

내 이야기를 여기까지 들은 독자 여러분은 알 테다. 그런 말 중 하나도 사실이 아니라는 것을. 사실 내가 좀 신중하지 못했다는 점은 인정한다. 오를레앙의 왕자들이 프랑스를 떠날 때, 일주일 전만 하더라도 곁에서 뭔가 얻을 게 없나 하던 이들이 그들을 비판하고 욕했던 것과는 달리 1848년 3월 4일, 그러니까 2월혁명 후 7일 만에 파리 거리에서 들끓는 공화정의 외침 한가운데서 나는 당시 가장 잘 나가던 신문 「라프레스」에 다음과 같은 편지를 실었다.

몽팡시에 공작님께

저하가 어디에 계시는지 안다면 거기로 달려가서 몸소 겪고 계실 고통을 짐작하며 제가 느끼는 괴로움을 할 수만 있다면 직접 전해드리고 싶습니다.

지난 3년 동안 저의 정치적 입장을 잘 알고 계신 왕의 의지에도 불구하고 정치적 관념을 배제한 채 저를 거의 친구처럼 대해주신 점 결코 잊지 않을 것입니다. 바로 그 친구의 자격으로 저하가 튈르리 궁전에 계실 때는 제가 좀 지나친 어조로 말씀을 드리기도 했지요. 이제 프랑스를 떠나신 상황에서는 가슴이 아픕니다.

저하, 물론 저의 이런 마음을 보여드리기 위해 굳이 이런 편지까지 쓸 필요가 있다고 생각하지는 않습니다. 부디 주님의 보살핌으로 유배 생활이나 극한 상황은 피할 수 있기를 기원합니다.

저의 존중심을 담아

언제나 겸허한 저하의 심복

알렉스 뒤마 올림

그게 다가 아니었다. 마음속에 자리하는 자존심의 악마만큼 강력한 반항의 악마를 드러내야만 나는 속이 풀렸다. 루브르 궁전 장악을 지휘하던 대물랑 대령이 궁전 정원에 있던 오를레앙 공작의 말 타는 동상을 해치는 삽화를 접하고는 지라르당 씨[Emile de Girardin 1802~1881 신문 「라프레스」의 창립자]에게 편지를 썼다. 지라르당 씨 앞으로 쓴 편지이긴 해도 실제 수신인은 분명히 드러났기에 다음 날 아침에 대물랑 대령과 칼부림이 날지도 몰랐다.

친애하는 지라르당 씨에게

어제 저는 루브르 정원을 지나면서 오를레앙 공작 동상이 원래 있던 자리에 없는 것을 보고 깜짝 놀랐습니다. 민중들이 그랬냐고 물었더니 루브르의 지휘관이 그렇게 했다고 하더이다. 왜 그랬는지 묻고 싶습니다. 거의 무덤을 파헤치는 행동과 다름없지 않습니까?

오를레앙 공작님이 거기에 거주하실 때, 나라를 발전시키는 모든 것은 공작님에게 희망이었습니다. 그것은 공정했다는 것을 우리 모두 알고 있습니다. 오를레앙 공작님은 왕과 늘 대립 관계에 있었습니다. 의회에서 다음처럼 말씀하셨을 때는 거의 왕족을 저버리는 행동이기도 했습니다.

"저는 생드니 거리[왕의 장례 행렬이 이어지던 거리]의 하천보다 차라리 라인 강변에서 죽기를 원합니다!"

민중, 민중은 항상 공정하고 영리해서 그런 일들을 우리처럼 익히 알고 있으며 이해합니다. 튈르리에 가서 민중들에게 존중되는 유일한 곳이 어딘지 살펴보십시오. 바로 오를레앙 공작의 공간입니다. 민중이 이 가여운 왕자를 이렇게 존중하는데, 왜 정부는 민중보다 더 엄하게 굴어야 하는 겁니까? 이 왕자로 말할 것 같으면 역사에 남지 않는 것을 오히려 행복으로 느끼셨던 분인데.

일어나는 사건에 따라 사태를 평가하며 대리석을 깎는 작업이 미래라면 과거는 영원의 틀 속에 청동 동상으로 남을 것입니다. 이전에 그렇지 않았던 것을 그랬던 듯이 할 수는 없기 때문입니다.

오를레앙 공작님이 프랑스 식민전쟁의 최전선과 알제리 전투에서 승리하지 않았다고 거짓말을 할 수는 없습니다. 10년 동안 자신에게 부여되는 예산의 1/3을 불쌍한 이들에게 나누어준 일을 그러지 않았다고 할 수는 없습니다. 그분이 사형수들의 사면을 요청했고 하늘이 보살펴 그 가운데 사면이 허락된 사람들이 있었다는 사실을 사실이 아닌 듯할 수 없는 것입니다.

오늘 바르베스[Armand Barbès 1809~1870 프랑스 공화정의 선두주자로 활약한 정치인]의 손을 들어줄 수 있기까지 그 근원이 되어준 이가 누구입니까? 바로 오를레앙 공작이 아니었습니까?

공작님의 도움을 받은 예술가들에게 물어보십시오. 그중에서 앵그르, 들라크루아, 셰퍼, 귀당, 바리, 마로셰티, 칼라마타, 불랑제 같은 훌륭한 예술가를 불러 한번 물어보십시오. 시인들과 역사가들, 위고, 티에리, 라마르틴, 드비니, 미슐레 그리고 저, 원하는 누구든 불러서 물어보십시오. 그 동상을 원래 있던 자리에 두는 것이 좋을지.

그러면 우리는 이렇게 대답할 것입니다.

"네. 그 동상은 왕자, 군인, 예술가로 자라서 미덕을 남기고 떠난 훌륭한 영혼에 의해 길러졌고 이 땅에 생길 수 있는 더할 나위 없이 선량하고도 고귀한 마음의 모습이니까요."

1848년의 공화정은 왕관을 잃어버린 왕족의 왕자 동상이 그대로 서 있어도 될 만큼 아주 강하답니다.

제 마음을 담아서

알렉스 뒤마

3월 7일

나를 친군주적 후보라고 탓하던 신문들은 그로써 확신이 생겼을 터다. 왕권이 존재하던 때 내가 공화정을 한껏 외쳤던 것처럼 왕권이 사라진 이제는 유배된 가족을 옹호하는 논조를 펼치니 말이다. 나에게 갖다 댄 이런 식의 논조가 왜 비합리적인지 들을 시간이 있는 사람들을 위해 몇 가지 설명을 덧붙여보기로 하겠다.

귀족과 서민, 이 두 가지 요소—귀족은 아버지 쪽, 서민은 어머니 쪽—를 나처럼 하나의 가슴에 응축한 사람도 없다. 위대한 것에 대한 경이로운 존중, 온갖 불행에 대한 깊고도 따뜻한 공감. 나만큼 나폴레옹 가족을 부차적으로 논한 사람이 없으며, 나처럼 군주제 하에서 왕자들을 부차적으로 취급한 사람도 없다. 불행한 상황에 있는 사람들을 알고 아끼며 나는 그들이 추스르고 일어나 다시 행복해져야만 그들을 잊을 수 있었다. 거대하지만 형편없던 권력이었어도 붕괴하고 나면 그들 앞에서 예의를 표했다. 사라져버려 모두 잊은 듯할 때쯤, 과거에 대한 메아리처럼 그들의 이름을 다시 외치곤 했다.

왜냐고? 나도 모르겠다. 내 정신과는 별도로 나를 불현듯 일깨우는 내 가슴의 소리가 아닐까 싶다. 나는 1천 개의 작품을 썼고 60편의 희곡을 썼다. 그중 아무거나 집어 들어 아무 쪽이나 펼쳐보라. 첫 장이든 중간이든 마지막이든. 내가 늘 관대한 조언자임을 보게 되리라. 민중이 왕의 노예였든 왕이 민중에게 속박되었든 어떤 상황에서든 말이다. 그게 바로 나라는 사람이고, 나 스스로 만들어온 고귀하고도 신성한 가족이다. 몰락하는 이에게는 다가가서 손을 내밀었다. 그 사람이 샹보르 백작이든 주앙빌 공작이든 루이 나폴레옹이든 루이 블랑이든지 간에 말이다.

오를레앙 공작의 사망 소식을 누구를 통해 들었는지 아는가? 바로 제롬 나폴레옹 왕자를 통해서다. 당시 나는 강자인 튈르리 궁전에 붙어살기보다는 피렌체에서 내 식의 유배 생활을 하고 있었다. 사망 소식을 듣고 바로 드뢰로 향했다. 내 슬픔의 진정성에도 불구하고 나를 적대시하는 왕족을 대면하려고 5천 리나 되는 그 힘겨운 거리를 달려갔다. 클라르몽성[루이 필리프 1세의 유배지로 영국에 있음]에서도 마찬가지였다. 사랑으로 그 아들의 장례 행렬을 따랐으니 그의 부친의 장례 행렬도 당연히 따라야 한다고 생각했다.

6월 13일 전날까지 르드뤼롤랭[Alexandre Auguste Ledru Rollin 1807~1874 프랑스 정치인으로 진보적 공화주의자]의 적이던 나는 매일 같이 내 신문 「르무아」에서 그를 마구 비판했다. 6월 14일, 르드뤼롤랭은 나의 비판은 곧 그가 안전하다는 의미라고까지 말할 정도였다. 같은 이유로 나는 궁정보다는 교도소를 더 찾았다. 그래서 암에 세 번이나 갔지만 엘리제는 딱 한 번 갔고 튈르리에는 한 번도 가지 않았다[나폴레옹 3세는 왕정복고 때 암의 교도소에 감금됐고, 제2공화정 때 엘리제궁에 머물다가 제2제정 때 튈르리궁으로 옮겼다].

나는 욘의 유권자들에게 이런 설명을 일일이 하지는 않았다. 내가 연설장으로 들어섰을 때, 거기엔 3천 명이 나를 기다리고 있었다. 수군대는 소리까지 섞여 그리 호락호락한 분위기가 아니었다. 수군대는 소리와 더불어 좀 과도한 행동을 한 사람도 있었다. 내 손으로 그 사람의 행동을 저지했다. 그런 광경이 펼쳐지자 수군거림은 고함으로 바뀌었다. 이런 와중에 나는 강단 위로 올라섰다.

처음으로 날아온 질문은 오를레앙 공작 진영에서 내가 보인 '광신적 태도'에 대한 것이었다. 뿔로 황소를 치는 격이었다. 하지만 이번에는 황소가 더 강했다. 나는 그들의 망각과 배은망덕에 수치심을 느끼게 했다. 1842년 7월 13일 오를레앙 공작의 사망에 3천만 명의 백성이 내지른 고통의 함성을 상기시켰다. 당시 5천 리나 떨어져 있던 내가 그 처참한 소식을 듣고 얼마나 가슴이 아팠는지를, 수려하고 용감하고 우아하고 예술가인 그 가여운 왕자는 손끝 발끝까지 프랑스인이었고 머리끝까지 나라를 위했다는 것을 그들에게 상기시켰다. 북쪽의 앙베르, 알제리 무자이아, 다뉴브강의 포르트 드 페르 전투에서 그가 보인 군인으로서의 활약상과 바르베스와 위고 그리고 내게 보인 격려와 은혜를 상기시켰다.

나의 명료한 이야기를 듣고 앙리 4세가 떠오른다는 사람이 있는가 하면 청중의 가슴을 울렸다는 사람도 있었다. 그렇게 한 15분쯤 지나자 거기 모인 사람 중 절반이 울먹였다. 나도 그 절반에 속했다. 20분쯤 지나서는 모두 박수갈채를 보냈다. 바로 그날 저녁, 나는 3천 명의 표를 얻었을 뿐 아니라 3천 명의 친구를 얻었다.

이름조차 알지 못하는 그 3천 명의 친구는 도대체 어디로 가버렸을까? 하늘만이 알 것이다! 뿔뿔이 흩어져서 이렇듯 추억으로만 남아 있을 뿐이다. 그중 두세 명은 험한 풍파에도 살아남았지만 그들조차도 나와 함께 언젠가는 사라져버릴 것이다. 하지만 이들은 단순한 친구가 아니라 형제나 마찬가지였다. 생위베르의 무덤까지 함께할 형제였다.

아! 이야기 방향을 너무 돌렸다. 이제 다시 원점으로 되돌아오자. 우리가 떠났던 그곳, 바로 프리차드가 있는 곳으로.

나는 바스부르고뉴에 있는 한 포도밭 개막식에 초대된 적이 있다. 익히 알다시피 모든 포도밭은 두 번의 개막식을 한다. 밀과 포도 개막. 다시 말해 모든 포도밭에는 두 번의 개막식 핑계가 있다. 둘 다 정식이 아니었다는 말과 다름없다. 사냥꾼의 식탁을 즐겁게 하는 디저트 같은 우리 얘기에 프리차드는 반드시 들어간다는 것을 독자 여러분은 이미 알 터. 이렇게 펜으로나마 생생한 광경을 묘사하려고 내 나름대로 최선을 다하고 있다. 프리차드도 그의 주인과 나란히 개막식에 초대되었다. 그 주인으로 말할 것 같으면 프리차드보다 더 참을성이 있지는 않았다. 고심한 것은 단 하나 미셸이 프리차드의 다리에 행한 수술이 내가 예상해온 프리차드의 남다른 개성과 성장 속도를 방해하지 않을까 하는. 그렇지 않으리란 생각도 들긴 했다. 프리차드는 뒷다리 하나에도 지역의 최고 달리기 선수가 될 만한 힘을 실을 수 있었으니까.

10월 14일 포도밭 개막식 바로 전날, 나의 절친이자 생브리 마을의 법조인인 샤르피용 집에 도착했다. 요리사에게 전보로 음식을 아무 데나 둬선 안 된다는 주의를 미리 보내놨던 터였다. 우리가 도착하고 한 시간 만에 벌써 프리차드를 향해 세 가지 항의가 들어왔다. 단순한 도둑질, 계획된 도둑질, 물건까지 부순 도둑질. 만일 사람이 그랬다면 가만히 두지는 않았을 테다. 프리차드를 닭장에 가두고는 문을 잠갔다. 15분쯤 지났을까? 밖에서 털을 흩날리는 프리차드를 발견했다. 내가 미셸에게 소릴 질렀다.

"아니, 누가 프리차드를 풀어줬소?"

"프리차드? 안 풀어줬는데……."

"닭장에 가서 한번 살펴보시게."

프리차드는 지붕에 구멍을 뚫고 카사노바식 탈출을 했던 것이다. 나는 미셸에게 말했다.

"프리차드를 붙잡아서 쇠줄로 묶어두게나!"

미셸도 원하는 바였다. 화난 부모가 아이들에게 하듯 미셸은 잔뜩 열을 올리며 고함까지 질렀다.

"네 이놈! 너 내 손에 오늘 끝장날 줄 알아라!"

그러면서 프리차드를 찾아 나섰지만 생브리의 서너 거리를 둘러보는 것에 그쳤다. 프리차드의 그림자도 안 보였기 때문이다. 영원히 떠나는 친구에게 인사하며 손수건을 흔들어 보이듯 프리차드는 꼬리를 흔들어 보이며 사라져버렸다. 미셸이 되돌아와서 말했다.

"아! 끝났습니다요!"

나는 프리차드는 완전히 잊은 채 되물었다.

"뭐가 끝났다는 것이요, 미셸?"

"그놈이 보따리 챙겨 떠났습니다."

"어디로?"

"사냥이겠지요!"

"아하! 프리차드 얘기였소?"

"바로 그렇습니다. 어디에도 안 보입니다요. 그런데 요상한 것은 프리차드가 이 집의 '로카도르'를 꼬셨습니다."

"로카도르를 꼬셨다고요?"

"네! 로카도르를 데리고 가버렸습니다."

그러자 피에르가 말했다. 피에르는 '샤르피용의 미셸'이다.

"그럴 리가 없습니다요."

"그럴 리가 없다니요? 왜지요?"

"로카도르는 쇠줄에 묶여 있으니까요."

"만일 로카도르가 쇠줄에 묶여 있다면……."

내가 끼어들었다.

"피에르의 말을 들어보십시다."

"손가락 굵기만 한 쇠줄이랍니다."

"그렇다면 그 쇠줄 끝에는 뭐가 있지요?"

미셸이 피에르에게 질문을 던지며 나를 향해 눈짓했다.

"음, 그러니까…… 쇠줄 끝에는 벽에 박힌 고리가 있습죠."

"그쪽 말고 다른 쪽 말이오."

"다른 쪽엔 로카도르의 목걸이가 있지요."

"뭐로 된 목걸이지요?"

"가죽이요! 그렇다면?"

"네, 바로 그렇습니다. 프리차드가 친구를 도와준 거지요. 이빨로 가죽 목걸이를 끊어서."

"자, 가서 한번 보십시다. 끊어져 있는 목걸이를! 면도칼이 필요 없다니까요!"

우리는 목걸이를 보러 갔다. 미셸의 말대로였다. 프리차드는

그림자도 보이지 않다가 밤 10시쯤에 현관문을 긁었다. 귀가 아주 밝은 미셸이 그 소리를 듣고는 문을 열어주었다. 미셸의 반응으로 짐작건대 뭔가 예상치 않은 일이 생긴 모양이었다. 소리가 거실 쪽으로 가까워지다가 문이 열렸고 프리차드가 폼을 잔뜩 내며 들어왔다. 입에는 커다란 토끼 한 마리를 물고 있었다. 물린 부분 빼고는 흠집 하나 없는 토끼였다. 로카도르도 같이 돌아왔지만 자신의 집 앞에서 멈추고는 그 안으로 들어가 버렸다. 둘 다 마치 불한당인 양 피범벅이었다. 프리차드를 모르는 사람들은 토끼를 사이에 두고 개 두 마리가 피 터지게 싸운 끝에 프리차드가 차지했다고 생각할 테지만, 내막을 잘 아는 미셸과 나는 서로 눈짓을 주고받았다. 내가 먼저 입을 열었다.

"자, 미셸, 무슨 일인지 얘기하고 싶어 죽을 지경임을 다 알고 있소. 얘기하시게!"

내가 던진 공을 받아 미셸이 이야기를 시작했다.

"프리차드가 얼마나 영특한지 들어 보시려우들? 로카도르에게 가서 이렇게 말했지요. '너, 나랑 사냥 안 갈래?' 로카도르는 '보면 몰라? 이렇게 쇠줄로 묶인 신센데 어떻게 사냥을 가?' 그러자 프리차드는 '이 바보야. 잠깐 기다려!' 하곤 목걸이를 물어뜯은 뒤 둘이서 함께 떠났지요. 가다 토끼 흔적을 발견한 프리차드는 그 길목에 남고 로카도르에게 사냥하라고 했겠지요. 로카도르에게 쫓겨 그 길목에 나타난 토끼를 프리차드가 덥썩 배를 물어 잡았겠지요. 친한 친구 둘이서 첫 번째 토끼로 거나하게 식사를 했습니다요."

미셸의 얘기를 프리차드는 주의 깊게 듣고 있었다. 자신의 이름이 자주 등장하는 통에 자신의 이야기를 하고 있음을 알아차린 것이다.

"안 그러냐, 프리차드? 내 말이 맞지?"

미셸이 그렇게 묻자 프리차드는 작은 소리를 냈다. 개 언어로 "바로 그렇소!"라는 말이리라. 그러자 옆에서 듣던 사람이 바닥에 있는 토끼를 가리키며 물었다.

"토끼를 먹었다고요? 그렇다면 이 토끼는 뭐지요?"

"잠시 기다리시오. 곧 그 얘기로 넘어갑니다. 첫 번째 토끼를 맛있게 먹고 나서 로카도르가 말했지요. '아! 배부르다, 잘 먹었네. 이제 집으로 되돌아가야 하지 않을까?' 그러자 겁도 없는 프리차드가 이렇게 말했습니다.

'집이라고?'

'그래, 집.'

'집에 가면 누가 우리를 반기기나 해?'

'그렇긴 하지만.'

'기다리는 건 회초리밖에 더 있어? 미셸을 내가 잘 아는데.'

'그래, 나도 피에르를 잘 알지.'

그러자 이 발칙한 프리차드가 말했지요.

'그들을 무장 해제시켜야 한다고.'

'어떻게?'

‘토끼 한 마리 더 사냥해서 물고 가는 거지’

로카도르는 잔뜩 찡그렸지요. 배도 부르겠다. 사냥도 하기 싫겠다. 그러자 프리차드가 말했지요.

‘찡그려 봐야 소용없어 이 친구야. 빨리 사냥이나 해, 안 그러면 나한테 혼날 테니.’

웃는 척하면서 이빨을 잔뜩 내보였지요. 그걸 보며 로카도르는 금세 분위기를 파악하고는 사냥을 계속했지요. 그렇게 해서 두 번째 놈을 잡아 프리차드가 이빨로 꽉 깨문 것입니다. 우리에게 가져다줘서 잘 보이려고요. 안 그래? 프리차드?”

그 사실을 확인이라도 받으려는 듯 청중이 나를 바라보았다.

“만약 프리차드가 말을 할 수 있다면 이제껏 미셸이 한 이야기에서 한마디 덧붙이지도 빼지도 않을 것입니다!”

그러자 집주인이 말했다.

“피에르, 토끼를 부엌에 가져다 놓으시게. 내일 토끼구이는 마련되었네그려.”

포도 서리하는 법조인의 닭

프리차드가 저지른 잘못에도 불구하고 다음 날 먹을 구잇감을 가지고 온 덕에 용서를 받으며 관중들에게 갈채를 받도록 미셸과 나는 내버려두었다. 게다가 여러분도 보다시피 초기에 바트랑의 집에 갔다 온 뒤 프리차드의 교육에도 많은 변화가 있었다. 이전에는 구이를 훔쳐 갔는데, 이제는 구잇감을 가져오고 있으니.

자, 이제 프리차드에게서 멀어지지 않은 채 애초 우리의 관심사였던 닭들에게로 접근해볼 때가 되었다. 내 친구 샤르피용은 자신의 고향에 대한 사랑과 사냥에 대한 열정 외에도 특별히 닭들에게 각별한 애착이 있었다. 그 지역 주변 100리를 통틀어 어떤 닭도 샤르피용의 닭에 비할 수가 없었다. 그걸 지난번 오세르의 농업박람회에서 최고상을 받음으로써 보란 듯이 증명하기도 했다. 특별히 브라마종과 코친종을 길렀다. 샤르피용은 아무거나 삼키게 해서 창자도 없는 닭을 길러내는 이가 아니다. 일단 닭이 샤르피용의 농장, 깃털 달린 하렘에서 있을 만하다고 판단되면 닭은 칼이나 냄비를 걱정할 필요 없이 그 풍요로운 장소에서 닭의 수명대로 살 수 있었다.

샤르피용은 닭장 내부까지 초록색으로 칠하는 배려를 해서 닭들이 갇힌 상태에서도 마치 풀밭에 있는 듯한 분위기를 연출했다. 가금류의 거주 공간 벽에 칠해진 페인트의 효과는 엄청났다. 처음에는 닭들이 저녁이 되어도 닭장으로 들어가려 하지 않았다. 들어갔다가 바깥처럼 보이는 거기서 찬 바람이라도 들게 되지 않을까 우려한 탓이다. 그래서 억지로 들여보낸 뒤 문을 닫았다. 얼마 안 돼 그 작은 새 머리로, 그중 가장 멍청한 닭조차 주인이 베푼 배려를 깨달았다. "기왕 하는 김에 즐겁게 하라"

는 로마 시인 호라티우스의 금언처럼 그로써 모든 것은 해결되었다. 새로운 환경에 적응하자 닭장 내부 초록색에 길든 샤르피용의 닭들은 풀밭에서도 안심하면서 알을 낳았고 그 결과 더욱 더 많은 알을 낳았다. 다른 집의 닭들은 알을 낳을 때 고통 때문에 소리—그 고통에 무심한 우리가 그 소리를 노래로 간주하는—를 지르지만, 샤르피용의 닭들에게는 아침저녁으로 와닿는 즐거움이었다.

샤르피용의 닭들은 주변에 소문이 퍼져나가 이제 그 지역에서는 정평이 나 있었다. 그 닭들이 어쩌다가 생브리 거리를 나돌아다니는 모습을 보면 이 명물을 모르는 사람은 이렇게 감탄한다.

“와우, 멋진 닭들이군!”

하지만 그 명물을 잘 아는 이는 이렇게 반응한다.

“보아하니 샤르피용 씨의 닭들이네!”

그리고 이 목소리의 주인에게 질투심이 섞인다면 약간 삐딱하게 한마디 더 보탠다.

“뻔하지! 모두들 침을 흘리는.”

최근 개최된 박람회에서 받은 왕관 말고도 샤르피용의 닭들은 이렇듯 코친종이 얻을 수 있는 명성의 최고 경지에 올랐다. 그런데 이런 명성의 여파는 절대로 잠잠한 게 아니었다. 때로는 불편하기도 했다. 어느 날, 토지 경비원이 불편한 기색으로 샤르피용을 찾아왔다.

"샤르피용 어른, 어르신의 닭들을 포도밭에서 보았습니다."

"꼬끌레, 내 닭들이요? 확실하오?"

"그럼요! 어르신의 닭들을 못 알아볼 리가 있나요. 욘 지역 최고의 닭들인데!"

"음, 그래서 어떻게 했소?"

"그래서 이렇게 알려드리러 온 것이지요."

"잘못하셨소!"

"왜요?"

"내게 알릴 것이 아니라 고소장을 써야지요."

"샤르피용 어른, 어르신이 법조 일을 보시는데……."

"그러니 더 그렇지요. 법조인 자격으로 스스로 본보기가 되어야 하지 않겠소."

"가여운 짐승들이 저지른 별것 아닌 문제를……."

"그러나 닭들은 이중으로 잘못을 저지른 것이오. 우선은 모자라는 것이 하나도 없는 이곳을 나갔고, 하물며 포도밭에 갔다면 서리 맛을 일찌감치 들인 셈이니. 그런 나쁜 습성에 젖지 않게 미리 손을 봐야지요. 그러니 고소장이 제격이요, 꼬끌레! 그럴싸한 고소장으로다가 한 장!"

"그런데 샤르피용 어른……."

"꼬끌레, 내가 부시장 자격으로 명령하는 것이오!"

"하지만 누구에게 그 고소장을 가져간답니까?"

"시청이지, 어디요!"

"시장님이 파리에 가셔서 부재중이라는 걸 알고 계시지 않습니까?"

"음, 그렇다면 나한테 가지고 오시오."

"어르신한테요?"

"그렇소."

"어르신의 닭들을 고소하는 고소장을 받아들이시겠습니까?"

"왜 안 받아들이겠소?"

"그렇다면 됐습니다. 그런데 샤르피용 어른."

"왜요, 꼬끌레?"

"제가 문서 쓰는 데는 소질이 없어서."

"고소장 쓰는 게 뭐 그리 대수요."

"고소장이 있고 고발장이 있지 않습니까요?"

"자, 이렇게 쓰면 된다오. '본인은 공인 경비원 자격으로 생브리 지역 법조인이자 부시장인 샤르피용 씨의 닭들이 모모 씨의 포도밭에서 포도주를 마시고 있는 모습을 목격했음을 선언한다'라고."

"라울 씨의 포도밭이었습니다요."

"그렇다면 '모모 씨' 자리에 '라울 씨'라고 적고 마지막에 이름 쓰고 서명하면 되오."

"네, 서명이야 몇 번 해봐서 충분히 할 수는 있습니다만요. 그런데 쓰기는……."

"무슨 말인지 알았소. 헷갈리는 부분이 있소?"

“오! 헷갈리는 부분이요? 에구, 악보처럼 헷갈리는 게 많습니다요.”

“그렇다면 이제껏 누가 자네의 고소장을 썼던 게요?”

“학교 선생님이요.”

“그렇다면 그 선생님에게 가보시오.”

“오늘 댁에 안 계십니다요. 잔치가 있어서.”

“그렇다면 내일 가보시게.”

“내일도 잔치가 계속돼서.”

그러자 샤르피용이 인상을 찌푸리며 말했다.

“꼬끌레! 지금 내게 고소장을 쓰지 않으려고 핑곗거리를 찾고 있는 거요?”

“샤르피용 어르신, 오늘은 허락하시는 대로 어르신을 대상으로 고소장을 쓴다고 하지요. 그러다 나중에 부시장의 자격으로 불만이라도 품으시면.”

“꼬끌레, 자네의 책임을 묻지 않겠소.”

그리고 샤르피용은 서랍에서 7푼짜리 종이를 꺼내어 꼬끌레가 서명만 하면 되도록 고소장을 형식대로 작성했다. 자신에게 책임을 묻지 않겠다고 보장한 고소장이라 꼬끌레는 망설이지 않고 서명했다.

그 고소장으로 인해 2주일 후 샤르피용은 오세르 재판소에 호송되었다. 샤르피용은 재판장에서 자신을 변호했다. 아니, 더 정확하게는 자신을 비난했다. 닭들의 행각을 인정하면서도 닭들의 편에서 공화국의 검찰이 상황을 참작해주기를 간청했다. 그렇게 해서 샤르피용은 최고의 형에 처해졌다. 다시 말해 벌금 15프랑과 그 외 손해배상금. 여하튼 그 행동은 생브리와 인근 지역에 좋은 본보기가 되었다. 15프랑짜리 큰 교훈이 또 어디에 있겠는가.

한편 샤르피용의 닭들에게는 변명의 여지가 생겼다. 닭들은 주인이 직접 손으로 제공하는 황홀한 식량을 먹으며 자라서 그런지 서서히 처녀의 상태로 돌변해서는 알을 규칙적으로 낳지 않았다. 고소장에는 식탐이라고 다룬 내용이 가여운 짐승들에게는 자연적인 생리였던 건데, 개에게 일부러 관장을 돕는 풀을 먹이는 것처럼 말이다. 내 친구이자 훌륭한 의사인 드루앙은 브라마종과 코친종의 편을 들면서 이런 현대식 설명이 충분히 타당하다고 했다.

사실상 포도 서리를 하지 못한 뒤 닭들은 알을 낳는 주기가 눈에 띄게 줄어들었다. 그래서 샤르피용은 포도밭에서 포도를 따 와서 균형을 되찾아줬다. 더불어 포도 수확기에는 알 낳는 주기가 정상화된 것은 물론이고 포도철이 아닐 때는 상추와 치커리 잎을 줘서 생산을 유지했다. 보통 생산이 훨씬 줄어들거나 아예 낳지 않는 시기인데도 말이다. 신선한 달걀을 좋아하는 내 취향을 알기라도 하듯이 샤르피용은 나를 이번 사냥에 초대하면서 이렇게 편지에 적어 보냈다.

"친애하는 친구여! 어서 오시게! 이제껏 먹어본 적이 없는 달걀을 맛보게 될 테니!"

그래서 나는 거의 형제나 마찬가지인 친구를 만나러 간다는 이유 말고도, 게네 씨나 라울 씨의 땅에서 산토끼나 자고새 사냥을 한다는 이유 말고도, 이제껏 먹어본 적 없는 달걀을 먹는다는 희망을 안고 생브리를 찾았다. 도착 당일, 샤르피용이 원하던 이상으로 달걀의 인기는 대단했다. 식사 때 황갈색 달걀이 나왔는데 너무나 맛있어 그 뛰어난 품질에 감탄을 금할 수가 없었다. 그런데 시간이 지나면서 이야기의 판도는 완전히 바뀌었다.

프리차드, 닭들을 출산시키다

우리가 도착한 다음 날부터였다. 하루에 여덟 개 정도 거둔다던 달걀이 세 개로 줄어들었다. 그 세 개도 달걀 찾는 데 눈이 밝은 이의 바구니에서 발견되었고 저녁 무렵에는 그의 바구니조차 달걀이 하나도 없었다. 이제까지 일어난 적 없는 일이었다. 닭들이 포도와 상추에 굶주렸을 때도 그런 일은 없었다. 도대체 누구를 의심해야 할지 몰라서 샤르피용에게 맡겼다. 그는 모든 사람을 의심하고 나서야 닭을 의심했다. 여태껏 닭을 향해 잔뜩 품어온 그의 믿음에 먹구름이 끼기 시작했다. 그때 미셸이 우리 주위를 어슬렁거렸다. 미셸의 낌새를 잘 알아채는 나인지라 넌지시 물었다.

"미셸, 나한테 할 얘기가 있소?"

"네. 어르신께 몇 마디 하는 게 그리 나쁘진 않을 듯합니다."

"특별히 누구를 위해 나쁘지 않은 거요?"

"프리차드의 영광을 위해 나쁘지 않을 듯……."

"아! 그놈이 또 말썽을 부렸소?"

"언젠가 어르신의 변호사가 한 말 기억하시는지요?"

"무슨 말? 그 변호사 양반은 아는 것도 많고 의미심장하게 좋은 말을 하도 한 터라. 그걸 모두 기억하려고 애는 쓰지만 늘 몇 가지는 잊어버리니 말이오."

"그분이 이랬지요. 그 범죄로 이익을 보는 사람을 찾아라, 그러면 범죄자를 찾으리라."

"아하, 나도 그 말을 정확히 기억하고 있소. 미셸, 그래서요?"

"그렇다면 어르신, 훔친 달걀로 누가 덕을 보겠습니까? 그놈의 프리차드가 아니라면?"

미셸은 프리차드를 언급할 때 마치 장신구인 양 '그놈의'라는 말을 덧붙이는 바트랑 어법을 사용했다.

"프리차드가? 프리차드가 달걀을 훔친다고 생각하시오? 달걀을 하나도 깨지 않고 고스란히 가져오던 프리차드가 말이오?"

"가지고 온 게 아니라 다시 가지고 왔다는 말씀이시겠지요?"

"그게 무슨 말이오, 미셸?"

"프리차드는 나쁜 본능이 있는 동물입니다. 뭔가 문제를 만들지 않고 며칠 잠잠히 보낸다면 제 손에 장을 지지겠습니다요."

"프리차드가 달걀을 좋아한다는 말이요?"

"네. 바로 어르신 때문입니다요."

"뭐라고요? 내 잘못이라니, 프리차드가 달걀을 좋아하는 게 내 잘못이라니. 나? 바로 나 말이오?"

"네, 그렇습니다. 어르신 탓입니다요."

"거참 굉장하구먼! 내 문학 작품이 우리 세기를 야만적으로 만든다는 말로도 모자라 이제는 내가 프리차드까지 야만적으로 만든다고 하는 거요?”

“메디시스 집에 살 때 기억 안 나십니까? 루스코니 씨 말을 듣고 있다가 어르신이 달걀 담은 그릇을 떨어뜨려 깨버린 일 말입니다요.”

“미셸, 그것 말고 다른 달걀 그릇은 없던 게요?”

“없었지요. 알렉시가 모두 깨버린 탓에.”

“그래서 달걀을 먹지 않았소?”

“그냥 바닥에 뒀지요.”

“아, 기억나오.”

“정원에서 푸크시아 바구니를 뒤지던 프리차드에게 달걀을 핥게 한 일 기억나십니까?”

“프리차드가 푸크시아 바구니를 뒤진 일은 기억나지 않소만 달걀을 핥게 한 일은 기억하오.”

“그래서 그가 그걸 잃어버린 겁니다.”

“그라니? 누구를 말하는 거요?”

“프리차드지 누구겠습니까요. 그놈한테는 나쁜 짓을 두 번 보여주면 안 됩니다요.”

“오, 미셸. 만연체 주창자요? 왜 그리 서론이 긴 거요?”

“제 탓이 아니지요. 어르신이 자꾸 제 말을 자르는 바람에…….”

“맞소, 미셸. 내가 잘못했소. 근데 내가 도대체 어떻게 악을 보여주었다는 것이오?”

"달걀을 먹게 한 것이지요. 방금 태어난 아기처럼 순수한 동물이라서 달걀이 도대체 뭔지 모르고 그냥 좀 이상한 당구공 정도로 여겼는데 말이지요. 하지만 어르신이 달걀을 먹이는 바람에 프리차드는 달걀이 뭔지 알게 된 것입니다. 그리고 3일 후 알렉상드르 씨가 집에 오셔서 자신의 개가 이빨이 너무 뻣뻣하다고 불평을 했습죠. 이어 프리차드에게 '아! 네 이빨은 얼마나 부드러운데, 안 그래? 자, 보시오들. 프리차드가 달걀을 어떻게 가져오는지'라고 하셔서 제가 부엌에서 달걀 하나를 들고나와 잔디 위에 놓으며 말했지요. '프리차드! 자, 이거 물고 와!' 프리차드는 두 번 말하게 안 하지요. 그런데 어떻게 한 줄 아십니까? 그 며칠 전에 쇼즈 씨가 턱이 자꾸 떨린다고 말했던 걸 기억하시는지요?"

"기억하오."

"그래서 쇼즈 씨가 어르신을 만나기 위해 집에 왔던 것도요?"

"다 기억하오!"

"당시 프리차드는 모른 척하고 있었지만 저 겨자색 눈은 놓치는 게 하나도 없지요. 그래서 갑자기 그때 쇼즈 씨를 떠올리고는 쇼즈 씨처럼 턱을 떨더란 말이지요. 탁탁. 결국 달걀이 깨져버렸지요. 순간적으로 자신의 서툰 행동에 수치심을 느낀 프리차드는 흰자, 노른자, 껍데기까지 몽땅 삼켜버리더군요. 제가 보기에 사고였던 것 같아 달걀 하나를 다시 들고나와 바닥에 두었지요. 그런데 프리차드가 달걀을 물고 3보 정도 갔을까, 또 턱을 떨지 뭡니까? 탁탁. 그렇게 두 번째 달걀도 깨고는 삼켜버렸습니다요. 저는 뭔가 이상하다고 생각하기 시작했지요. 짓궂은 알렉상드르 씨는 그러더군요. '미셸, 자네가 프리차드를 훌륭한 음악가로 키울 수 있을진 몰라도 병아리를 부활하는 인큐베이터는 못 되겠소이다!'라고요."

"미셸, 그걸 이제야 내게 이야기한단 말이오!"

"왜냐하면 제가 부끄러웠으니까요."

"오, 미셸. 그 정도로까지 프리차드와 동일시할 필요까지야!"

"그런데 그게 다가 아닙니다요."

"그게 다가 아니라고?"

"네. 글쎄 이놈이 달걀이라면 사족을 못 쓰게 되어버렸지요."

"아이고!"

"이웃인 아쿠아예 씨 집 달걀을 다 먹어치웠다고 아쿠아예 씨가 제게 알려주었지요. 도대체 어디서 다리가 저렇게 되었는지 아십니까요?"

"내게 그러지 않았소. 공원 어디쯤에서 표식을 몰라보고 그랬다고."

"농담이시겠지요. 보아하니 이놈이 글도 읽을 줄 아는 것 같습니다요."

"오, 미셸. 프리차드가 수많은 잘못으로 추궁을 받긴 하지만 그건 좀 심한 것 같소. 자, 프리차드의 다리 얘기로 되돌아갑시다. 그 사고가 어디에서 일어난 것 같소?"

"닭장 안이요, 어르신."

"그런 일은 밤에 일어났을 텐데, 밤에는 닭장 문이 모두 잠겨 있지 않소?"

"그게 프리차드에게 문제가 되겠습니까요?"

"설마 프리차드가 닭들이 지나다니는 구멍으로 닭장에 들어갔다고 하지는 않겠지요?"

"아이고, 어르신. 프리차드는 달걀을 먹기 위해 닭장에 들어갈 필요가 없습니다요."

"도대체 어떻게 했다는 말이오?"

"닭을 꼬시면 됩니다. 프리차드 이놈이 글쎄 타고난 꾀쟁이였더라고요."

"미셸, 나를 계속 놀라게 만들고 있지 않소!"

"네, 어르신. 프리차드는 메디시스 집에서 닭들을 꼬셨습니다요. 샤르피용 씨의 닭들은 하도 굉장하다는 소문이 나 있는 터라 메디시스 집의 닭들처럼 멍청하지는 않으리라고 생각했지요. 그런데 보아하니 어디서든 닭들은 똑같네요."

"그렇다면 자네, 프리차드가?"

"네, 그렇습니다요. 프리차드가 샤르피용 씨의 닭들을 꼬신 탓에 알을 낳지 않는 겁니다요. 아니, 더 정확하게 말하면 프리차드를 위해서만 알을 낳는다는 게 맞겠군요."

"아이고, 맙소사! 미셸, 정말이지 나도 한번 보고 싶구려. 프리차드가 샤르피용의 닭들을 어떻게 꼬시는지."

"양서류의 풍습을 모르는 이는 어르신뿐이 아닐 것입니다요."

독자 여러분! 자연 역사에 대한 미셸의 박식함을 내가 존경한다고 이미 말한 바 있지요!

"이제 두꺼비 얘기까지 나왔구려. 프리차드가 두꺼비와 무슨 상관이 있단 말이오?"

"출산과 관련해 의사에게 교훈을 준 것이 바로 두꺼비라는 것을 알고 계시지요? 사람이 헤엄치는 것을 개구리에게서 배웠듯이 말이지요."

"그 두 얘기가 모두 사실인지 나는 모르겠소, 미셸."

"인간처럼 출산하는 님바산 두꺼비가 엄연히 있지 않습니까요? 의사가 두꺼비에게 출산하는 방법을 가르쳤겠습니까?"

"아니겠지. 그건 확실히 아닌 것 같구먼."

"의사가 두꺼비한테서 배웠거나 두꺼비가 의사한테서 배웠거나, 둘 중 하나 아니겠습니까? 그런데 의사보다 두꺼비가 먼저 존재했으니 의사가 두꺼비에게 출산하는 방법을 배웠을 가능성이 더 높지요."

"그러고 보니…… 그렇군, 미셸."

"그러고 보니가 아니라 확실합니다요."

"그건 그렇고 프리차드와 님바산 두꺼비는 무슨 연관이 있는 것이오?"

"님바산 두꺼비가 출산하는 것처럼 프리차드는 닭을 출산시킵니다요."

"이보게, 미셸. 비현실적인 세계로는 가지 말게나!"

"그게 아닙니다요. 그게 아니라니까요, 어르신. 내일 아침 일찍 닭장으로 향하는 창문에서 지켜보십시오. 보시게 될 겁니다요. 이제껏 한 번도 본 적 없는 장면을요!"

"그동안 수많은 사건을 보아온 내가 아니오. 게다가 열여섯 번 정부가 바뀌는 것도 지켜본 내가 아직도 보지 못한 일을 보게 된다면 밤이라도 기꺼이 새우겠소."

"밤을 새울 것까진 없습니다. 제가 아침에 깨워드리겠습니다."

"깨워주시게. 아침 6시에 사냥을 떠나니 잘 되었군."

"그렇게 하는 거로 합니다요."

"그렇게 함세!"

그렇게 말은 해놓고 믿을 수 없는 것에 너무 쉽게 수긍해버리는 자세인 듯해서 좀 멋쩍어진 나는 계속 말을 이었다.

"그런데 말일세. 매일 저녁 마당에 칸막이 문을 닫는데, 프리차드가 어떻게 닭장이 있는 곳으로 들어갈 수 있다는 거요? 위로 날아가기라도 한단 말이요?"

"보시게 될 겁니다. 보시게 된다고요."

"무엇을?"

"이런 유명한 속담['네가 누구를 만나고 다니는지 말하면 네가 누구인지 알려주마']의 진실을요. 네가 누구를 들여보내는지 말하면 네가 누구인지 알려주마!"

잘 알다시피 미셸은 속담 구절을 변형하는 재주가 있었다. 미셸은 방금도 자신의 풍부한 상상력을 다시 한번 증명해 보였다.

다음 날 이른 시각, 미셸이 나를 깨웠다.

"어르신이 관찰 자세를 취하시려면 지금이 그때입니다요."

"알았네, 알았어! 자, 준비되었네!"

나는 침대에서 뛰어내렸다.

"잠깐만요. 제가 창문을 감쪽같이 열겠습니다. 저놈이 누군가 보고 있다는 사실을 알기라도 하면 꿈쩍도 하지 않을 테니까요. 저놈이 얼마나 영악한지 어르신은 모르십니다요."

미셸은 아주 조심스럽게 창문을 열었다. 우리의 시야를 짓궂게 가리는 나뭇잎 저편으로 마당에 있는 닭장과 칸막이 문 건너에 있는 프리차드의 집이 보였다. 미셸의 '그놈'은 자신의 집에서 배를 바닥에 대고 머리는 두 다리 위에 고스란히 둔 채 누워 있었다. 그러다 미셸이 창문을 조심해 연다고 열었지만 피할 수 없던 소리 때문에 겨자색 한쪽 눈을 돌려 소리가 어디서 나는지 주위를 살폈다. 다행히 프리차드는 그냥 스쳐 지나가는 작은 소리다 보니 신경 안 써도 된다고 결론 내린 모양이었다.

한 10분쯤 지났을까. 닭들의 야릇한 소리가 들려왔다. 첫 번째 소리에 프리차드는 한쪽 눈이 아닌 두 눈을 뜨고는 평소 하던 대로 일어나면서 세 다리를 쭉 뻗었다. 이어 다시 한번 세 다리를 쭉 뻗고는 주위를 둘러봤다. 마당이 아주 조용하다는 것을 확인한 뒤 장작더미 같은 데로 들어가는가 싶더니 이내 덧창 구멍으로 머리를 내밀었다. 마당은 여전히 잠잠했다. 프리차드는 덧창 구멍에서 빠져나와 지붕 위로 올라갔다. 꽤 경사가 진 지붕이었지만 별다른 어려움 없이 올라가서는 지붕 네 면 중 한쪽에서 닭장이 있는 곳으로 펄쩍 뛰어내렸다. 닭장까지는 6피트 정도의 높이였다. 그 정도 높이는 아무것도 아닌 양 프리차드는 네 발 다 있을 때처럼 세 발로도 거뜬히 해냈다.

그렇게 닭장이 있는 장소에 도착한 프리차드는 배를 땅에 붙이며 몸뚱이를 납작하게 깔았다. 이어 다리를 쭉 뻗고 닭장에 코를 갖다 대며 반갑다는 투로 작은 소리를 냈다. 그 소리에 암탉 한 마리가 머리를 내밀더니 프리차드를 보고 놀라기는커녕 반갑게 다가갔다. 그 장면에서 나는 깜짝 놀랐다. 내가 미셸만큼 자연의 역사에 조예가 있지 않아서인지 몰라도 개들끼리 만나면 어떤 식으로 인사하는지는 알았지만 개가 이런 식으로 닭을 대하는 모습은 한 번도 본 적이 없었다. 그러니까 내가 한 번도 본 적 없는 일이 진짜 일어나고 있었다.

암탉은 믿기지 않을 만큼 반기는 태도를 취하며 자신이 애무에 무디지 않다는 것을 보여주고 싶은지 프리차드의 어루만짐에 기꺼이 응했다. 두 다리 사이로 알을 낳으려고 하면서—여기서 필요에 의해 이런 표현을 쓰게 됨에 양해를 구하는 바다—. 마치 님바산 두꺼비처럼 말이다. 프리차드가 암탉의 자연 출산을 돕는 동안 앙리 4세가 아프면 그 어머니 잔느 알브레가 노래를 불렀듯이 닭도 노래를 불렀다. 몇 초 지나자 알이 나왔다. 하지만 알이 다 나와 땅에 닿기도 전에 프리차드가 곧바로 삼켜버리는 통에 미셸과 나는 알을 볼 기회도 없었다. 그로써 해방된 암탉은 꼬리를 약간 흔들어 보이고 바닥을 기분 좋게 긁은 뒤 그 자리를 다른 암탉에게 넘겼다. 다음 암탉도 머뭇거리지 않고 프리차드에게 다가갔다.

그렇게 프리차드는 따끈따끈한 달걀을 네 개나 삼켰다. 로마 신화에서 자신과 레아의 사이에서 태어난 자식들을 사투르누스가 잡아먹은 것처럼. 하긴 프리차드는 사투르누스에 비하면 윤리적으로는 나은 편이었다. 그래도 자신의 후손이 아닌 다른 종족의 후손을 먹어치우니 말이다. 이런 점에서는 거의 인간과 비슷한 수준이라고 하겠다. 미셸이 말했다.

"이제 어르신이 프리차드의 목소리가 맑다고 놀라는 일은 없을 겁니다. 어르신이 아시다시피 가수는 목소리를 유지하려고 매일 아침 신선한 달걀을 두 개씩 먹지 않습니까요?"

"미셸, 그런데 내가 여전히 모르겠는 것은 저러고 나서 프리차드가 어떻게 저기를 나오냐는 걸세."

"아이고, 죄책감이라도 느낄 줄 아십니까? 두고 보십시오."

"그래도……."

"보세요, 보세요, 저놈이 어떻게 하는지."

아침 수확이 끝난 데다 집 쪽에서 기척 소리가 들려오자 프리차드는 뒷다리로 버틴 채 앞다리 하나로 고리를 올려 칸막이 문을 열고는 밖으로 나왔다. 그걸 보며 미셸이 말했다.

"행여 누가 닭장 문이 왜 열려 있냐고 프리차드에게 묻기라도 하면 어제저녁 피에르가 문 잠그는 것을 깜빡했다고 대답할지도 모릅니다요."

"그 정도로 프리차드가 뻔뻔스럽다고 생각하오, 미셸?"

"당장 오늘이나 내일은 아니겠지요. 아직 다 성장한 건 아니니까요. 개는 네 살까지 성장하거든요. 나중에 프리차드가 아니라 '사기꾼 라스네르'라고 불리게 되더라도 놀라지 마십시오!"

프리차드의 불행

사냥하러 가면서 이 이야기를 집주인인 샤르피용이 듣고는 프리차드에게 친근감 이상의 경의를 표했지만, 사냥에서 돌아오면 프리차드를 마구간에다 단단히 묶어놓고 문을 꽉꽉 잠구기로 했다. 우리의 계획을 전혀 눈치채지 못한 프리차드는 꼬리를 흔들고 대로를 휘저으며 잽싸게 뛰어갔다. 우리는 사냥을 시작했다. 샤르피용이 한마디 했다.

"사냥꾼도 개도 포도밭으로 가선 안 되오. 게네 시장님과 부시장인 내가 모범을 보여야 하니. 프리차드를 잘 관찰하시게!"

"잘 알아들었네, 내가 살피겠네."

내가 대답하자 미셸이 가까이 와서 말했다.

"그러시다면 집에서 1킬로 정도밖에 안 되었으니 지금이라도 프리차드를 도로 집으로 데려가는 게 어떨는지요. 그렇지 않으면 포도밭에서 또 일을 저지를 게 틀림없습니다요."

"괜찮네, 미셸. 내가 방안을 하나 구상해놨다네."

미셸은 밀짚모자를 벗으며 말했다.

"어르신이 얼마나 강한지 제가 잘 알고 있습죠. 하지만 이런 일을 감당하실 만큼……"

"두고 보게나!"

"그러시다면 서두르십시오. 프리차드가 벌써 일을 저지르고 있습니다요."

프리차드는 벌써 포도밭으로 들어가서 날고 있는 자고새를 쫓고 있었다. 게네 시장의 목소리가 들렸다.

"개를 데리고 있으세요!"

"네, 시장님!"

나는 그렇게 대답하며 프리차드를 불렀다. 하지만 그런 짓을 하면 어떤 대가를 치러야 하는지 프리차드도 잘 알다 보니 들은 척 만 척했다.

"미셸, 가서 잡게나."

프리차드를 쫓아간 미셸이 10분쯤 뒤 프리차드를 잡아 왔다. 그러는 동안 나는 볼링공 아홉 개 중 한 개가 우뚝 솟은 것처럼 포도나무 버팀대 중 특별히 긴 것이 하나 있기에 뽑았다. 5피트 정도의 길이였다. 사람한테는 그리 크지 않았지만 버팀목치고는 아주 컸다. 나는 그 버팀목을 프리차드의 목에 장식처럼 매었다. 프리차드는 전혀 당황하는 기색도 없었다. 그걸 질질 끌고 포도밭에 들어갈 수 없음을 파악하고는 나무가 부딪히지 않도록 조금 비켜 가다가 곧장 아무것도 걸리적거릴 것이 없는 공터로 잽싸게 달려갔다. 그때부터 도처에서 고함 소리가 들려왔다.

"프리차드가 100보 앞에 있던 자고새 무리를 달아나게 했소이다!"

"맙소사, 개 좀 조심시키시게. 덕분에 토끼 한 마리 놓쳐버렸다네."

"자네 개에게 한 방 쏘면 좀 지나치려나? 도대체 이놈 때문에 사냥을 제대로 할 수가 있어야지, 원!"

그래서 내가 말했다.

"미셸, 프리차드를 잡게나."

"제가 뭐라고 했습니까요? 불행 중 다행히 집에서 그리 멀지 않으니 제가 집으로 끌고 가겠습니다."

"아니, 그러지 말게! 내게 다른 생각이 있다네."

"못 뛰어다니게라도 하시려고요?"

"포도밭에 못 들어가게 하는 방법도 착안해내지 않았나!"

"네, 그건 성공하긴 했지만 이건…… 들판을 뛰어다니는 말에게 족쇄 채우는 격이라……."

"서두르시오! 서둘러! 미셸, 프리차드를 잡으시게!"

"이것도 사냥하는 만큼 흥미롭네요."

미셸은 프리차드를 부르며 쫓아갔다.

"프리차드! 프리차드!"

조금 후 미셸이 프리차드의 버팀목을 잡아 데리고 오는 게 보였다. 프리차드는 자고새를 입에 물고 있었다.

"이 도둑놈이! 벌써 나쁜 짓을 시작했습니다요!"

"카바송 씨가 방금 사냥한 자고새인가. 저렇게 찾고 있으니."

"그렇습니다. 프리차드가 그걸 가지고 온 겁니다. 범죄 장면을 직접 보여드리려고 이렇게."

"일단 자고새를 자네의 가방에 넣어두고 나중에 놀라게 하도록 하세."

"그런데 말이지요, 오히려 제가 신경 쓰이는 것은 이놈이 어르신을 어떻게 생각하느냐입니다."

"아니, 미셸. 프리차드가 나에 대해 나쁜 견해를 갖고 있다고 보시오?"

"아! 좋지 않은 견해지요!"

"왜 그리 생각하시오?"

"이놈의 행동으로요."

"설명해보시게."

"다른 사람이 사냥한 걸 이렇게 물고 오는 일이 도둑질임을 이놈의 양심과 영혼이 모르리라고 생각하십니까?"

"음, 영리하니 그런 생각을 할 수도 있겠지."

"자신이 도둑이라는 사실을 알면 다른 말로 자신의 주인인 어르신은 방조자인데, 법률 조항에 따르면 도둑 방조자는 도둑과 동일한 형으로 처한다고 되어 있지요."

"오, 미셸. 너무 끔찍한 쪽으로 몰고 가는구려. 프리차드가 달리지 못하도록 우리가 치료하면 자연히 도둑질도 치료가 되지 않겠소."

"절대로, 절대로 이놈의 악을 고치지 못하실 겁니다."

"그렇다면 미셸, 죽여버리기라도 하자는 말이오?"

"그런 말은 안 했습니다. 사실 저도 이놈이 밉지 않습니다요. 특별히 끔찍한 동물을 다루는 이지도르 죠프루아 씨한테 특수 처방이라도 부탁해야 할 것입니다."

"자, 미셸, 여기 하나 있소."

나는 프리차드의 앞쪽 오른발을 개목걸이로 묶은 뒤 목 쪽으로 잡아당겼다. 뒤쪽 왼발이 잘린 상태라 그렇게 함으로써 결국 앞쪽 왼발과 뒤쪽 오른발로만 버텨야 했다. 미셸이 말했다.

"그렇네요. 이제 다시 뛰기라도 하면 몸이 죽어나는 거네요."

"미셸, 이제 버팀목을 놓게나."

미셸이 프리차드를 놓자 프리차드는 균형을 잡아보려다가 놀랐다. 좀 절뚝거리다가 서서히 균형을 찾더니 마치 네 발로 뛰듯 재빨리 달려갔다.

"어르신, 보셨지요."

"그 몹쓸 버팀목이 오히려 저울 역할을 하는 게로군."

나는 좀 실망한 어조로 대답했다. 그러자 미셸이 말했다.

"저놈으로 떼돈을 벌 수도 있겠습니다요. 서커스에서 두 발로 줄을 타게 해서 장터마다 데리고 다니면서요."

"미셸, 그렇게 장담하면 잔디밭에다 줄이라도 달아서 체조선수로 길러보시게. 내가 잘 아는 사키 씨의 학교에 프리차드를 받아달라고 부탁하면 거절하지는 않을 걸세."

"참, 농담도…… 어? 들리십니까요?"

프리차드 때문에 생겨난 소리 중 제일 끔찍한 소리였다. 그 소리에 이어 총소리 한 방이 들렸고 연이어 비명이 들렸다. 미셸이 말했다.

"프리차드 소리입니다요. 설치더니 고소합니다요."

몇 초 후 토끼 한 마리를 입에 물고 프리차드가 나타났다.

"미셸, 프리차드 소리라고 하지 않았소?"

"네, 분명히 프리차드의 비명이었습니다."

"입에 토끼를 물고 어떻게 소리를?"

그러자 미셸이 귀 쪽을 긁적거렸다.

"분명히 저놈의 소리였는데. 보세요. 저렇게 끙끙대며 토끼를 물고 오지 않습니까요!"

"가서 보세!"

미셸이 뛰어가며 말했다.

"아! 어르신. 제가 틀리지 않았습니다요. 토끼를 잡은 사람이 프리차드에게 총을 쏘았나 봅니다! 뒤쪽에 피가 흐릅니다요!"

"안 됐지만 이제 날뛰는 건 고치겠구먼. 그런데 입에 토끼를 물고 어떻게 소리를 질렀는지 정말 궁금하구먼."

"샤르피용 씨한테 물어봐야겠지요. 저기 오시잖습니까. 토끼 뒤를 쫓으면서."

샤르피용이 멀리서 뛰어오며 내 쪽을 향해 큰 소리로 말했다.

"내가 방금 프리차드 놈 엉덩이를 따끔하게 혼냈소이다."

"잘했소!"

"그놈이 글쎄 내 토끼를 물어갔지 뭡니까!"

그러자 미셸이 말했다.

"보십시오. 도대체가 고칠 방법이 없습니다요. 깡패 두목 카르투시보다 더 합니다요."

"그런데 토끼를 낚아채 입에 물고 어떻게 소리를 지를 수 있었을까나?"

"토끼를 잠시 바닥에 놓고 소리를 지르더니 다시 물고 갔소!"

"교활한 놈!"

미셸이 응수했다. 프리차드는 토끼를 물고 나에게 오다가 바로 앞에서 그만 쓰러지고 말았다.

"이크, 내가 좀 심하게 총을 쏜 건가? 한 100보 정도에서 쏘았는데."

사르피용은 이제 자신의 토끼 걱정은 접어둔 채 프리차드 뒤에 서서 자신의 행동 때문에 생긴 그 사태를 이해해보려고 애썼다. 사태는 좀 심각했다. 프리차드는 몸통 뒤편에 대여섯 조각의 수은이 박혀 있었다.

"아, 불쌍한 것. 그럴 생각은 아니었는데, 모든 토끼를 낚아챈다 해도 저렇게까지는……."

미셸이 말했다.

"아벨라르[Abeilard 1079~1142 중세 철학자로 금단의 사랑으로 복수를 당했다]는 이보다 더 심한 일을 당했지만 죽지 않았습니다요."

생제르맹의 수의사한테 치료 받은 프리차드는 3주 후 완전히 회복해 꼬리를 공중에 날리며 몽테크리스토성으로 돌아왔다.

"저놈 좀 보시게, 미셸."

"그러게요, 어르신. 호주머니에 밤 세 개 가진 개한테 네 개 가지고 있다고 뻔뻔하게 우겨서 설득시킬 놈입니다요, 저놈이."

나는 샤르피용을 안심시키려고 프리차드의 회복 소식을 서둘러 전했다.

국회 사태

프리차드에게 이런 끔찍한 일들이 일어나는 동안 국회에서도 천둥이 치고 있었다.

누구 때문에요?

바로 나 때문에. 나라를 대표하는 기관이 나를 공격하려고 만들어진 것은 아닐 텐데, 황송하게도 내게 관심을 두었다.

무슨 일로다가요?

정부가 1만 프랑, 내가 4만 프랑의 자금을 대고 떠났던 그 유명한 스페인과 아프리카 여행 일로 말이다. 국가 임무 수행은 매일 있고 기차까지 대절하는 여행도 하루가 멀다 하고 이루어진다. 그런 행차를 무명의 인물이 하면 이야깃거리가 안 되지만, 그게 나라면 이야기가 달라진다. 국회의원들이 우리 소설가에게 화가 난 게 바로 그 시절이었다. 나름 그럴만한 이유가 있었음을 여러분은 곧 알게 된다.

당시 으젠느 쉬가 『파리의 비밀』을, 술리에가 『악마의 회고록』을, 발자크가 『사촌 퐁스』를, 내가 『몽테크리스토 백작』을 신문에 연재하며 파리의 어르신들에게 무관심했다. 국회 사안에 거의 관심도 두지 않은 채 연재소설에만 열중하다 보니 의원들은 연재소설 작가들한테 심술이 잔뜩 나서 사회질서를 외치는 대신 연재소설의 비도덕성을 크게 외쳤다. 여하튼 그들이 얼마나 크게 떠든지는 하늘이 안다!

의원들에 따르면 비도덕성은 하도 대단해서 연재소설 작가들한테 세금을 매겨야 한다고 했다. 그 얼마 전에 개들을 대상으로 운운하다가 취소된 세금처럼 말이다. 개 세금 철회는 당시 나한테는 아주 반가운 소식이었다. 왜냐하면 내가 쓰던 연재소설은 하루에 서너 편이었건만, 개만 따져도 프리차드의 자유 기질 덕에 저녁 식사에 열서너 마리가 모였으니까. 게다가 연재소설은 일단 원고에 인지를 붙이면 그걸로 끝이었다. 인지가 소설의 도덕성을 보장하는 셈이라고나 할까.

의원들이 난리 치는 상황 속에서 연재소설은 이런저런 소리를 들으면서도 계속됐다. 사실 연재소설은 신문 판매 수익을 200, 300프랑 더 벌어들였다. 다시 말해 연재소설 수입은 저자보다는 정부에게 두 배 더 이익을 안겨주었고, 정부는 이 수입을 오히려 당연하게 여겼다. 독자나 신문사도 연재소설이 없으면 안 되었다. 어떤 신문은 연재소설 덕분에 신문이 팔리기도 했으니까. 그렇다 보니 신문들은 국회의원들보다 더 난리를 피웠다. 이런 이유로 나는 희극이든 비극이든 연재를 하면 극적으로 표현해 더 '고달팠다'. 원고를 어느 신문에는 주고 어느 신문에는 안 주고의 문제 때문에.

신문 「르시에클」에는 꾸준히 연재했다. 『마차 여행Le Corricolo』, 『아르망탈의 기사Le Chevalier D'Harmental』, 『삼총사 20년 후Vingt ans après』, 『브라즐론 자작Le vicomte de bragelonne』. 「르시에클」에서는 방금 언급한 책을 출간해 연재소설 세금에 적지 않은 기여를 했다. 게다가 2, 3년간 내 글을 연재하던 「르시에클」은 작품을 보관했다가 작은 책자로 출간할 수 있었다. 그 덕에 나도 『브라즐론 자작』으로 나름대로 보상받았다.

「르시에클」의 편집장이 나와 친분이 있는 신문 「스크리브」와 백지 서약을 하기도 했다. 이제 나와는 별 볼 일 없으리라 생각하고 다른 데로 넘긴 셈이었다. 나는 내 연재물에 대한 보상으로 「스크리브」에게 5년간 저작권 소유와 책 한 권에 5만 프랑을 요구했다. 하지만 그쪽은 너무 과하다고 판단했는지 7천 프랑을 불렀다. 좀 심한 태도였다. 그건 황금 필자를 거의 공짜로 달라는 거나 마찬가지였으니. 바로 이 황금 펜과 황금 잉크로 『피킬로 아이아가Piquillo Alliaga』가 나왔다.

나는 「라프레스」 신문에 『마고 왕비』를, 「르꽁스티뛰시오넬」 신문에 『몽소로 부인La Dame de Monsoreau』을, 「데모크라시 파시피크」 신문에 『빨간 집의 기사』를 연재하며 위안했다. 『빨간 집의 기사』는 공화제 성향 신문에 연재했는데 당시 공화국에 아주

기여했을 터. 그러다가는 계속 지지해야 할지도 모른다면서 순수예술 주창자들이 나를 말리기도 했다. 이게 당시 상황이었다.

앞의 이야기, 그러니까 의원들의 분노로 되돌아가자. 그 분노는 어느 날 아침에 폭발했다. 번개가 피뢰침에 맞거나 거대한 나무에 떨어지지 않고 한낱 나약한 화초일 뿐인 나한테 떨어졌다. 어느 화창한 날, 살방디 씨를 긁어대기 시작했다. 내 경비 4만 프랑에 정부 경비 1만 프랑을 보태준 인물 말이다. 게다가 문인을 편애한 왕이 나를 위해 1만2천 프랑어치 석탄을 태웠다고도 비난했다. 가여운 루이 필리프 왕은 부당한 문제로 자주 추궁을 들었지만 이 정도로까지 부당한 추궁은 없었다. 이것이 다가 아니다.

절대 웃지 않는 아주 신중한 의원 한 명이 군주 그늘 아래 문인을 보호한 탓에 프랑스의 질이 떨어졌다고 주장했다. 다른 의원 두 명이 뒤를 이어 반주를 맞추었다. 그러자 우리 소설가 반대 측 모든 이가 박수갈채를 보냈다. 그 세 의원은 바로 그날 저녁에 편지 한 통씩을 받는다. A 의원은 내가 보낸, B 의원은 마케가 보낸, C 의원은 데바롤이 보낸 편지를. 우리는 우체국과 손을 잡고 있지 않은 관계로 편지가 수신자에게 제대로 도달하도록 친구들에게 직접 배달을 시켰다. 그들의 이름은 술리에와 데퐁텐. 내가 데퐁텐을 선택한 이유는 그가 마를리에 사는 내 이웃이면서 부르봉 의회 A 의원의 이웃이기도 해서다. 이렇게 해야 A 의원이 내 편지를 제대로 받으리라고 확신했다. 편지 내용은 정곡을 찌르도록 간단하게 썼다.

무슈

유명세에는 특권이 주어지고, 공권은 그 나름의 권한이 있습니다. 하지만 모든 특권과 권한에도 한계가 있습니다. 제가 보기에 저와 관련해서 한계를 넘고 계십니다. 부디 수정해주시기를 바라 마지않습니다.

알렉스 뒤마

만일 내용에 조금이라도 틀린 부분이 있다면 A 의원은 여전히 생존해 있으니 수정해줄 거라 믿는다. 다른 편지 두 통도 비슷한 문체로 쓰였다. 절제되고 분명한 투로. 그런데 세 통의 편지에 대한 답장은 더욱 절제된 필체였다.

"공권의 불침해권을 건드리지 마시오!"

우리는 할 말을 잃었다. 우리 세 명은 저마다 언론에 친구 열 명 정도는 있었다. 벌에게 쏘이듯 따끔한 맛을 보여줄 펜들로 무장되어 있었다. 하지만 그들 중 아무도 손가락 하나 꿈쩍하지 않았다. 다행히 내게는 여성 친구가 있었다. 친애하는 독자 여러분, 언젠가 여러분이 집안일 외 다른 일로 글을 쓰려고 펜을 들면 남성 친구 말고 부디 여성 친구를 가지기를.

내 여성 친구의 이름은 마담 델핀 드 지라르당[Delphine de Girardin 1804~1855 에밀 드 지라르당의 아내로 작가이자 기자]. 여러분이 벌써 잊었는지 모르겠는데 이 고귀한 존재는 얼마 전 무덤으로 떠났다. 아! 정신과 힘을 동시에 지닌 사람. 우아한 정신력과 은혜의 3옥타브를 넘나들면서 힘차기까지 한 그분을 여러분도 기억하리라. 어느 남자도 감히 하지 않은, 아니 하려고 하지 않은 일을 여자인 그분이 용감하게도 나섰다.

국회에서 의원들이 나를 거론할 때—따지고 보면 내가 그 주제의 주인공이고, 아니 적어도 내가 당사자인데도— 단 한 번도 이름으로 부르지 않았다. 그렇다고 내가 신중히 고심해 세 의원을 부르던 A, B, C 의원 하는 식도 아니었다. 그냥 짧게 '무슈'라고 불렀다. 때에 따라 '바로 그 무슈'라거나 '이 무슈'라는 식으로 약간 톤을 바꾸기도 했다. 공권의 불침해권이 공표된 후라 그들이 내키는 대로 불러도 나는 어쩔 수 없는 상황이었다.

마담 델핀 드 지라르당은 그 세 명의 의원 가운데 제일의 의원 목덜미를 분홍색 손톱이 빛나는 하얀 손으로 잡고 흔들었다. 그렇다! 문자 그대로 흔들었다. 어떻게 흔들었는지 여기서 여러분에게 보여주는 것도 나쁘지 않을 것 같다. 자, 보시라! 여자분이 쓴 산문을! 마담 델핀 드 지라르당과 마담 조르주 상드 [George Sand 1804~1876 프랑스 작가이자 기자로 여성의 권리를 표창하는 데 앞장섰다]가 우리에게 이런 식의 기적을 보여준 분들이다.

어쨌든 공정한 우리는 뒤마 씨가 저지른 실수에는 나름의 적절한 사유가 있음을 압니다. 뒤마 씨에게는 상상의 열정이 있고, 그의 펫

속에 흐르는 아프리카의 열기도 있습니다. 게다가 다른 사람은 가질 수 없는 변명거리도 있으며, 현기증 나는 영광도 있습니다.

우리는 점잖으신 분들이 갑자기 재난에 처하여 어쩔 줄 몰라 하는 사이, 누군가 다가와 발치에 3프랑을 던져주기라도 하면 어떻게 표정을 관리할지 한번 보고 싶습니다. 얼마나 자존심 상해하시겠습니까! 정말 기가 차다는 표정을 지으실 테지요! 어떤 광기를 보이실지도! 그러니 정신의 혼돈과 관련해 여러분이 알지 못하는 또한 이해할 수 없는 자존심의 향방에 대해 함부로 말하지 말고 보다 신중해지시기 바랍니다.

우리가 뒤마 씨의 실수에 대해 연유를 찾을 수 있는 반면 국회에 계신 의원님들, C 의원의 뒤마 씨를 향한 공격에 대해서는 그럴싸한 사유를 찾을 수가 없습니다. 사실상 상상력의 열정도 아프리카 피의 열기도 영광의 현기증도 없이, 그냥 좋은 집안에서 태어나시고 잘 자라시고 파리에서도 가장 잘나가는 집단에 속하시는 한 남자가 그냥 자신이 편할 대로 취한 이 야릇한 망각을 어찌 우리가 감히 설명해낼 수 있겠습니까?

"연재소설을 쓰는 자!"

어떤 천박한 자가 이런 식으로 말합니다. 뭐, 그럴 수도 있습니다. 그 천박한 자에 따르면 글을 많이 쓰는 사람은 글을 잘 못 쓰는 사람이라니까요. 모든 것이 어렵게 여겨지는 그 사람에게 뭔가 쉽게 이루어지는 것은 그야말로 끔찍한 일일 테니까요. 게다가 그렇게나 많은 책이 그에게는 별로 가치도 없어 보이겠지요. 뒤마 씨는 끊임없이 출간할 시간이 있지만, 그는 뒤마 씨의 새 소설들을 읽을 시간이 없으니 언젠가 몇 권 읽은 것이 뒤마 씨의 그나마 나은 책들이라고 여기며 나머지는 그냥 형편없다고 치부해버립니다.

이와 관련 하찮은 상상력에 의한 굉장한 잉태라고 그는 설명하고 있습니다. 이런 천박한 사람은 뛰어난 사람의 놀라운 역량을 이해하지 못합니다. 그렇습니다. 간단하고도 당연하지 않습니까! 만일 아직은 나름 생생한 의지를 가진 젊은 국회의원 한 명이 별다른 생각 없이 이런 자가 속한 당으로 입당한다고 해봅시다.

이 젊은 의원은 유럽의 인사이자 누구도 부인할 수 없는 실력을 갖춘 뒤마 씨의 가치를 염두에 두지 않고 그의 문학적 자질을 탐구해보려고 하지 않은 채 그냥 쓸데없이 뒤마 씨를 공격하는 작업에 남들처럼 가담하게 됩니다. 여기서 아이러니한 것은 우리를 깜짝 놀라게 만드는 그의 부주의입니다. 그 정도가 지나쳐서 놀랐다는 말보다 차라리 감동할 지경이라고 해야 할 것 같습니다.

뭐든 쉽게 이룰 수 있는 재능이 언제부터 죄가 되어버렸습니까? 그런 재능이 무엇도 해치지 않고 작품의 완성도에만 기여하는데도요? 이집트의 비옥함을 탓하는 농사꾼을 본 적 있습니까? 도대체 누가 자신의 농사 수확이 좀 이르다고 불평을 합니까? 그래서 그렇게 뿌리고 가꾸고 기르고 익힌 것들을 수확이 이르다고 포기합니까? 특별히 기름진 땅이 있듯 특별한 자질이 있을 뿐인데, 그것이 부당하게 느껴진다고 죄로 취급되어야 하는 것입니까?

오히려 잘못은 그런 자질을 가졌기 때문이 아니라 그걸 남용하는 것이겠지요. 진지한 예술가들의 연구에 따르면 뒤마 씨의 이렇듯 뛰어난 생물학적인 성향과 용이성이 설명될 수 없는 신비만은 아니라고 합니다.

뒤마 씨의 민첩함은 철도 증기기관차의 민첩함을 닮았습니다. 이 둘은 동일한 원리를 가지고 있습니다. 원인도 동일합니다. 엄청난 어려움을 극복하고 나서야 얻을 수 있는 극도의 수월함이지요. 여러분은 600리 거리를 3시간 만에 여행하고 나서 아무렇지 않다고 여기실 겁니다. 지연되지 않았다면서 미소까지 지을 테지요. 하지만 이런 빠른 속도로 수월한 여행이 어떻게 이루어졌는지 생각해보십시오. 그러기까지 수천 명의 인명을 동원하여 길을 파헤치고 편편하게 닦기를 반복하는 수년간 공사와 엄청난 물자가 들었던 것입니다.

뭔가를 쳐다볼 시간이 없다 보니 늘 그냥 그런 길이라며 빨리 지나가기만 하시겠지요. 하지만 그렇게 빨리 지나갈 수 있기까지 수많은 사람이 이렇게도 해보고 저렇게도 해보면서 시행착오를 겪고 관리하고 지키고 힘과 자원과 노력을 끊임없이 반복했던 것입니다! 순탄한 도로가 되어 여러분이 아무런 염려나 고통 없이 지나가도록 말입니다!

알렉상드르 뒤마 씨의 재능도 마찬가지입니다. 그가 쓴 책 하나하나는 엄청난 연구와 끊임없는 탐구, 보편적이고도 학구적인 연구의 결과입니다.

20여 년 전에 뒤마 씨에게는 이런 재능이 없었습니다. 그도 지금 아는 것을 그때는 몰랐습니다. 하지만 그 세월 동안 모두 익혔습니다.

그리고 하나도 잊어버리지 않았습니다. 그의 기억력은 놀랍고 그의 눈길은 예리해서 직감, 경험, 추억으로 감지하고 한번 바라보기만 해도 금방 비교할 수 있습니다. 읽은 모든 것을 기억하고 그의 눈길이 닿은 모든 이미지를 두 눈에 담습니다. 역사의 가장 심각한 것부터 가장 오래된 사소한 것까지 그는 기억합니다. 모든 풍습, 모든 나라의 풍습을 친근하게 이야기하며 역사 이래 만들어진 모든 종류의 무기, 복장, 가구를 알고 있습니다. 또 고대 스파르타에서 먹던 멀건 수프에서부터 최근 종교 단식을 위해 개발된 음식까지 모든 음식을 알고 있습니다. 사냥으로 말하면 사냥 사전에 나오는 모든 단어를 사냥 전문가보다 더 잘 알고 있어서 그리지에와 겨루어도 지지 않을 것입니다. 행여 마차 사고라도 나면 어떤 정비사 못지않게 그와 관련한 전문적인 용어를 다 알려줄 것입니다.

다른 저자들은 집필할 때 정보를 찾기 위해서나 의아하거나 기억나지 않거나 해서 잠시 멈춥니다. 하지만 그는 아닙니다. 더욱이 극작하던 습성이 그에게 그런 유연성을 더해주었습니다. 행정관이 서류 한 장 작성하는 것보다 더 빨리 장면을 연출해냅니다.

이렇듯 활기차고 밝고 끊이지 않는 상상력에 동참해보십시오. 그러면 여러분도 이해가 될 것입니다. 이런 식의 원천을 가지면 인간이 어떤 식으로 수월함을 발휘할 수 있는지, 그것도 자신이 만들어내는 작품의 질을 전혀 망가뜨리지 않고 계속 유지하면서 말입니다.

그런데 그런 분을 단순히 무슈라고 하셨습니까? 단순한 무슈란 그냥 모르는 사람을 일컫습니다. 좋은 책 한 권 쓴 적이 없고 고귀한 행동이나 대단한 연설 한 번 한 적이 없는 사람 말입니다. 프랑스에서도 모르는 그래서 유럽에서는 한 번도 이름조차 들어본 적이 없는 그런 사람 말입니다. 물론 뒤마 씨가 C 의원만큼 고귀하지 않을지도 모르겠습니다. 하지만 C 의원은 뒤마 씨에 비하면 훨씬 더 '무슈'입니다!

친애하는 독자 여러분, 이미 말했듯 문학계에서는 남성 친구보다 여성 친구가 훨씬 낫답니다!

2월혁명이 인간과 동물에게 미친 영향

나의 아프리카 여행과 관련해 시끄러웠던 정치적 행태가 일어나는 동안 우리의 동물들에게는 어떤 일이 일어났는지 보기로 하자. 하늘이 도와서 동물들은 의회 같은 것은 전혀 신경도 안 썼다. 천진난만한 짐승들!

다행히 의회 쪽에서도 우리 짐승들은 전혀 안중에 없었다. 외람되게 내게 관심을 두고 나서 내 짐승들에게까지 관심을 보였으면 어쩔 뻔했는가. 사라진 정부나 몰락한 사람에 대해 이러쿵저러쿵하는 것을 하늘이 너그러이 봐주시기를. 무슨 얘기냐 하면, 세 개의 톱니바퀴가 서로를 물어야 움직여지는 기계처럼 돌아가던 몰레, 귀조, 티에[루이 필리프 1세 밑에서 정부를 다스린 인물들] 사이의 일은 특이하니 잠시 언급해야겠다. 셰익스피어의 작품에서 웨일스의 왕자가 술 취한 팔스타프의 호주머니에서 발견한 술집 영수증을 기억할지 모르겠다.

오리 — 3실링

거위 — 2실링

햄 — 1실링

맥주 — 6실링

빵 — 1페니

18년 동안 헌정의 양상이 완전히 이런 식이었다.

몰레 사건 — 6년형

귀조 사건 — 6년형

티에 사건 — 5년 9개월 3주형

그 외 프랑스 사건들 — 8일형

그래서 프랑스는 자신이 감당했던 2월혁명 3일간을 감쪽같이 없애야만 했다. 내가 7월혁명에 대해 이야기했듯 언젠가 2월혁명에 대해서도 이야기할 기회가 있을 텐데, 7월혁명만큼 역동적으로 참여하지는 않아서 오히려 더 상세하게 관찰할 수 있었다. 하지만 당분간은 순수한 인물에 머물기로 하자. 남의 왕관을 뺏거나 장관을 탓하지도 않는 인물. 바로 프리차드 이야기.

이제 다리 세 개만 남아서 반쯤 거세당한 것이나 마찬가지였던 프리차드는 2월혁명에서 눈을 하나 잃어버렸다. 혁명과는 아무런 연관도 없을뿐더러 라마르틴의 책 두 권에서나 타셔로의 잡지 『레트로스펙티브』에서도 안 다룬 프리차드가 어쩌다가 2월혁명 때 눈을 잃게 되었을까? 카퓌신 대로에서? 투르낭 다리 공격 때? 둘 다 아니다. 프리차드가 왜 눈을 잃었느냐 하면, 내가 호기심으로 파리에 무슨 일이 일어나는지 보러 간 사이 미셸이 생제르맹에 무슨 일이 일어나는지 보러 가면서 깜빡 잊고 프리차드에게 평상시 식사인 밀가루 음식과 뼈를 주지 않아서였다. 그러던 차 프로메테우스의 독수리와 그리 다를 게 없는 독수리에게 먹이를 나눠 먹자고 달려들었고 마음도 간도 융통성 면에서도 그런 농담을 받아들이지 못하는 독수리가 프리차드의 눈을 쪼아버렸다.

사냥 농담을 해대는 철학적인 관점이 아니라면 그런 상태의 개를 계속 두기는 어려웠다. "여러분의 늙은 말이나 별로 쓸모없는 노예는 팔아버려라. 그렇지 않으면 둘 다 잃게 될 것이다"라는 마르쿠스 카토의 의견을 나는 존중하지만 솔직히 말해 약간 가소롭게 여긴다. 내가 프리차드를 팔려고 해도 산다고 나설 사람이 없을 테고, 그냥 준다고 해도 달라는 사람이 없을 테니. 그러다 보니 이 오래된 하인, 그것도 그동안 몹시 나쁜 하인이던 그가 이제 내 서비스도 할 수 없는 처지가 되었지만 그냥 친구로 집에 두는 도리밖에 없었다.

어떤 사람은 이렇게 말할지도 모른다. 강에 가서 개의 목 주위에 돌을 묶어 물속에 던지면 된다고. 마르쿠스 카토는 그렇게 했으려나. 하지만 나는 고대 로마의 늙은이가 아닌 것을 어쩌겠는가. 플루타르코스가 카토를 묘사했듯, 나를 묘사한다면 나는 구멍 뚫린 바구니였다고 좀 현대식으로 표현할지도 모른다. 게다가 바구니에 구멍을 내는 이가 항상 나는 아니었다는 것을 부가설명하지 않은 채로.

그러면 여러분은 프리차드를 다른 개로 바꾸면 되지 않느냐고 할지도 모르겠다. 그러니까 산길을 내려가서 펙 다리를 건너 베지네 숲에 있는 바트랑 집에 가서 영국 포인터 대신 멋진 브라크 한 마리와 말이다. 사냥꾼이 대개 그러하듯이. 거기에 대해 대답하겠다. 난 모든 것에 대답하니까. 나는 프리차드를 물속에 익사시켜 없애야 할 만큼 가난하지도 그렇다고 다른 개를 다시 살 만큼 부유하지도 않았다.

「르페르뒤센」, 「라기요틴」, 「빨간 공화국」이라는 이름의 신문들이 시끄러워지면서 역사성 문학도 더할 나위 없이 바닥을 치고 말았다. 그래서 나는 문학 대신 「르무아」라는 신문을 창간했고 「라리베르테」라는 다른 신문과도 협조했다. 이런 작업은 하루에 31프랑을 내게 안겨주었다. 역사 극장이 여전히 남아 있는 탓에 그 유지비만으로 몇백 프랑이 들었다. 거기다 두 개의 신문을 다루면서 바르베스, 블랑키, 르드뤼롤랭에 대항해 전쟁을 펼친 만큼 언젠가는 그들의 추앙자들에게 맞아 죽을 수도 있는 행운 아닌 행운까지 안고 생활했다.

이런 사정이다 보니 우리 집에도 혁신이 필요했다. 말 세 마리와 마차 두 대를 원가의 1/4 값으로 팔았다. 원숭이 세 마리는 파리식물원에 기증했다. 그로써 나는 집을 잃었지만 원숭이들은 궁전을 얻었다. 혁명 이후 원숭이가 왕자처럼 살게 되었는가 하면 왕자가 원숭이처럼 살게 되었다. 혹여 그 왕자가 유럽을 공포에 빠트리기라도 했다면 동물원의 사자처럼 살게 되는 영광을 가지게 되었다.

자, 그러니 독자 여러분! 이제 내 원숭이 세 마리, 최후의 레마누아의 분노에, 포티쉬의 우울에, 데가르상 아가씨의 응석에 마지막 인사를 해야 될 때가 되었다. 이제 내게는 그들이 따면서 놀 탄산수가 없다. 이 격동의 시기에 다른 사람들은 잃기보다는 많이 얻어서 문자 그대로 격동의 물을 마시지만, 나는 그냥 맹물이나 마시면서 만족해야 한다.

한편 이전에 저지른 일 때문에 그동안 정치범처럼 대하던 고양이 미주프는 자유를 얻었다. 그리고 디오게노스—미셸이 독수리에게 붙여준 이름이라는 것을 기억할 것이다—는 나의 식도락의 짝이고 이웃이자 친구, 혁신자, 게다가 베어네이즈 소스 얹은 갈비의 발명가인 콜리네의 레스토랑 앙리 IV 파비용으로 갔다. 그의 식당에 가서 샴페인으로 절인 갈비를 한번 먹어보시라. 입이 쩍 벌어지리라. 가게를 들어가면서 나오면서 디오게노스를 볼 수 있다. 이제 통에서 벗어나 막대기 위에 자리한 디오게노스는 거기서라면 굶어 죽지 않을 것이다. 그뿐인가. 콜리네 말에 의하면 건강해지고 아름다워져서 매년 알도 하나씩 낳는다는데, 나하고 있을 때는 전혀 일어나지 않은 일이다.

그해는 사냥을 포기할 수밖에 없었다. 집, 토지, 마차, 말의 가격은 형편없었건만 무기 소지권은 여전히 그대로라 25프랑이나 했다. 1848년의 무기가 내게 남아 있다고 해도…… 여하튼 내게 남은 건 6프랑뿐, 사람들과 남은 짐승들이 살기에도 충분하지 않았다. 이제 프리차드도 생제르맹과 마를리를 잇는 길을 왔다 갔다 하며 다른 개들을 저녁 식사에 초대하는 행복을 멈추어야 했다. 굳이 다른 조치가 필요 없던 것이 프리차드의 방문객이 시꺼멓고 멀건 수프를 한번 먹어보더니 다음에는 다시 오지 않았다.

최대의 비극, 최고의 친구

그해 나는 욘 지역으로 떠났다가 훌륭한 사냥 동반자 두 명, 게네와 샤르피용을 알게 되었다. 그리고 그해는 사냥할 엄두도 못 낸다고 말했지만, 그 반대로 그야말로 엄청난 사냥을 하게 되었다. 바로 투표 사냥이다. 정확히 어디에선지 모르겠으나 이미 언급한 바 있다. 프랑스에 존재하는 나보다 더 똑똑한 900명의 사람을 만나고는 빈손으로 되돌아왔다.

친애하는 여성 독자분들, 사냥하러 갔다가 빈손으로 돌아오는 것이 무슨 의미인지 동료들에게 물어보시길. 나는 국회의원 후보로 나서면서 조국을 위해 희생하려고 했다. 의원으로 내가 받는 돈은 하루에 25프랑이지만, 기자로는 31프랑을 받으니까. 그 희생을 위한 상황은 1년간 계속되었다. 프랑스 상황 말고 내가 처한 상황 말이다. 그해는 내가 태어나서 열다섯 번째 생겨난 정부를 지켜본 해이기도 했다.

1849년 8월 25일께 내 앞에 300프랑이 굴러떨어졌다. 어려운 상황에 처해 있던 때인 만큼 굉장한 사건이었다. 빌린 것도 훔친 것도 아님을 우선 밝혀둔다. 사실은 내가 '에르만 백작'을 극화한 덕이다. 세상에 내놓는 나의 작품에 대해 믿기지 않는 수많은 이야기가 그럴싸하게 생겨나곤 하는데, 이 작품의 탄생과 관련해 잠깐 이야기하는 것도 나쁘지 않을 것 같다.

어느 날, 르페브르라는 이름의 작가 한 명이 '늙은 청춘'이라는 제목의 희극 한 편을 들고 나를 찾아왔다. 내가 굳이 하지 말라는데도 그는 작품을 내게 읽으면서 자신과 함께 공동작업을 하자고 간청했다. 평소에 합작을 끔찍하게 여기던 나는 성격상 쉽게 받긴 해도 일단 받아놓으면 그냥 미루어두곤 했다. 그런데 이번에는 한번 버텨보았다. 5막으로 이루어진 거창한 극에 대한 영감이 잠시 스쳤지만 르페브르가 방금 내게 읽은 3막의 작품하고는 아무런 연관이 없었다. 그래서 그의 제안에 이렇게 대답했다.

"댁의 작품을 공동작업하지 않으려오. 일단 극장에서 받아준다고 했다니 상연부터 해보시오. 그래서 벌어들일 수 있는 만큼 수확을 거두시오. 그러다 극장에서 그만하자고 하면 그때 내가 그 작품을 1천 프랑으로 사드리겠소이다."

르페브르는 사경길에 오른 자신의 작품을 되살리기보다는 더 많은 돈을 벌 수 있다는 가능성을 듣고는 내 제안을 이해하지 못하겠다며 되물었다. 그래서 나는 다시 대답했고, 그는 이해했고, 그 제안을 받아들였다. 그리고 6개월 후에 작품이 상연되었다. 반응은 냉랭해서 작품은 죽어버렸다. 작품의 시체를 들고 저자는 내게로 다시 찾아왔다. 작품이 인쇄도 되지 않은 상태였다. 평소처럼 나는 그 주제에 대해 구미가 당길 때까지 그냥 내버려두었다. 그리고 어느 날 아침, 내 머릿속에 에르만 백작이 떠올랐고 8일 후 완성되었다. 그리고 한 달 후에는 역사극장 무대에 올렸다. 페르송 부인과 라페리에르가 연기했고 멜랑그가 연출했다. 그 작품은 내가 성공을 거둔 최상의 작품 중에 속했다. 그 성공 덕에 아까도 말했듯이 8월 25일께 300프랑이 생겼다.

믈랑 근처에서 베르트랑이라고 불리는 사람이 사냥터 대여를 한다는 말을 듣고 그의 집으로 갔다. 마레생제르맹 거리 4층에 살고 있었다. 그 사냥터는 베르트랑 씨의 것이 아니라 몽테스키외 씨의 것이었고 대여비는 800프랑이었다. 가격을 흥정해서 600프랑으로 깎았는데 조건이 부가되었다. 다음 날, 그가 주는 용지를 들고 사냥터 경비원을 찾아가서 경비원과 함께 현장을 한 바퀴 돌아본 뒤 제공된 사냥감에 내가 만족하면 그 가격으로 서명한다는 것이었다.

다음 날, 나는 열두 자루 정도의 총과 총알 그리고 프리차드를 데리고 믈랑으로 향하는 기차에 올랐다. 믈랑에 도착해서 사냥터까지는 5프랑가량 하는 마차를 타고 갔다. 그해는 추수가 앞당겨져서 센강 주변 지역에서도 사냥이 8월 25일 바로 전날부터 벌써 개시된 참이었다. 나는 경비원을 발견했다. 그는 내가 들고 간 베르트랑 씨의 용지를 확인하고는 내가 총 몇 발 쏘아보도록 허락했다. 사냥터가 재빨리 대여되기를 바라다 보니— 작년에는 대여가 안 됐다— 경비원은 아주 미심쩍은 눈빛으로 프리차드를 흘깃 쳐다보고 나서 곧장 내게 길을 안내했다.

필요한 절차를 마친 나는 곧바로 사냥에 들어갔다. 프리차드는 작은 언덕으로 올라가서 멀리 초록빛을 띤 적무 잎을 발견하자 경작지를 단숨에 지나서 엄숙하게 달려갔다. 나는 별로 염려되지 않아 그냥 내버려두었다. 경비원이 나를 향해 말했다.

“어르신이 사냥하실 영역은 500아르팡[630평방킬로미터 정도]임을 명심하십시오. 그 영역에 여덟 내지 열 무리의 자고새와 삼사백 마리의 토끼가 있습니다. 개를 잡지 않으면 우리가 도착하기도 전에 대여섯 마리의 토끼와 두세 무리의 자고새가 달아나버릴 것입니다.”

“프리차드는 걱정하지 마시게. 그 나름의 사냥 방법이 있고, 나도 이미 적응해 있다오. 개는 적무 속에 그대로 두고 저곳과 우리 사이를 가르는 이 경작지에 뭐가 있는지나 보십시다.”

“두세 마리의 토끼가 있을 겁니다. 아, 저기! 저기! 한 마리가 어르신 앞을 지나갑니다.”

경비원이 그 말을 끝내기도 전에 토끼는 내 총에 맞아 죽었다. 총소리에 놀라지도 않은 채 프리차드는 한 바퀴 돌며 바람을 쐬고 있었다. 그러는 동안 두 번째 토끼가 나타나서 두 번째 총을 쏘았다. 토끼는 심하게 다쳤는지 100보 정도 가다가 멈추더니 털썩 넘어져 첫 토끼처럼 죽어버렸다. 프리차드는 잠시 멈추긴 했지만 20보 정도 앞에서 죽어버린 토끼도 총소리도 신경 쓰지 않았다. 경비원이 토끼 두 마리를 담았다. 그러곤 베르트랑 씨의 용지를 확인하라면서 이제 총 몇 방 더 쏠 수는 있는데 토끼는 더 하면 안 되고 자고새만 사냥할 수 있다고 했다.

"그렇다면 우리도 프리차드처럼 바람이나 쐽시다."

"아, 어르신! 개가 어르신을 안 기다릴 겁니다요!"

"걱정하지 마시오. 프리차드가 어떻게 작업하는지 보시게 될 테니까요. 대신 갖고 계시는 파이프에 불이라도 붙이시는 게."

"감사합니다만 방금 호주머니에 넣었습니다."

"음, 그렇다면……."

나는 내 주머니에서 물통을 꺼내면서 말했다.

"이 약주 한잔 마셔보시겠소? 기막힌 샴페인이라우."

"아! 술이야 거절 안 하지요. 그런데 개는?"

"아! 개요? 아직 시간이 있다고 하지 않았소."

"벌써 멈춰 선 지 5분은 되었습니다요."

"저기까지 가는 데 얼마나 걸리오?"

"한 5분 걸리지요."

"뭐, 그렇다면 우리에겐 아직 5분 쉴 시간이 있소이다. 그다음 거기로 가면 총 15분이 될 테고."

"저기 개의 머리가 보이는군요. 눈이 하나 없고 다리도 하나 없다니 참 안됐군요."

"나중에 보면 또 다른 게 하나 없다는 사실을 알 것이오."

나는 웃으면서 그렇게 말했다. 그리고 5분 후에도 우리는 프리차드에게 가지 않았다. 대신 내가 경비원에게 말했다.

"자, 5분 후에 프리차드 코앞에서 두 마리의 자고새를 사냥하십시다. 우리가 성공해도 개는 움직이지 않을 것이오. 나는 총을 장전할 시간이 있을 테고."

"말씀하신 대로 움직인다면 저 개는 500프랑 값어치는 될 것입니다요. 옛날 돈으로 말이지요."

"그렇소. 첫 주 동안, 그러니까 사냥감이 있는 동안은 말이오. 자, 지금 한 가지 실험해보기로 합시다. 사냥감이 프리차드의 시야에서 10보 정도 되는 쪽에 멈춘 것 같으니 나는 15보 정도 후퇴해 프리차드가 바라보는 쪽으로 총을 쏘겠소. 아마도 자고새 무리 중앙쯤 되겠지요. 만일 내가 새를 죽이지 못하면 자고새들은 그대로 있을 테고 프리차드는 움직이지 않을 거요. 만일 내가 한두 마리 죽이면 나머지는 날아가겠지요. 그때도 프리차드는 움직이지 않을 거요. 만일 모두 날아가고 그중 다친 놈이 있으면 프리차드는 그놈이 떨어질 때까지 쫓아갈 것이오."

경비원은 어깨와 머리로 '맙소사! 말한 대로 개가 움직인다면 제가 두말하지 않겠습니다'의 시늉을 해 보였다. 나는 15보 정도 후퇴해서 무릎을 꿇고 프리차드의 코가 있는 방향으로 총 한 방을 쏘았다. 두 마리의 자고새가 하얀 배를 드러내고 파닥거리면서 거꾸로 떨어졌다. 그런데 거기서 4보 정도 떨어진 곳에서 토끼 한 마리가 총이 자신에게로 향하기라도 한 양 도망치는 게 보였다. 프리차드는 움직이지 않았다.

"어떻소?"

"아하! 계속해보세요. 어떻게 될지 정말 궁금해지는군요."

나는 총을 장전하고는 프리차드 쪽으로 갔다. 프리차드는 마치 준비되었느냐고 묻는 것처럼 내게 시선을 던지고 나서 멈춘 자세를 강화했다. 열대여섯 마리의 자고새가 날았다. 그중 한 마리를 첫 사격으로 쏘았고 두 번째 사격으로 허리 언저리에 상처를 입혔다. 그 부분이 자고새가 흔히 상처 입는 부분이다. 그러자 새는 거의 수직으로 솟아오르듯 날았다. 내가 예견한 대로였다. 프리차드는 그 새에게만 집중하며 달렸다. 새가 더는 날 수 없어 뚝 떨어졌을 때는 프리차드 입속으로 곧바로 들어갔다.

사냥감이 풍부한 땅이었지만 사냥을 더 계속할 필요가 없었다. 내가 알고 싶던 것을 알게 되었으니. 파리로 돌아온 나는 친구 도르세이[Alfred D'Orsay 1801~1852 화가이자 예술계 부호]의 집으로 달려가서 내가 잡아 온 것들을 공유했다. 그 친구는 라마르틴 흉부상을 만든다고 정신이 없었다. 도르세이 즉 도르세이 백작은 아름다운 그라몽 부인의 형제로 내가 가끔 즐겨 인용하는 인물이기도 하다. 그에게는 늘 새로운 화제가 있었다. 새로울 뿐 아니라 유익하기까지 한 얘깃거리.

도르세이가 라마르틴 흉부상을 만드는 이유는 귀족이면서도 뛰어난 예술가이기 때문이다. 완벽한 우아함으로 그림을 그리고 조각을 했다. 어쩌면 과학이 그의 그림과 조각에서 뭔가를 배워야 할지도 모르겠다. 여하튼 그 어떤 것도 도르세이의 작품만큼 이상적인 감상을 전하지는 못했다. 바이런이 저서에 자기 얼굴을 넣으라고 강요해서 그려진 유일한 초상화도 바로 도르세이의 작품이었다. 그는 다방면에서 극치를 발휘했다. 프랑스와 영국에서 제일 멋있는 남자로 명성을 날렸다. 생의 마지막에는 믿기지 않을 만큼 많은 재산 덕에 파리 어느 거리에 있는 다락방을 800프랑에 빌려 파리에서 가장 우아한 아틀리에로 만들었다.

도르세이는 10여 년 동안 프랑스와 영국에서 패션의 오묘한 뉘앙스를 만들어내기도 했다. 자신의 양복사 덕분에 크게 재산도 모았는데, 그 양복사는 소속된 계층에 따라 믿기지 않을 만큼 섬세하게 차별을 두어 옷을 입히는 방식으로 정평이 자자했다. 어느 날, 런던에서 한 달을 보내고 온 친구 한 명이 도르세이를 만나러 찾아왔다.

"친구, 내가 왔소! 런던에서 얼마간 보냈다고 우스꽝스럽게 보이기는 싫은데 말이오. 자네도 알다시피 나는 멋쟁이 신사도 아니고 상인도 아닌 그냥 점잖은 시골 사람이지 않은가. 도대체 어떤 식으로 옷을 입어야 할지 자네 양복사인 블린뎀한테 좀 물어봐주시게."

도르세이는 친구를 가만히 보고 나서 자신의 지팡이장—도르세이는 지팡이 오륙십 개를 보유하고 있었다—으로 가더니 손잡이를 노루 발로 만든 은빛 금속 지팡이를 꺼내오며 친구에게 말했다.

"자, 이 지팡이를 블린뎀에게 가져다주며 지팡이와 어울리는 옷을 맞춰달라고 하게나!"

그 친구는 블린뎀에게 지팡이를 가져갔고 블린뎀은 한번 쳐다보더니 그 지팡이와 어울리는 옷을 만들어줬다. 더할 나위 없는 결과물이었다.

도르세이의 그림도 굉장했다. 어느 날 저녁, 친분이 있던 젊은 러시아인 마스네프 집에서 있던 일이다. 도르세이는 저녁 시간 내내 연필로 우리를 크로키 했다. 그 그림만큼 야릇한 것을 나는 본 적이 없었다. 중앙에 굉장히 우아한 젊은 여성을 그려 넣었는데, 우아함 이상의 천사적인 분위기가 물씬 풍겼다. 이후 초상화의 행방은 모르지만 '베아토 안젤리코[Beato Angelico 천사적 아름다움이라는 뜻]'라는 이름을 붙여 날개만 달아주면 되는 상태였다. 도르세이는 우아할 뿐만 아니라 아주 완벽한 아름다움의 소유자였다. 아니, 완벽한 아름다움뿐만 아니라 우아한 정신력도 갖고 있었다. 생의 마지막 날까지도 그랬다.

내가 그에게 둘이서 사냥하러 가자고 제의했다. 그는 동의하며 조카인 기쉬 공작도 데려가자고 했다. 이 공작은 지금은 그라몽 공작으로 비엔나에 대사로 가 있다. 나는 도르세이만큼 기쉬 또한 아끼던 터라 더 바랄 것이 없었다. 떡 본 김에 제사 지낸다고 우리 세 명은 그 다음다음 날에 바로 사냥을 시작했다. 베르트랑 씨하고 계약을 했는데, 이전보다 공급이 줄어서 600프랑에 백 마리의 토끼를 받았다. 그러니까 각자 몫은 서른세 마리 토끼인 셈이었다. 자고새는 너무 비싸 엄두도 못 내는 상황이었다. 우리 중 서른네 마리 잡는 사람이 경비원에게 100 프랑을 주기로 내기했다. 사냥 개시일 정오, 나는 열한 마리 토끼를 잡았다. 프리차드가 두 명의 귀족 친구에게 들은 불평은 굳이 언급할 필요도 없을 터. 하지만 늘 그랬듯 프리차드는 자신의 자존심을 지켰다.

카스토르와 폴룩스

이듬해, 나는 베르트랑 씨를 다시 찾아갔다. 그동안 사냥할 때마다 사냥감도 보내주었고 이제껏 이어온 인연을 고려해 지난해와 같은 사냥 조건을 받을 수 있으려니 했다. 그런데 그건 내 오산일 뿐이었다. 사냥 비용이 두 배나 올라 있었다. 나는 그런 엄청난 비용을 감당할 수 있는 처지가 아니었다. 그래서 사냥하러 노르망디에 있는 친구네로 갔다. 그가 거주하는 성은 베르네에서 그리 멀지 않았다. 그 친구는 내가 이전에 선사한 그레이하운드 두 마리를 데리고 말을 탄 채 나와 미셸 앞에 나타났다. 그걸 보고 미셸이 말했다.

"저기 에르네스 씨가 보이네요! 영국 여왕 분위기입니다요."

미셸의 방에는 데드르의 그림을 본뜬 판화가 있었다. 거기에 검은 말과 두 마리 그레이하운드를 동반한 영국 여왕 모습이 담겨 있었다. 내가 에르네스에게 영국 여왕을 닮았다고 해줬더니 아주 뿌듯해했다. 두 마리 그레이하운드는 에르네스가 심혈을 기울여 교육한 덕에 아주 잘 길들어 있었다. 여러분도 곧 알겠지만, 우리와 같이 사냥을 하려고 전날 캉에서 온 에르네스의 친구가 그 개들을 보고 깜짝 놀란 일이 있었다.

그 친구는 에르네스가 경비원와 함께 사냥 현장을 보러 가고 없을 때 도착했다. 하지만 에르네스네 하인이 그를 알아보고는 사무실이자 서재에서 기다리게 했다. 그곳은 공원 쪽과 접해 있어 창으로 된 문을 통해 정원으로 내려갈 수 있었다. 그 문 양쪽으로 정원에서 6피트 높이의 다른 창문 두 개도 있었다. 그는 서재에서 왔다 갔다 했다. 우선은 오른쪽 창문을 바라보고 다음엔 왼쪽 창문을 바라보면서. 그다음은 그림들을 둘러보았다. 먼저 '아르탁세르세스의 선물을 거절하는 히포크라테스'에 경탄하고 나서 '퐁텐블로 궁전 마당에서 군인들에게 마지막 인사를 하는 나폴레옹' 앞에서는 한숨을 내쉬었다.

그러다 주인의 책상 밑에서 스핑크스처럼 서로 맞붙어 자는 두 마리의 개들에게로 눈길을 돌렸다. 배탈기가 있던 그 친구는 그 순간 '카스토르'와 '폴뤽스'를 전혀 신경 쓰지 않은 채 혼자라고 안심하며 그만 소리를 내고 말았다. 마드모아젤 로안이 그렇게 고통스러워하며 낸 소리에도 무슈 샤보는 전혀 개의치 않았는데, 그 정도 소리에 반응할 이가 있을까 하면서. 그러나 별로 크지도 않은 소리에 두 마리 개가 벌떡 일어서더니 정원 쪽으로 열린 창문으로 후다닥 달아나버렸다.

그 광경에 그 친구는 너무나 놀랐다. 너무 놀라서 다리 하나를 치켜든 채 멈췄다. 자신이 방금 뭔가 불편한 행동을 했음을 깨달았지만, 그렇다고 그 정도로 반응을 보이는 개들은 처음이었다. 그 친구는 카스토르와 폴뤽스를 큰 소리로 불렀다. 둘 중

AD. MARIE

한 마리도 보이지 않았다. 그 사이 에르네스가 돌아왔다. 에르네스는 친구의 고함 소리를 듣고 와보니 친구가 좀 흥분한 듯 보여 우선 인사부터 나눈 뒤 그 친구에게 사정을 물었다.

"내가 들어 왔을 때 자네 뭘 하고 있었나?"

"나? 아주 놀라 있었다네."

"뭐 때문에?"

"내가 여기 이렇게 조용히 자네 개들과 같이 있었는데, 개들이 갑자기 뱀에게라도 물린 듯 소스라치게 놀라면서 밖으로 사라져버렸다네. 마치 악마에 잡혀가기라도 한 것처럼 말일세!"

"그랬군……."

"그렇다네. 나는 여기 있고 자네 개 두 마리가 저기 있었다네. 난 자네 개들을 대하는 까다로운 행동 규칙이 있는 줄 몰랐네그려."

"개들은 걱정하지 말게나. 돌아올 테니."

"개들을 걱정하지는 않네. 단지 왜 개들이 그런 수상한 행동을 했는지 알고 싶을 뿐이네."

"이유가 다 있다네. 내가 이야기를 해줌세. 나는 뒤마 씨에게서 받은 그 개들을 무척 아끼기 때문에 아내가 달라는 데도 주지 않았다네. 개들이 내게 친근감을 가지도록 나하고만 있게 했지. 그래서 늘 내 방이나 내 사무실에 함께 있었다네. 그런데 자네가 아까 본 그런 행동이 습관이 되어버렸네. 갑작스레 소리가 나는 순간을 그들이 선택하는 게 아니다 보니, 내 사무실에서 누워 있거나 내 침대 발치에서 누워 있다가 자네가 본 대로 놀라는 행동을 했다네. 그런 행동을 고치려고 내가 회초리를 하나 장만했지. 금방 자네가 본 것처럼 둘 중에 누군가 그런 짓을 하면 내가 좀 심하게 매질을 했다네. 그럼 개 소리로 누가 유죄인지 알 수 있었거든. 그런데 그 결과가 뭐였겠나? 시끌벅적하게 내던 소리를 조용히 내기 시작했다네. 그래서 둘 중 누가 일을 저질렀는지 알 수 없다 보니 나는 둘 모두를 때렸지. 아까 자네 소리를 듣고는 자네인 줄 모르고 서로 믿지를 못하니 상대방이 그런 줄 알고 맞지 않으려고 도망가버린 거라네. 자네도 봤다시피 걱정하기도 하고 후회하기도 하면서."

온갖 처방전을 가지고 있는 미셸한테도 이런 종류의 문제에는 딱히 처방이 없었다. 그렇다 보니 에르네스는 그나마 소리라도 죽일 수 있던 그의 처방을 계속할 수밖에.

베르네 지역에는 사냥터가 많지 않아서 프리차드는 자신의 기량을 제대로 발휘하지 못했다. 사냥은 별로였다. 프리차드가 평소 하던 대로 행동할까 봐 걱정하며 사냥을 해서 인지 경마장 용어로 '얻은 것도 없이 오히려 잃은 격'이었다. 자고새 몇 마리와 토끼 한 마리만 미셸의 가방에 넣고 돌아오다가 한 서너 살 먹은 누런색 예쁜 암캐를 끌고 가는 농부와 마주쳤다. 내가 미셸에게 말했다.

"저 사람이 적당한 가격에 개를 팔면 내가 사겠는데."

"드비슴 씨가 어르신께 개 한 마리 사드리겠다며 150프랑 빌려드린다고 하지 않았습니까?"

"드비슴이 나를 잊어버린 게지. 만일 개 한 마리 사줄 의향이 있었다면 사냥 개시 때나 그 전날이었을 거요. 사냥 직전에 개들을 팔려고 내놓잖소. 그러다 2주 정도 지나면 모두 되팔려고 내놓으니. 저 사람 보시오. 가서 한번 물어보시게."

미셸이 다가가자 그 사람이 말했다.

"어이, 이보시오. 다리가 셋뿐이고 눈이 하나뿐인 개를 가진 분이 있다는데, 그런 개는 두고 내 개를 익사시켜야 하게 되었소이다."

"아, 그 개를 익사시키려고요?"

"오늘이 아니라면 내일이라도 그렇게 해야만 한다오. 좀 지나치지 않소! 개 한 마리에 세금을 10프랑이나 매긴다니, 인간은 고작해야 2프랑인데! 말도 할 줄 모르는 짐승에게 인간보다 세금을 다섯 배나 더 매긴다는 것은…… 이런 세상에서 목구멍에 풀칠하기도 어렵구려. 아이 두 명을 먹여 살리기도 힘든데 개까지 한 마리 얹혀 있으니 이제 10프랑의 세금까지 내야 한다오."

"그렇다면 그 개를 저기 계신 어르신에게 그냥 주시면……."

"아이고! 너그러우십니다! 적어도 개를 익사시키지 않아도 될 테니."

"그럼요. 공주처럼 모시지요."

미셸이 맞장구를 쳤다. 미셸은 신중해서 여러분도 보다시피 기회를 노린다. 농부는 한숨을 쉬면서 말했다.

"자, 그렇다면 어르신께 '플로르'를 드리겠습니다."

그러자 미셸이 내게로 왔다.

"미셸, 홍정이 흥미로웠소? 개 주인이 너무 욕심을 부리지는 않았소?"

"그냥 드린답니다."

"그냥?"

"네, 개를 억사시키러 가던 중이라서."

미셸은 '익사시키다'라는 프랑스어 동사를 절대로 정확히 발음하지 않았다. 그렇듯 아름다운 언어가 이런 끔찍한 의미를 나타내는 것이 하나의 딜레마라는 것을 강조라도 하듯이. 익사와 역사 사이, 그 중간쯤으로 발음하곤 했다. 무슈 드 주이가 '아그레아빌리스ageabilis'라는 단어로 라틴어를 미화한 것처럼 미셸은 '익사시키다'라는 프랑스어 단어를 그런 식으로 미화했다.

"왜 개를 익사시키려는 것이오? 광견병에라도 걸린 거요?"

"아닙니다. 양처럼 부드러운 갭니다. 집에 있는 자식과 아내조차 먹여 살릴 빵이 제대로 없어서 억사킨답니다."

"아, 그렇구먼. 자 여기 10프랑 줄 테니 건네고 개를 데리고 오시게."

"그런데 어르신…… 한 가지 말씀드려야 할 것이……."

"무슨?"

"개의 이름이 플로르입니다요."

"맙소사! 미셸, 이름이 좀 거만스럽구먼. 그래도 어쩌겠소. 이름이 '봄의 여신'이라고 해서 물에 갖다 버려야 하는 건 아니지 않소."

정원사의 자격으로 미셸이 반박했다.

"어르신, 봄의 여신이 아니라 정원의 여신인 줄 압니다요."

"미셸, 자네의 신화에 대한 학식을 모르는 바 아니지만 정원은 여신까지는 필요 없고 보호자만 필요한 것으로 알고 있소. 베르툼누스라는 신."

"아하, 제가 표 부탁을 하는 극장의 베르툼 씨처럼요."

"베르트이 말이요? 그 친절한 젊은이!"

"저는 늘 베르툼이라고 불렀는데."

"자네가 그를 베르툼이라고 부른 날은 아마도 안 좋은 날이었을 걸세. 나는 늘 베르트이라 불러와서 자네가 하는 말을 눈치 못 챘구먼."

"상관없습니다. 그도 결혼을 해야지요."

"누구? 베르트이 말이오?"

"아니요. 어르신의 베르툼누스 말입니다. 플로르랑 결혼을 시켜야지요."

"아이고, 미셸. 베르툼누스를 결혼시키자니 너무 늦었소. 2천 800년 전에 포모나라는 좋은 집안 요정과 이미 결혼했다오."

"아!"

미셸은 뭔가 불만스러워 보였다. 그러다 애초의 소재로 되돌아왔다.

"그렇다면 개 이름이 플로르라도 괜찮으신 겁니까?"

"벌써 말했듯이 이름이 좀 거만해도 우리가 거기에 적응하면 되지 않겠소."

미셸은 농부에게로 가다가 코를 긁적이며 다시 되돌아왔다. 그런 태도는 바보 개 '튀르크'—이 개에 대해서는 별로 할 얘기가 없어서 하지 않았다—가 미셸의 코를 이빨로 물어뜯을 뻔했던 날 이후 생긴 버릇이다.

"왜 그러오, 미셸?"

"생각해봤습니다. 제가 10프랑을 저 사람에게 주는 순간에, 그것도 억사시키려는 개이지 않습니까? 그렇다면 그 개가 뭘 가지고 오는지 뭘 멈출 수 있는지 물어봐도 괜찮지 않겠습니까?"

"미셸 10프랑으로 그럴 수는 있겠네만. 개 한 마리에 100프랑 달라고도 한다오. 저 사람에게 10프랑 주고 플로르를 데리고 오시게. 하늘이 도운 거라 여기시게!"

미셸은 10프랑을 그 사람에게 건네고 플로르를 데리고 왔다. 100프랑짜리 개처럼 멈추고 가져오는 개였으니 하늘에 감사드리는 바다. 단지 신화적인 이름이 불행을 불러와서 플로르는 유리디스[그리스신화 속 나무 요정으로 신혼에 뱀에게 물려 죽는다]처럼 죽는다.

개의 인사법에 대한 역사 탐구

플로르와 프리차드가 인사를 주고받는 법 즉 꼬리 아래쪽을 서로 바라보는 장면을 보면서 미셸이 물었다.

"어르신, 어르신은 온갖 것을 다 알고 계시니 개들이 왜 저런 식으로 인사를 나누는지 제게 얘기해주실 수 있으신지요?"

이런 투의 말은 미셸이 자신의 지식을 풀어놓으려는 전제로 내게 부정적인 답을 기대하는 태도였다.

"아니, 나는 모르오."

"어르신, 우리가 1848년에 겪은 일을 언젠가 개들도 겪었습니다. 그들도 공화정을 만들고 싶었던 게지요. 그런데 정부 형태를 바꿀 때 누가 적합한지를 보려고 늙은 개들이 젊은 개들을 관찰했지요. 사람들이 하늘의 뜻을 묻지 않았기 때문에 지상에서 그렇듯 많은 정부의 변화가 있었는지도 모릅니다. 개들은 나이가 들면, 아니 젊은 개들도 나이 든 개들의 의견을 훌륭하다고 생각했습니다. 그러곤 주피터에게 기원을 하는 식이었지요. 주피터에게 가는 임무는 그리스 라코니 축제 때 달리기에서 일등을 한 그레이하운드가 맡았습니다. 그레이하운드는 대단한 임무를 수행한다는 사명감에 들떴답니다. 올림포스산 꼭대기까지는 상당히 멀었지만 3개월 안에 되돌아오기로 했지요. 어르신, 올림포스산은 그리스의 산이지요?"

"그렇소, 미셸. 테살리아와 마케도니아 사이에 있다오."

"주피터에게 보낼 청원서는 현명한 개를 찾아가서 쓰게 했지요. 청원서가 써지자 주요 개들이 서명을 하고는 그레이하운드에게 맡겼습니다. 최대한 갈 수 있는 멀리까지 그레이하운드를 배웅하며 그의 대사 임무가 성공하도록 갖가지 참고 사항을 귀띔까지 해주었지요. 그리 멀리 가지 않아 그레이하운드는 강 하나를 만났습니다."

"유로타스강."

"네, 네, 맞습니다. 유로타스, 제가 깜빡했습니다요. 아드님께 망사나레스강과 아르노강에 대해 얘기하실 때 들었는데, 유로타스강은 평상시에 물이 거의 없다면서요?"

"물이 별로 없어서 나는 부츠를 신은 채 돌 위로 건넜다네."

"그런데 그때는 전날 비가 많이 내린 탓에 유로타스강이 거의 센강처럼 불어나 있었습니다요."

"미셸, 개는 센강도 헤엄쳐서 건너갈 수 있을 텐데."

"아! 그 청원서는 어떻게 하라고요?"

"아, 그렇구먼. 내가 청원서를 깜빡했구먼."

"그렇다면 그 청원서를 어디에다 넣었겠습니까?"

"맹세컨대 나는 그것과 관련해 전혀 아는 바가 없소."

"어르신이었다면 꺼리셨겠지만, 그레이하운드는 전혀 꺼리지 않았습니다. 청원서를 네 번, 여덟 번 꼭꼭 접어 돌돌 감았지요. 담배처럼요. 그리고 거기에 끼워 넣었습니다……."

"와우, 미셸. 자네 얘기 속 개는 정말 의지가 대단하구려."

"청원서를 거기에 끼운 그레이하운드는 물에 들어가 헤엄쳐서 강을 건넜습죠. 건너편에 도착하자 동료들에게 발길질로 인사를 하고는 사라져갔습니다…… 그런 발짓은 어느새 완전히 없어졌지만 이후 개들은 만나면 주피터의 답장을 갖고 왔는지 살펴보기 위해 서로 꼬리 아래를 바라보는 것입니다요."

"내 그 얘기를 이미 들은 적이 있는데. 미셸, 자네 얘기는 새로운 매력이 보태져 있구려. 대신 플로르가 주피터의 답장을 갖고 왔는지 보려고 프리차드가 너무 궁금해하지 않도록만 좀 조심해주시게나."

인간처럼 동물도 암컷이 색다른 애교를 부리는 것 같다. 프리차드는 꼬리 깃털을 씩씩하게 흔들면서 눈으로 플로르를 관찰하며 세 발로 우쭐댔다.

"어르신, 못 믿으십니까?"

"다짜고짜 뭘 못 믿는다는 것이오? 말도 시작하기 전에."

"플로르처럼 현명한 개는 총 옆에서 사냥할 테니 프리차드와 함께 사냥에서 굉장한 커플이 될 것입니다요."

"샤르피용이 질서를 잡아놨다고 생각지 않소, 미셸?"

"아, 그건 그냥 흥분시킬 뿐이었습죠."

"미셸, 미셸."

"그냥 두 마리를 함께 두면 됩니다요. 두고 보십시오."

"원하는 대로 하시오. 솔직히 말해 프리차드의 후손을 봐도 실망하진 않을 것이오."

미셸은 내가 수긍하는 바람에 무척 만족했는지 더 이상 아무것도 묻지 않았다. 우리는 집에서 100보 정도 떨어져 있었는데 미셸은 마치 프리차드처럼 멈춘 채 그대로 있었다. 집에 돌아오니 딸이 보낸 편지가 도착해 있었다. 드비슴이 120프랑짜리 훌륭한 개를 발견했다는 내용이었다. 이름은 '카티나'로 그 개를 나한테 보내야 하는지 아니면 내가 올 때까지 파리 집 마구간에 둬야 하는지 묻고 있었다. 그 다음다음 날에 파리에 갈 예정인지라 그냥 마구간에 두라고 답장했다.

다음 날 기상 시간에 미셸이 프리차드의 후세를 보고 싶어 하는 우리의 바람이 성사될 것 같다고 했다. 그래서 플로르가 프리차드의 애무에 무관심해지지 않도록 프리차드를 혼자 집에 남겨두고 플로르만 사냥에 데려가는 편이 좋겠다는 의견을 냈다. 괜찮은 의견이어서 프리차드의 절규에도 불구하고 우리는 플로르만 데리고 사냥을 떠났다. 죽음의 길목에서 나를 만나는 우연이 없었다면 벌써 암흑세계로 가 있을 플로르는 큰 장점도 큰 단점도 없는 순박한 개였다. 플로르의 장점 중 하나는 바로 옆에 두고 사냥을 할 수 있다는 점이었다. 여하튼 플로르를 가지게 된 데에 나는 아주 만족했다. 플로르 같은 개는 사냥철 직전에 120프랑으로 팔리고 사냥이 끝나면 40프랑에 되팔리는 개에 속했다. 사냥에서 돌아오자 프리차드는 플로르와 큰 잔치를 했다. 프리차드는 그런 식으로 자신의 나약함이나 상처를 그럴싸하게 잊곤 했다.

우리는 베르네의 친구들과 작별하고 1850년 9월 3일에 파리로 떠났다. 그해는 사냥철이 조금 늦어 욘 지역에서는 9월 5일에 사냥 개시를 했다. 그 지역 시장과 부시장을 알고 있던 만큼 혹여 내가 사냥 개시 때 올 마음이 있으면 개시를 10일까지 미룰 수 있다는 연락을 받았다. 이것이 내가 베르네를 급하게 떠난 이유였다. 나는 파리 집에 도착하자 카티나부터 보기로 했다. 그래서 프리차드와 플로르를 식당 쪽에 가둬두고 카티나를 내 아틀리에로 올려보내도록 시켰다.

닭 열두 마리, 학 그리고 프리차드와 미셸과 함께 지낸 파리 집에 이제 두 마리의 새 식구를 맞이한 참이었다. 플로르와 카티나. 카티나는 서너 살 된 엄숙하고 과격하며 다투기 좋아하는 브라크종이었다. 팔랑팔랑 뛰어오기보다는 마치 목을 조르기라도 할 기세로 풀쩍 내 목까지 점프했다. 그러면서 딸의 이젤을 넘어뜨리고 중국산 화병과 무기가 놓인 탁자까지 넘어뜨렸다. 딱 보아하니 조심해야 할 개였다. 일단 첫인사는 충분했다. 좀 더 자세한 인사는 욘 지역에서 열릴 사냥 때 기꺼이 하겠다고 미셸에게 말했다. 미셸은 카티나를 마구간으로 데리고 갔다. 여기서 미셸이 카티나를 처음 보고 뭔가를 감지했다는 얘기를 보태야겠다.

"어르신, 우리에게 불행을 가져다줄 개입니다요. 어떤 불행일지는 모르지만 여하튼 불행을 가져다줄 겁니다요!"

"그러기까지 일단 카티나를 마구간으로 데려가게나."

카티나는 아틀리에가 자신에게 적합하지 않다고 판단이라도 했는지 순순히 나갔다. 그런데 내려가면서 열린 식당 문을 보고는 식당 안으로 들어가고 말았다. 프리차드와 카티나는 주피터의 메시지를 상대방이 가져왔는지 살피지도 않은 채 헥토르와 아킬레우스가 그랬듯 보자마자 강한 증오를 표현했다. 증오심에 불타 너무 갑자기 서로를 덮치는 바람에 둘을 떼어놓기 위해 미셸이 나까지 불러야 할 정도였다. 말랑한 성격 탓인지 아니면 암사자와 여자에게서 흔히 볼 수 있듯 자신을 위해 경쟁자 두 명이 끔찍하게 싸우는 모습을 그냥 방관하는 관심 끌기 태도 탓인지, 플로르는 끔찍한 싸움에 무관심했다. 미셸과 내가 겨우 둘을 떼어놓자 카티나는 흰털이라서 목에 피를 흘리고 있는 게 금방 드러났다. 반면 프리차드는 짙은 털색이라 상처를 입었는지 금방 알아볼 수 없었다.

이어서 일어날 일을 이해하려면 암스테르담 거리에 있던 내 파리 집 구조를 알아야 한다. 큰 문은 거리로, 다른 문은 정원으로 나 있었다. 정원은 넓기보다는 길쭉한 구조였고 구석에 차고와 마구간이 있었다. 마당에 또 다른 마구간이 있어 바닥에 짚더미를 깔아 닭장으로 썼다. 1848년 이후 나는 마차도 말도 없는 처지라 정원 쪽 차고를 큰 사무실로 만들었고 마구간도 아무거나 마구 넣어두는 창고나 마찬가지였다. 마당 쪽 마구간 겸 닭장은 암탉 열한 마리와 수탉 세자르가 쪼고 뜯고 알을 낳는 장소로 프리차드를 왕으로 모시는 궁전이나 다름없었다.

암탉들과 프리차드의 친근성은 반론이 필요 없었다. 우리가 샤르피용의 닭장에서 보았던 바에 힘입어 우리 닭들의 불임 아닌 불임도 설명되었다. 프리차드는 닭들 사이에 자리를 잡았고 공간이 충분히 넓었던 만큼 플로르를 아내의 자격으로 맞이했다. 한편 카티나는 원래 있던 마구간으로 다시 옮겨졌다. 미셸은 언제나처럼 두발 네발 달린 짐승들을 잘 돌봤다.

어느 날 저녁, 정원에서 딸과 함께 바람을 쐬고 있는데 모자를 손가락으로 돌리며 미셸이 다가왔다. 그것은 뭔가 중대한 일이 있다는 표시였다.

"무슨 일이오, 미셸?"

"프리차드와 플로르를 닭장에 데려다주다가 떠오른 생각인데요. 우리가 생브리에서 관찰한 대로 프리차드가 닭과 직통으로 교감하면서 달걀을 먹다 보니 우리가 먹을 달걀이 없지 않습니까요?"

"그렇소. 만일 프리차드가 닭장에 안 들어가면 달걀을 안 먹을 테지요."

"그렇다면 말입니다. 만일 카티나를 닭장에다 넣고 프리차드와 플로르를 마구간에다 넣으면 어떨까요? 보아하니 교육이라고는 받은 적이 없는 카티나지만 그래도 도둑은 아닌 것 같으니. 달걀이 없어지지는 않을 것 같아 괜찮을 듯한뎁쇼."

"음, 그런데 미셸. 카티나가 달걀은 안 먹을지 몰라도 닭은 잡아먹지 않겠소?"

"만일 그런 일이 일어난다면 닭을 먹고 싶어 하는 욕구를 고치는 묘안이 제게 있습니다요."

"알았소, 미셸. 닭들이 잡아먹히지 않……."

말을 끝맺기도 전에 모든 동물이 싹쓸이라도 당하는지 끔찍한 소리와 고통으로 울부짖는 소리가 들려왔다. 엄청난 싸움이 일어나고 있는 듯했다.

"맙소사, 미셸. 이게 다 무슨 소리요?"

"네, 저도 들립니다요. 피조리 씨의 개들입니다요."

"아니, 프리차드와 카티나가 서로를 삼키려는 소리오."

"그럴 리가요. 제가 갈라놓았는데요."

"그렇다면 다시 만난 게지요."

"하긴 놀랄 일도 아니지요. 그놈들은 충분히 그럴 수 있으니. 게다가 불한당 프리차드가 마치 열쇠공처럼 마구간 문을 열 수도 있고."

"그렇소. 프리차드가 하도 용감하다 보니 카티나에게 도전하려고 마구간 문을 열었을 수도. 그런데 둘 중 하나가 죽지나 않았을까 염려되는구려."

미셸은 마구간으로 다급하게 달려갔다. 조금 이따가 큰 불행을 예고하는 고통의 소리가 들려왔다. 그리고 얼마나 지났을까.

두 팔에 피를 흘리는 프리차드를 들고 미셸이 눈물을 흘리며 나타났다.

“어르신, 이게 남아 있는 프리차드의 전부입니다요! 그놈이 어떤 상태로 만들어놨는지 아십니까요, 드비슴 씨의 그 대단한 개가 말이지요! 카티나로 부를 게 아니라 ‘카틸리나[뒤마의 희곡 「카틸리나」에 나오는 망나니 인물]’로 불러야 합니다.”

나는 미셸 쪽으로 달려갔다. 가끔 미치도록 화나게 만들기는 했지만 프리차드에게 큰 우정을 품고 있었다. 정신력과 애정을 가진 인간에게서나 볼 수 있는 경이로움과 독창력을 가진 유일한 개였다.

“아니, 무슨 일이 있었던 게요?”

“죽었습니다요.”

“죽다니요?”

“네, 그 이상도 그 이하도 아닙니다요.”

미셸은 프리차드를 바닥에 내려놓았다. 미셸의 윗옷에는 피가 흥건했다. 나는 절규의 소리를 질렀다.

“아, 프리차드! 불쌍한 프리차드!”

베르길리우스 때문에 죽어가는 아르골리다 사람처럼 프리차드는 겨자색 눈을 잠시 뜨고는 구슬프면서도 부드럽게 나를 바라보다가 몸뚱이를 빳빳이 한 채 네 다리를 쭉 뻗으면서 마지막 숨을 거두었다. 카티나가 이빨로 프리차드의 목 경동맥을 물어버린 것이다. 앞서도 보았듯이 도발적으로.

"미셸, 어쩌겠소. 말 잘 듣는 하인은 아니었지만 친구 하나를 잃은 것이오……. 그 불쌍한 것을 잘 씻어 천으로 덮어 정원에 묻고 이런 묘비명으로 무덤을 만들어줍시다."

기억에 영원히 남을 위대한 란초[30년전쟁에서 눈, 다리 등을 잃은 장군]처럼 전투에서 지고 치명적인 상처를 입었지만
영원한 승자로서 전신의 반은 영광의 전쟁터에 남겨둔 채 온전한 것 하나도 없지만
화성은 그에게 온전한 가슴을 남겨두었다네!

나는 늘 그래왔듯 일로 슬픔을 달랬다. 자정쯤 프리차드 장례식이 내가 원한 대로 잘 이루어졌는지를 보려고 아래층으로 조용히 내려오니 식당에 미셸이 앉아 있었다. 발치에는 프리차드의 시체가 놓여 있었다. 미셸은 고통을 이겨내지 못한 채 프리차드를 들고 왔을 때처럼 흐느끼고 있었다. 이번에는 술 두 병이 미셸을 동반했다. 바닥에 엎어져 있는 걸로 보아 빈 병들이었다. 옛날 장례식에서 그러했듯 미셸은 망자의 명복을 비는 예식을 잊지 않았다. 미셸이 술 때문에 우는 게 아니라 시뻘건 고통으로 울고 있음을 파악한 나는 조용히 나왔다. 자신의 고통에 집중해 있던 미셸은 내 소리를 전혀 듣지 못했다.

카틸리나 대학살

다음 날, 나는 밤을 새운 미셸에 의해 깨어났다. 두시의 「햄릿」에서 배우 탈마 장면에 대해 많은 말들이 있었고, 나도 그와 관련해서 내 견해를 표명하려고 그 장면을 두세 번 보기도 했다. 그런데 그날 내 방에 등장한 미셸을 딱 한 번 보고는 내 기억 속에서 탈마의 삼중 등장이 완전히 싹 지워졌다. 아버지의 환영을 보고 너무도 놀라서 '끔찍한 환영'이라고 소리치는 탈마조차 미셸의 다음 장면에 비하면 아무것도 아니었다. 미셸은 내 방으로 들어와 이 말만 세 번 반복했다.

"아, 어르신! 아, 어르신! 아, 어르신!"

그 말과 함께 여명 속에서 나는 눈을 떴다. 다시 말해 태양이 여전히 암흑과 다투는 거무스름한 시간에 머리가 헝클어지고 두 팔을 하늘로 치켜든 채 창백한 미셸의 모습을 본 것이다.

"무슨 일이오, 미셸?"

나는 반은 염려되고 반은 나를 깨운 데 언짢아하며 물었다.

"아, 어르신. 그놈의 카틸리나가 무슨 짓을 했는지 아십니까?"

"오, 미셸, 알다마다. 프리차드를 죽이지 않았소."

"어르신 그뿐이 아닙니다요."

"아니, 그뿐이 아니라니. 그것으로도 충분하다고 생각하는데 나는!"

"닭장으로 가보십시오."

"무엇을 보라고요? 이야기를 끝내시오."

"도살장이 따로 없습니다요! 완전히 생바르텔레미[16세기 종교전쟁 중 프랑스에서 일어난 가톨릭에 의한 개신교도 대학살]입니다!"

"닭 얘기요, 미셸?"

"네. 한 마리씩 100프랑 나가는 닭들이, 게다가 수탉의 가치는 측정하기도 어려운데."

"100프랑이오, 미셸."

"네. 100프랑이오, 어르신. 그중에서 깃털은 하나도 없고 비단 털만 있다고 하셨던 놈도 있지 않았습니까? 그건 150프랑은 족히 나가는데……."

"그런데 그놈이 모두 죽였단 말이요?"

"네, 첫 마리부터 끝 마리까지요!"

"어제 그러지 않았소, 만일 카틸리나가 닭들을 해치면 고칠 방법이 있다고……."

"물론 있습죠."

"그렇다면…… 프리차드 일은 끝난 것이오?"

"네, 라일락 나무 밑에 묻었습니다."

그 말을 하면서 미셸은 다시 소매로 눈물을 훔쳤다.

"가여운 프리차드. 그런 일을 당하다니!"

"미셸. 자, 이런 상황에서 어떻게 하겠소?"

"사실 오늘 아침에는 어르신의 총으로 그놈을 끝장내고 싶었습니다요."

"미셸. 그 행동은 무기까지 사용해 자신의 복장을 지키려 한 키케로 같은 변호사한테나 어울리지, 우리 같은 기독교 신도한테는 아니지 않소. 하느님은 죄인의 죽음이 아니라 참회로 구원함을 알고 있는 우리가 아니오."

"카틸리나가 참회하리라고 보십니까요? 아닙니다. 어제는 프리차드, 오늘은 닭. 결코 멈추지 않고 계속할 것입니다요. 내일은 저, 모레는 어르신이 될지도."

"미셸, 자네가 닭 먹는 증세를 고칠 수 있다니 우선 그 방법부터 써보기로 합시다. 그래도 소용이 없다면 그때 극단적인 방법을 사용해도 늦지는 않을 테니."

"그게 어르신의 결정이십니까?"

"그렇소, 미셸."

"그렇다면 제가 준비되면 어르신께 알려드리겠습니다."

그러면서 미셸은 아래로 내려갔다. 한 30분쯤 지나서 누군가 내 어깨를 심하게 흔들었다. 미셸이었다. 솔직히 말해 아침에 일어난 끔찍한 참상에도 불구하고 나는 다시 잠이 들어 있었다.

"준비되셨습니까?"

"아이고 맙소사! 내가 일어나야 할 일이었소?"

"그렇습니다. 창문으로 보셔도 되긴 하지만 잘 보이지 않을 겁니다요."

"그렇다면 어디로 행차해야 하는 거요? 행차해야 한다는 얘기지요?"

"네, 바로 옆 공터입니다."

"그렇다면 내려갑시다. 내가 뒤를 따르겠소."

나는 바지와 윗도리를 주섬주섬 챙겨입고 실내화를 신고 그를 따라나섰다. 내 방문을 나서면 바로 옆이 공터였다. 미셸은 쇠줄을 손에 잡았는데, 그 쇠줄 저쪽에 카틸리나가 묶여 있었다. 그 광경만으로도 가슴이 아팠다. 공터의 중간쯤에 검은색 닭의 모가지가 막대기에 묶여 매달려 있었다. 우리 닭 중에서 그런 색의 닭은 딱 한 마리였다.

"희생자들을 식탁 위에 얹어놓았으니 보시려거든."

나는 탁자 쪽으로 눈길을 돌렸다. 아닌 게 아니라 털 달린 불쌍한 가족 모두 상처투성이로 피를 흘리며 흙탕까지 덮어쓴 채 식탁 위에 놓여 있었다. 카틸리나를 힐끗 바라보니 이런 고통의 장면이 아무렇지도 않은 듯 태연자약해 보였다. 그 냉담한 태도가 나를 자극했다.

"미셸, 시작하시오! 어서!"

새벽 4시, 집행의 시간이었다. 황량한 공터로 나가서 문을 닫았다.

"자, 괜찮으시면 이 목걸이를 잡으십시오."

미셸은 카틸리나의 쇠줄을 당기면서 말했다. 내가 카틸리나의 목걸이를 지탱하자 미셸은 꼬리를 다그쳐 잡았다. 카틸리나의 으르렁대는 소리에도 불구하고 미셸은 칼로 막대기를 조금 갈라서 갈라진 부분에 카틸리나의 꼬리 10센티 정도를 끼웠다.

"자, 이제 놓으십시오."

내가 목걸이를 놓자 미셸도 막대기를 놓았다. 그와 더불어 막대기는 죄인의 꼬리를 집게처럼 꽉 집었다. 카틸리나는 절규하며 앞으로 뛰어갔다. 막대기는 그대로 끼워져 있었다. 동시에 막대기가 꼬리를 더욱더 죄는 바람에 몸부림을 쳤다. 그럴수록 카틸리나는 더욱 고통스러울 뿐이었다. 카틸리나가 고통으로 파닥거리자 묶여 있던 닭이 흔들거리더니 카틸리나 등을 맞고 바닥에 떨어졌다가 바닥에 튕겨 다시 위로 솟아 카틸리나 어깨를 건드렸다. 이런 상황을 겪으며 카틸리나는 자신이 느끼는 고통이 닭의 부리 때문이라고 믿었다. 카틸리나가 날뛰면 날뛸수록 고통은 가중되었고 날뛰는 속도 역시 가중되었다.

그러다 카틸리나는 잠깐 멈춰 닭 있는 데로 와서는 이빨로 꽉 물었다. 하지만 죽었음을 알고는 다시 날뛰었고 잠시 멈춘 동안 더 크게 와닿은 고통 때문에 절규했다. 그 소리에 나는 좀 망설여졌지만 미셸은 눈썹 하나 까딱하지 않았다. 이제 거의 미쳐버린 카틸리나는 마구 날뛰었다. 장작과 벽에 부딪치거나 사방팔방으로 뛰어다니기를 계속했다. 그러더니 결국 완전히 진이 빠져 더 이상 한 발자국도 뗄 수 없는 지경에 이르러 깊은 신음소리와 함께 바닥에 털썩 주저앉았다.

미셸이 카틸리나한테로 다가가서는 막대기를 다시 한번 칼로 가르고는 피가 흐르는 꼬리를 빼냈다. 카틸리나는 아무런 반응도 하지 않았다. 나는 카틸리나가 죽은 줄 알았다. 가까이 가서 보니 그레이하운드에게 짓눌린 토끼처럼 사지가 빳빳했다. 대신 한쪽 눈을 뜨고 있었다. 눈에는 여력보다는 겨우 남은 삶의 의지가 반짝거렸다.

"미셸, 물 한 통 갖고 와서 머리 쪽에다 부어보시오."

미셸은 주위를 둘러보다가 물이 담긴 통 하나를 발견하고는 가져와서 카틸리나 위로 물을 부었다. 카틸리나는 재채기를 하고 머리를 흔들었는데 그게 다였다.

"어르신, 할 만큼 한 것 같습니다. 이제 집 안으로 데리고 가지요. 정신을 차리면 차리는 것이고."

그 말과 함께 미셸은 목덜미를 부여잡고 카틸리나를 집 마당으로 끌고 와서 잔디 위에 던졌다. 우연히 날씨도 우리를 생각한 것처럼 그러는 동안 하늘이 잔뜩 흐렸다. 마치 투예스트스의 만찬[그리스신화에서 아트레우스 왕은 왕좌를 뺏으려던 쌍둥이 동생 투예스트스를 만찬에 초대해 그의 아들을 요리로 내놓는다] 때처럼. 하지만 이런 부차적인 일에 천둥과 번개까지 등장하는 게 좀 과하기라도 한 듯, 천둥과 번개는 인간사에만 등장할 뿐이라는 듯 그냥 빗방울만 떨어지기 시작했다. 빗물이 카틸리나의 빳빳한 사지로 천천히 스며들자 카틸리나는 일어서려고 했다. 그런데 역부족인지 몸체 뒷부분으로 바닥에 앉아 가만히 있었다. 멍하고 텅 빈 눈빛으로.

"미셸, 교훈이 좀 지나쳤나 보오."

미셸이 카틸리나에게로 다가갔다. 카틸리나는 사나운 행동을 전혀 하지 않았다. 미셸이 주둥이를 열어도 보고 눈도 열었다 닫았다 하고 귀에다 대고 이름까지 불러봐도 아무런 반응이 없었다.

"어르신, 카틸리나가 완전히 맛이 간 것 같습니다. 상푸르쉬로 보내야겠습니다."

상푸르쉬는 여러분도 알다시피 개 정신병원이다. 바로 그날 카틸리나는 상푸르쉬로 옮겨졌다.

플로르의 죽음

욘의 친구들이 사냥 개시를 나 때문에 9월 10일로 미루었다는 이야기를 앞에서 했다. 그래서 내가 7일 저녁에 도착할 수 있다고 전했더니 개막식을 8일로 정해 알려졌다. 이번에 나는 생브리에서 오랫동안 머물기로 작정했기에 2, 3주 작업할 것까지 들고 찾아갔다. 사냥 이야기는 이제껏 충분히 했으니 그 이야기로 여러분을 더 이상 피곤하게 하지는 않으련다.

샤르피용 집에 도착한 뒤 3주 지났을 즈음 플로르의 출산일이 가까워졌음을 알았다. 나는 샤르피용에게 플로르를 좀 맡아 달라고 부탁했다. 플로르가 프리차드의 새끼를 가졌다는 사실을 알자 샤르피용은 예전에 자신이 프리차드에게 한 행동을 후회하며 플로르에게 의식주를 제공함으로써 그 빚을 갚겠다고 했다. 거기에 내가 덧붙인 조건은 어미 몸이 약하다는 이유로 새끼를 행여 물에 갖다 버리지 말라는 것이었다.

그러고는 나는 마르세유로 방향을 돌려 그쪽 친구들을 만났다. 만남은 그냥 핑계일 뿐이고 마르세유에 있는 짐나즈 극장 대표와 「숲 경비들Les gardes forestiers」이라는 작품에 대해 논하기 위해서였다. 그 작품으로 말하면 특별히 마르세유의 예술가들을 위해 쓴 작품으로 한 번도 무대에 세운 적이 없었다. 친구 베르토가 블랑카르드 구역에 있는 자신의 집으로 데려가서 극진하게 대접해주었다. 거의 한 달간 마르세유에 머문 뒤 나는 샤르피용 집으로 돌아가기로 약속한 터라 샤르피용 집으로 다시 갔다. 마침 플로르르의 출산 즈음이었다. 새끼 다섯 마리를 낳았는데, 프리차드와 너무 닮아 있었다. 사람들은 저마다 새끼들을 선택했다. 새끼들은 하루 만에 모두 선택된 집으로 향했고, 선택되지 않고 남은 새끼가 내 차지였다.

매일 경비원이 빠른 회복을 위해 플로르르를 산책시켰다. 8일째 되던 날, 경비원은 숲에서 독뱀을 만나 죽였다고 했다. 생브리 숲에 뱀은 드물지 않았기에 우리는 독뱀의 수를 줄이느라 수고했다며 칭찬했다. 다음 날, 경비원은 평소처럼 플로르르를 데리고 산책하러 갔다가 플로르르 없이 혼자 돌아왔다. 용감한 경비원이건만 뭔가 당황한 기색이었다. 경비원은 특별히 샤르피용에게 할 말이 있다고 했다. 샤르피용에게 말한 내용은 이랬다.

평소처럼 산책하며 전날 죽인 뱀이 있는 장소를 지나던 플로르르가 시체를 느끼고는 가까이 갔다가 소리를 질렀고 이내 독이 스며들어 죽어버렸다. 이유 없는 결과가 없다는 것을 잘 알았기에 왜 그런 일이 일어났는지 이유를 찾아보는데 풀숲에서 뭔가 움직였다. 즉시 총을 쏘고 가서 보니 도망가려던 뱀 한 마리였다. 결국 뱀은 한 마리가 아니라 두 마리였다. 하나는 죽은 뱀, 다른 하나는 살아 있는 뱀. 전날 죽은 뱀은 암놈이었고, 죽어가는 암놈을 발견한 수놈이 어떻게든 살려보겠다고 머물러 있던 모양이었다. 파충류에게서 흔히 볼 수 있는 태도다. 경비원은 플로르를 죽인 살아 있는 뱀과 어제 죽인 뱀을 함께 들고 왔다.

암놈의 죽음으로 불타듯 끓어오른 고통은 수놈의 독을 늘렸고 플로르를 죽여버릴 정도로 강했다. 뱀은 이빨 사이에 8밀리그램의 독을 품는다. 개를 죽이려면 8밀리그램이 있어야 하고 인간을 죽이려면 16밀리그램이 있어야 한다. 그런데 8밀리그램 전부를 뿜어내는 일은 드물다. 극도로 화가 나거나 날씨가 매우 더우면 독의 밀도가 높아지고 그 독이 피에 섞이면 치명적임을 그때 알았다. 그렇게 플로르는 뱀에 물려 죽었다.

사고에는 치유가 필요하듯 이 죽음에도 위안이 필요했다. 플로르에게 특별한 애착을 가질 시간은 없었지만 플로르가 받은 고통만큼 슬픔을 표하고 파리로 돌아왔다. 그리고 나는 카틸리나를 보러 상푸르쉬에 처음 가봤다. 카틸리나는 정신이 돌아오긴 했지만 미쳐 날뛰던 행동의 여파가 완전히 가시지 않은 상태였다. 게다가 닭만 보면 과민반응을 보였다.

이로써 나는 고약한 개 한 마리와 아직 젖도 떼지 않은 강아지 한 마리와 동거하게 되었다. 다행히 사냥 개시 날까지는 아직 충분한 시간이 남았다.

이프성이라 불리는 뒤마의 별채 계단에 자리한 동상. 개집에는 '개 조심'이라고 쓰여 있다.

1802년 7월 24일 프랑스 빌레코트레에서 출생.

1804년 제1제정. 나폴레옹 1세(1804~1814) 황제 즉위.

1806년 나폴레옹군의 장군이던 아버지, 토마 알렉상드르 뒤마 사망.

1811년 그레루아르 신부가 이끄는 학교에서 수학(~1813).

1814년 1차 왕정복고. 루이 18세 (1814~1815) 즉위.

1815년 3월 20일~6월 22일 나폴레옹 1세의 100일 재임. 이후 2차 왕정복고. 루이 18세(1815~1824) 재위.

1819년 아돌프 드르벤을 만나 문학에 관심을 가짐.

1823년 파리 정착. 이웃 여자 카트린느 라베와 연정.

1824년 카트린느 라베 사이에서 아들 알렉상드르 출생. 샤를 10세 즉위(1824~1830).

1825년 아돌프 드르벤과 피에르 조셉 루소와 합작한 「사냥과 사랑La Chasse Et L'Amour」 첫 상연.

1827년 파리에서 공연 중인 영국 극단의 셰익스피어 공연을 영어로 접함.

1828년 「크리스틴느Christine」, 코메디프랑세즈 극장에서 상연.

1830년 7월혁명 참여. 루이 필리프 1세(1830~1848) 즉위. 7월 군주제라 칭하기도 함.

1831년 딸 마리 탄생. 이때 아들 알렉상드르도 친자임을 인정.

1937년 기사도 명예훈장 수여.

1838년 어머니 사망. 친구 네르발이 12월에 오귀스트 마케를 소개하여 공동 작업 시작.

1839년 코메디프랑세즈 극장에서 「마드모아젤 드 벨일」 상연.

1840년 2월 5일 연극배우 이다 페리에와 결혼.

1842년 이다 페리에와 이혼.

1844년 신문 「르시에클」에 『삼총사』 연재(3월~7월), 「주르날 드 데바」에 『몽테크리스토 백작』 연재(8월~1846년 1월), 「라프레스」에 『마고 왕비』 연재(12월~1845년 4월).

1845년 『삼총사』의 후속인 『삼총사 20년 후』, 『빨간 집의 기사』, 『몽소로 부인』 등 출간. 미르쿠르가 『소설 다생산, 알렉상드르 뒤마 회사』라는 소책자를 발간해 스캔들을 일으킴.

1846년 스페인에서 열린 몽팡시에 공작 결혼식 참석, 이후 알제리 여행.

1847년 역사 극장 개장. 몽테크리스토성 완성, 600여 명을 초

대해 성대한 집들이를 함.

1848년 수차례 국회의원 선거에 나섰지만 모두 참패. 일간신문 「르무아」 창간. 2월혁명으로 제2공화정 수립. 루이 나폴레옹 보나파르트 대통령(1848~1851) 당선.

1849년 재정 문제로 몽테크리스토성 경매. 「르무아」 폐간.

1850년 빚더미에 앉으며 역사 극장 부도.

1851년 빚 문제로 재정 소송을 피해 벨기에에서 유배 생활.

1852년 제2제정. 루이 나폴레옹 보나파르트, 나폴레옹 3세로 황제 즉위(1852~1870).

1853년 일간신문 「무스크테르」 창간.

1857년 「무스크테르」 폐간.

1858년 코카스, 러시아 여행.

1862년 딸 마리의 이혼 소송 지원.

1864년 아들 알렉상드르 결혼.

1865년 프랑스와 벨기에에서 강연.

1867년 『내 짐승들 이야기』 단행본으로 첫 출간.

1869년 건강 악화, 『요리사전』 집필.

1870년 12월 5일 아들의 해변 별장에서 딸이 지켜보는 가운데 사망. 제3공화정 탄생. 유해는 2002년 11월 30일 탄생 200주기를 맞아 판테온으로 이장.

"드디어 알렉상드르 뒤마가 왔다!"

2002년 11월, 뒤마 탄생 200주년을 기해 뒤마의 유해를 프랑스의 위대한 고인을 안치하는 판테온으로 이장하면서 너도나도 실은 언론의 머리기사다.

"2019년, 한국에도 알렉상드르 뒤마가 왔다!"

유해는 아니지만, 유해처럼 남겨진 이 책 『몽테크리스토성의 뒤마』와 함께!

"알렉상드르 뒤마가 누구지?"라며 의아해하는 이가 있을까?

『몽테크리스토 백작』, 『삼총사』, 『마고 왕비』 등을 쓴 작가이고, 프랑스 작가 가운데 가장 많은 작품이 영화화되었으며, 그야말로 건드리지 않은 장르가 없을 만큼 다작을 남겼고, 무엇보다도 19세기 프랑스 문학을 대표하는 인물 중 한 명인 알렉상드르 뒤마를?

'설마?'라고 해보지만, 혹여 그렇다면 특별히 그런 이들을 위해 좀 긴 후기를 써본다.

혁명아

본명이 '알렉상드르 뒤마 다비 드 라 파이예트리Alexandre Dumas Davy de la Pailletrie'로 1802년 프랑스의 빌레코트레에서 태어났다. 그 해는 프랑스대혁명(1789년) 이후 처음으로 수립된 프랑스공화국이 열 살 되는 해이기도 했다. 그때부터 뒤마가 사망하는 1870년까지 프랑스는 1830년과 1848년, 두 차례의 혁명과 수많은 내란을 거듭하며 제국주의, 왕정복고, 공화정을 넘나든다. '다비 드 라 파이예트리'는 귀족이던 친할아버지 쪽, '뒤마'는 흑인 노예 출신이던 친할머니 쪽의 성이다.

대혁명의 여파로 프랑스는 1794년 '식민지에서 흑인 노예해방'을 선언했다. 그런데 나폴레옹이 황제로 즉위하면서 노예제도는 부활했고 1848년 혁명에야 겨우 붕괴한다.

"귀족과 서민, 이 두 가지 요소를 나처럼 하나의 가슴에 응축한 사람도 없다"라고 뒤마 자신이 책에서 쓰고 있듯, 뒤마는 사회계층의 혼합뿐 아니라 흑인 혼혈 즉 인종 혼합의 표본으로 그 격동의 시대를 살았다. '혼합의 무질서냐 조화냐'는 어쩌면 그 시대에 걸맞은 역동적인 인간 조건이 아니었을까. 그의 방대한 작품을 한마디로 요약하기는 어렵지만, 혼합의 혼란 속에서 생겨나는 무질서와 갈망하는 조화를 풍부한 상상력으로 조율하며 펼쳐놓는 이야기라는 공통점은 있다.

뒤마의 작품 속 인물들은 지붕에서 바닥으로 거뜬히 뛰어내리는가 하면, 치명적인 상처를 입고도 (금방) 치유되고 죽은 줄 알았는데 살아 있고, 한 치의 숙고할 겨를없이 융통성을 발휘하고, 늘 분주하게 달리고 서로 마구 간섭해댄다. _ 귀스타브 플로베르

알렉상드르 뒤마 – 할아버지, 아버지, 아들

'알렉상드르 뒤마'는 아버지, 자신 그리고 아들로 이어져 온 이름이다. 나폴레옹 치하의 장군이던 뒤마의 아버지는 '검은 악마'라는 별명까지 있을 정도로 전투에서 혁혁한 업적을 남겼다. 하지만 나폴레옹한테 배신당하는 그는 '나폴레옹이 아니었더라면……?'이라는 역사의 가정을 남기고 뒤마가 네 살 때 사망한다. 뒤마의 작품 속 인간의 수준을 뛰어넘는 영웅의 활약, 용서할 수 없는 배신감, 복수 등은 모르긴 해도 뒤마의 기억과 상상 속 아버지, 장군 뒤마의 여운이 아니었을까.

뒤마의 작품 속 영웅은 우리의 영웅이 되었다. 총 3만7천267명의 인물, 그들 중에는 실제로 생존한 인물이 있는가 하면 뒤마가 각색한 인물도 있다. 기막힌 상상력으로 그들을 피와 살을 가진 생생한 인물로 만들어냈다. _ 알랭 드코

같은 이름을 가졌던 장군 뒤마(1762~1806), 뒤마, 아들 뒤마(1824~1895)를 구별하기 위해 훗날 '뒤마 아버지', '뒤마 아들'이라는 호칭이 보태진다.

베스트셀러 작가

"그야말로 휘황찬란한 성공을 거둔 뒤마"라고 빅토르 위고가 표현하듯이 뒤마는 19세기 최고의 베스트셀러 작가였다. 200여 년 전의 베스트셀러 작가는 어떤 모습이었을까?

잠시 19세기 전반기를 떠올려보기로 하자. 시민혁명과 공화정의 여파로 민중이라는 계층이 부각되면서 전례 없이 사회 여러 분야에서 그들의 목소리나 삶을 반영하는 움직임이 만들어졌다. 그런 기치로 여러 일간·주간·월간 신문이 정치색을 드러내며 끊임없이 창간되고 폐간되었다.

그 신문의 일면 아래에 신문광고인 양 자리하던 연재소설. "연재소설 덕분에 신문이 팔리기도 했다"는 뒤마의 말처럼 연재소설의 인기와 여파는 당시 문학계에도 영향을 미쳐 '연재소설 인기 작가'라는 새로운 작가 부류를 만들어냈다. "어느 신문에 싣고, 안 싣고"로 갈등까지 하던 뒤마도 이 부류에 속했다. 높아가는 인기만큼 많은 양의 글을 시간에 쫓기며 써내야만 했다. 표절시비, 대필시비, 글공장, 다작졸작이라는 질투심 섞인 비난들에 휩쓸리면서. 이렇듯 대중적이면서 폭발적인 인기 때문에 문학 비평계에서는 뒤마의 작품을 '쉬운 작품'이라고 치부하기도 했다.

어릴 때부터 역사에 대한 남다른 관심을 보인 뒤마가 특히 발전시킨 분야는 역사소설이다. "내게 역사는 글을 써나가는 데 필요한 못과 같다"면서 "매일 밤 한 장씩 읽으며 국민이 우리 역사를 알게 될" 수많은 역사소설을 남겼다.

관대한 뒤마

"아들아! 이제 죽으러 너희 집에 왔다."

빈털터리로 아들의 별장에서 생을 마감하는 뒤마. 단돈 20프랑을 들고 파리로 상경해서 최상의 인기와 성공, 스캔들에 휩싸이며 살아간 뒤마의 삶은 그야말로 극적이었다. 엄청난 재산을 모으기도 했지만, 뒤마는 평생 돈 문제를 안고 살았다.

스무 살에 상경하여 장기 여행할 때나 파리 외곽에 거주할 때를 빼고는 주로 파리에서 생활했는데, 다양하게 거주지를 옮겨 다녔던 뒤마의 이사에 얽힌 일화도 흥미롭다. 파리에서만 총 20여 군데를 옮겨 다녔는데 못 낸 집세와 여자 문제가 개입되었다. 이 책에서 소개되는 메디시스 집과 몽테크리스토성에 거주할 당시 뒤마의 명성과 성공은 최정상이었다. 뒤마의 집이 위치한 파리 외곽의 생제르맹 지역에 뒤마를 만나러 오는 사람이 베르사유에 가는 사람보다 많았다는 말이 있을 정도였다.

몽테크리스토성을 지을 당시 "뒤마 씨가 원하는 대로 공사하려면 엄청난 돈이 들 것"이라는 건축가의 말에 "그렇다면 오히려 다행이구려"라고 반응했다는 뒤마의 씀씀이는 버는 만큼, 아니 벌기도 전에 써버리는 그야말로 밑 빠진 독에 물 붓기식이었다고 알려진다. 메디시스 집은 세를 들어 살았는데, 한 달 집세만 일반 가족의 1년 생활비에 달했다고 한다. 그러다 근처 동네에 땅을 사들여 꿈에 그리던 집, 몽테크리스토성을 지었다.

순수예술을 장려하던 왕족이 1848년 혁명으로 몰락하자 뒤마의 생활에도 큰 타격이 몰아친다. 급기야 1851년 말에는 빚쟁이를 피해 벨기에로 유배 생활을 떠난다. 이 일화는 제2제정 공표 직전 쿠데타의 난국을 피해 정치 망명을 떠나는 친구, 빅토르 위고의 상황과 비교되어 지금도 회자된다. 그런데 어떤 상황에 처해 있건 뒤마는 '따뜻하고 관대하다'는 평을 들었다. 이 책에서도 뒤마의 배려와 너그러움은 곳곳에서 드러난다. 아들 알렉상드르의 말 "아버지가 얼마나 구두쇠인지……"는 오히려 "제발 구두쇠로 좀 행사하라"는 아버지를 향한 아들의 염려 섞인 바람이었을지도 모른다.

흑인 뒤마

금발의 백인으로 태어나 2차 성징으로 외모가 바뀌었다는 뒤마의 삶에는 '흑인 혼혈'이 장신구처럼 붙었다. 더불어 뒤마의 캐리커처는 실물보다 훨씬 흑인에 가깝게 그려지곤 했다. 단기 다작으로 유명하던 뒤마의 글쓰기를 비난하기 위해 "다작은 졸작이다"와 곁들여지던 표현이 "흑인식 작업"이었다. 당시의 흑인이 요새의 슈퍼맨이 아님은 익히 짐작할 수 있을 터. 19세기의 프랑스어 표현에 '흑인처럼 일하는 것'은 '인간으로서는 해낼 수 없는, 비인간적 조건의 작업이나 결과'를 상징했다.

이 책에서 "뒤마는 흑인입니다!"라는 어느 마부의 말에 뒤마 자신도 새삼 와닿는 태생의 조건. '흑인 뒤마'는 그가 성공을 거둘 때마다 그를 향해 쏘아대던 화살 같은 표현이었다. 그런 상황을 21세기에도 새삼 상기시키는 걸까. 2019년 프랑스 파리 오르세 박물관에서 '노예해방 이후 예술 속의 흑인 모델'이라는 전시회가 열렸는데, 명화 속의 흑인 모델과 나란히 뒤마의 초상화도 자리했다. 그걸 보며 많은 사람이 의아해했을지도 모른다. '그런가? 뒤마가 흑인이었나?'

그렇다고 뒤마에게 '인종차별'에 대한 분노가 느껴지지는 않는다. 또한 특별히 유색인종을 미화하지도 않는다. 이 책에 등장하는 두 흑인, '알렉시'와 '벤주앙의 물'은 둘 다 인물이 훤하다는 공통점 외에 전자는 문맹이고 후자는 알코올중독자다. 파리의 한 연회에서 생긴 흥미로운 일화도 있다. 한 귀족이 뒤마에게 "어르신은 흑인 입장에서 잘 이해하시겠습니다!"라고 하자 뒤마는 이렇게 대답했다. "물론이지요. 우리 아버지는 흑인 혼혈이었고, 조부는 흑인이었고, 증조부는 원숭이었으니. 보시다시피 저희 가족은 귀하의 가족이 끝나는 데서 시작한답니다."

한 가지 분명한 건 인종의 구별 없이 지구 어디에서든 뒤마의 책으로 세계명작을 읽기 시작한 사람이 수없이 많다는 점이다.

독자와 나누는 수다

"뒤마의 작품 모두를 읽은 사람은 아무도 없다. 뒤마 자신을 포함해서."

아들 뒤마의 표현처럼 방대한 두께의 수많은 작품을 썼던 뒤마다. 제목이 있는 작품만 1천 개가 넘는다고 하는데, 너무 방대한 탓인지 작품 수에 대한 의견도 천차만별이다. 희곡, 소설은 물론이고 여행기, 칼럼, 문학비평, 강연, 요리책 등 뒤마가 다루지 않은 장르는 없었다. 그중에서 뒤마 자신이 가장 선호한 장르가 있었는지는 알 수 없지만, 희곡과 역사소설 외 뒤마가 즐겨 쓴 장르는 '코즈리causerie'다.

"세상 어디에서나 사람들은 그냥 이야기를 나누고 논조를 더 하여 길게 늘어놓기도 하고 토론을 하기도 하지만, 코제causer는 유일하게 프랑스에서만 한다."

여러 나라를 여행하고 수많은 여행기를 쓴 뒤마의 판단이다.

causer: 동사. 무슨 소재로든 누군가와 혹은 누군가에게 친근하게 이야기하다. _ 라루스 사전

뒤마는 잘 알려진 대로 역사Histoire에 대한 열정이 남달랐을 뿐 아니라 이야기histoire에 대한 열정도 대단했다. 스스로 여러 신문을 창간해 사회나 자신의 상황에 부합되는 다양한 소재의 이야기를 자유로운 논조로 '독자들'과 대화를 나누듯이 글을 썼다. 이런 식의 대화나 글을 '코즈리'라고 부른다. 뒤마식으로 표현하면 '독자와 나누는 수다'다. 이 책도 코즈리에 속한다.

몽테크리스토 성의 뒤마

원제가 '내 짐승들 이야기Histoire de mes bêtes'인 이 책은 10여 년간(1855~1864) 신문에 실린 글들을 중심으로 한 권의 책으로 엮어 1867년에 첫 출간되었다. 이후 삽화를 더하기도 하고 정치적 글을 빼기도 하며 계속 출간되었는데, 이 책은 1867년의 원본을 완역했다.

글 속의 인물이나 상황이 실화에 기반한 것은 의심의 여지가 없다. 하지만 뒤마의 역사소설이 그러하듯 상상력과 상징성이 보태져 가상의 세계를 자유자재로 넘나든다. 그래서 혹자는 '자전적 픽션'이라고 평하기도 한다. 소개된 일화의 주된 시대 배경은 1842년부터 1852년으로 뒤마의 최전성기와 그 직후다.

전례 없는 대중적 인기를 끈 작품 『삼총사』(1844), 『몽테크리스토 백작』(1846)의 작가인 뒤마는 1847년 '역사 극장'과 '몽테크리스토성'의 주인이 된다. 르네상스식 건축 양식의 몽테크리스토성. 그 규모를 세상에 보란 듯이 1847년 자신의 생일을 기해 600여 명의 하객을 초대해 거나하게 집들이를 했다. 이후 재정난 탓에 경매로 팔리기까지 그리 길지 않은 기간의 생활이었지만, 뒤마는 그곳을 '지상낙원'이라고 불렀다. 이 책으로 우리는 독자의 자격으로 뒤마의 '지상낙원'에 초대된다.

몽테크리스토성에서 생활하던 뒤마의 모습을 엿보는 것은 요새식으로 유명인의 생활을 엿보는 '리얼리티 TV'를 보는 느낌이다. 어디까지가 사실이고 어디까지가 연기인지 묘한 리얼리티

TV처럼 사실과 가상의 세계를 오락가락하며 뒤마는 우리에게 그 특유의 방식으로 이야기를 늘어놓는다.

'사람과 동물의 유사성'을 계속 인지시키는 뒤마의 말투에서 뒤마가 길렀다는 동물들이 그 시대의 누구를 닮았는지 가늠해 보기도 한다. 남의 사냥감을 마구 훔쳐대지만 너무나 개성이 뚜렷해 도저히 미워할 수 없는 프리차드의 모습에서는 표절시비, 대필시비 같은 스캔들에 휩싸이고도 늘 떳떳했던 뒤마의 모습이 보이기도 한다. 남의 새끼를 먹어치우는 어치와 프리차드지만 "권력을 위해 자신의 후손을 삼켜버리는 사투르누스보다 낫다"는 표현에서는 200여 년이 지난 지금도 별반 다르지 않은 정치 권력의 모습이 물씬 풍겨온다.

나도 뒤마를 흉내 내본다.

독자 여러분! 이러고도 뒤마를 모른다고 말하지는 않겠지요?

이 책을 통해 뒤마와 더불어 첫 사냥을 하고, 뒤마와 더불어 동물의 마음을 읽고, 19세기 프랑스 그 격동의 세월 속에서도 재치와 너그러움과 보편적 인간애를 잃지 않은 뒤마식의 '젠ZEN'을 맛보시길 바란다.

2019년 5월 파리에서

이선주

앞에는 르네상스풍 몽테크리스토성(좌)이 있고,
그 뒤로 뒤마의 작업실인 고딕 양식의 이프성(우)이 있다.

몽테크리스토성의 뒤마

초판 1쇄 발행 2019년 05월 27일

지은이 알렉상드르 뒤마
옮긴이 이선주

펴낸이 이정화
펴낸곳 정은문고
등록번호 제2009-00047호 2005년 12월 27일
주소 서울시 마포구 서교동 473-10 503호
전화 02-392-0224
팩스 02-3147-0221
이메일 jungeunbooks@naver.com
페이스북 facebook.com/jungeunbooks
블로그 blog.naver.com/jungeunbooks

ISBN 979-11-85153-29-2 03860

책값은 뒤표지에 쓰여 있습니다.

이 도서의 국립중앙도서관 출판예정도서목록(CIP)은
서지정보유통지원시스템 홈페이지(http://seoji.nl.go.kr)와
국가자료종합목록시스템(http://kolis-net.nl.go.kr)에서 이용하실 수 있습니다.
(CIP제어번호: CIP2019018820)